가는 세월과
흐르는 사람들

가는 세월과 흐르는 사람들

초판 1쇄 발행 2011년 2월 28일
초판 2쇄 발행 2011년 5월 26일

지 은 이 이호철
펴 낸 이 최종숙

책임편집 오수경
편   집 이태곤 · 임애정
디 자 인 안혜진
마 케 팅 문택주

펴 낸 곳 글누림출판사 / 서울 서초구 반포4동 577-25 문창빌딩 2층
전   화 02-3409-2055 FAX 02-3409-2059
이 메 일 nurim3888@hanmail.net
홈페이지 http://www.geulnurim.co.kr
등   록 2005년 10월 5일 제303-2005-000038호

정가 10,000원

ISBN 978-89-6327-113-2 03810

이호철의 해외동포 이야기

가는 세월과 흐르는 사람들

이호철 소설집

글누림

| 차 례 |

동북중국에 사는 우리 동포들

1.

옛날 어머니가 해 주시던 보리밥 생각이 났다.

산골에 살면서 감자를 으깨어 담은 공기에 보리밥이 있었고, 달래장을 끓여 밥상 위에 올려놓았다.

아버지와 내 공기 위로는 보리밥이 새끼손가락 높이만큼 더 담겨 수북하였고, 동생들은 공기 끝 선과 맞춘 듯하게 밥이 담겨 있었다.

그리고 어머니 밥공기는 또 달랐다. 밥그릇 속에만 밥이 담겨 있어서 옆에서 보면 밥이 담겼는지 안 담겼는지 잘 보이지 않을 만큼의 양이었다.

그 흔한 보리밥도 남편과 자식들을 좀 더 먹이고 싶은 마음이셨을 것이다. 보리밥을 보니 그때 생각이 나서 반가운 마음이 들

었다. 큰 사발에다 보리밥과 달래장을 비벼 크게 한 숟가락을 떠
서 입에 넣었다. 그런데 갑자기 우지직하면서 돌이 씹혔다. 반쯤
깨진 들깨만한 돌을 골라냈다.

"아직도 보리밥에 돌이 들어 있었네."
하며, 내가 돌을 씹은 지 얼마 지나지 않아 이번에는 아내도 보리
쌀과 비슷한 크기의 돌을 골라냈다. 이윽고 아내가 나지막한 목
소리로 털어놓았다.

"보리쌀을 조리에 거르지 않고 그냥 밥을 했덩이……."
우리는 50년 전 산골에 살면서 고생했던 때를 생각하며 서로
마주 보고 비시시 웃었다. 그때에도 더러 밥에 돌이 들어 있어서
아내는 늘 미안해하곤 했었다.

"대충 드시지 뭘 그러세요" 하기도 하고,

"당신이 워낙 가벼우시니 균형을 잃을까 보아 일부러 돌을 좀
넣었어요"라고 애교 섞인 핑계를 대기도 하고,

"암튼 간에 돌보다는 쌀이 더 많응이까, 골라 내면서리 천천히
잡수세요" 하기도 했었다. 요즘은 정미 방법이 워낙 근대화되어
서 쌀을 조리로 일지 않아도 돌 구경하기가 어렵지만, 예전에는
식사시간 전에 어쩌다 부엌을 들여다보면 아내가 조리를 들고 몇
번씩 쌀을 일곤 하였었다.

모처럼 대하는 보리밥 덕분에 우리 식구는 제각기 몇 개씩 돌
을 골라내던 옛날 시골 살 때의 추억까지 더듬으며 보리밥에다

된장을 비벼 맛있게 먹었다.

　미리 밝혀 두지만 이 글들은 현 동북중국에 사는 우리 동포들이 우리 KBS 방송국에 응모해 온 글로서 소정의 심사를 거치며 뽑혀져 현지에 방송된 글인데, 한때 본 저자는 이 방송 프로에 직접 출현했던 터였다. 그 중의 몇몇 글들을 이렇게 소개하면서, 오늘 대한민국에서 살고 있는 우리로서도 우리의 할아버지나 할머니가 살던 옛날의 우리 선대先代들 삶을 그런대로 한번 맛볼 수 있지 않을까 싶어, 이렇게 일단 소설이라는 형태로 다루어 보았다.
　바로 이 글을 방송으로 내보낼 때도, 그 방송 중에 위 글에 대해서는 몇몇이 이런 이야기를 주고받았었다.
　"이 글을 보내신 분께서는 추억이 담긴 보리밥 이야기를 하셨는데, 이 보리밥이 먹을 때는 그런대로 먹을 만하지만, 먹고 나서는 조금 조심해야 하지 않나요"
　"호호, 조금 그렇죠 보리밥을 먹으면 방귀가 자주 나오는데, 보리밥 먹고 뀌는 방귀는 냄새가 별로 안 난다면서요 보리밥이나 고구마 같은 탄수화물이 분해되면서 생기는 가스는 소리만 컸지, 냄새는 그다지 독하진 않으니까요"
　"냄새나 소리나 민망하기는 어슷비슷하지 머."라고

2.

내가 열한 살 때였다. 그러니까 1958년.

"금년에는 설 명절을 좀 잘 쇠어야겠다."

하고 어머니는 혼자 중얼거리며 입쌀 한 사발을 독 아래다 감추었다.

그리고 며칠 뒤 설날이 왔다.

오랜만에 이밥에 두부국을 먹고 저녁에는 강냉이떡에 김치를 먹었다. 어머니는 하루 종일 가마니를 짰고 나는 나대로 또 바빴다.

저녁 해가 지자, 우리 세 식구는 일찍 잠자리에 들었다.

주변은 그냥저냥 조용했다. 숨소리 하나 제대로 들리지 않는다.

나는 갑자기 떡 생각이 났고, 또 한국전쟁에서 돌아가신 아버지가 그리웠다. 그러나 그런 쪽으로는 차마 말을 꺼낼 수조차 없었다.

그렇게 시간이 얼마나 흘렀을까. 밤의 정적을 깨트리며 끝내 어머니가 먼저 말을 떼었다.

"어머니가 옛말 하나 해 줄까."

와아 하며 우리 둘은 곧장 함성을 질렀다.

"옛날에 말이다. 홀어머니 한 분이 제 아들 하나 공부시키려고 깊은 산 속의 서당에 보냈다는구나. 그 뒤 3년이 지나서 아들은 글공부를 다했노라며 집으로 돌아왔다는구나. 그러자 어머니는,

'어디 보자.' 하곤, 방 안을 밝힌 불을 혹 하고 입바람으로 끄곤 곧장 떡을 썰면서 아들더러도 글을 쓰게 했지 않았겠니. 그러고 나서 다시 불을 켜보니, 어머니가 썬 떡은 하나같았는데, 아들이 금방 쓴 글은 삐뚤삐뚤 고르지가 못했어. 그러자 아들은 두말하지 않고 어머니 앞에 무릎을 꿇고 앉아 공손히 인사를 하고는 그대로 이튿날 아침에 다시 글공부를 하러 떠났다는구나. 그렇게 뒷날에 그 아들은 조선의 큰 사람이 됐다는 거 아니겠니. 바로 한석봉 어른 이야기야."

얼마나 떡을 많이 썰어야, 또 얼마나 많은 글을 써야 불을 끄고도 하나와 같이 될 수가 있을까. 어이구야, 난 자신 없어. 게다가 지금 어머니가 하시는 자식 교육이라는 것도 그렇지, 요즘 애들 치고 우리 집처럼 혹독하게 교육받는 애들이 어디 있으까아.

여기까지만 생각하고는 또 잠자코 있었다.

방 안에는 다시 끝간 데 없는 정적만이 흘렀다. 그날 밤 따라 어찌 그렇게도 조용했는지…….

그러자 어머니가 다시 말을 꺼냈다.

"우리 노래 하나씩 하까아."

또 와아 하고 함성이 터지는 속에 어머니께서 노래를 시작했다.

"봄의 교향악이 울려 퍼지는 청라 언덕 위에 백합 필 적에. 나는 흰 나리 꽃 향기 맡으며 너를 위해 노오래 노래 부른다."

다음은 내가, 그리고 또 다음은 동생이…….

이렇게 그 밤에 움막집 우리 집 안에서는 난데없는 설날 음악
회가 열렸었다. 그렇게 셋이서 합창도 하고 영화 본 이야기도 하
다 보니 떡 생각도 한국전쟁에서 목숨을 잃은 아버지 생각도 잠
시나마 잊어버릴 수가 있었다. 그리고는 여늬 때처럼 어머니의
가슴과 등에 찰거머리처럼 착 달라붙어 셋이 한 덩어리가 되어
잠들어 버렸다.

이 글을 읽고 나서 방송을 하던 우리 몇이 나눈 이야기는,
"영화의 한 장면처럼 아름다운데, 웬일이지요 가슴이 이렇게
싸아하게 아파지네요, 그러구 뭔지 모르게 엄청 슬프구요 그 애
들 아버지께서 한국전쟁에서 목숨을 잃었다는 것도……. 그때에
는 소위 왈, 중공군으로 동원되어 나왔을 것 아닙니까."
"그럼요. 그때의 중공군이라는 것의 대다수는 지금의 연변 자
치주 속의 주로 조선족이었다더군요 그렁이까 비단 우리 남북의
동족뿐만 아니라, 그때의 그 한국전쟁이라는 것은 그쪽 조선족도
떼거리로 동원되어서……."
"그렇게 그 아주머니는 남편도 없이 어린 아들딸만 데리고 살
면서 그날 밤도 여러 가지 생각이 떠올랐던 것 같아요 그래서 두
아이를 품에 안고 노래도 부르고 이야기도 하면서 그리움과 외로
움, 쓸쓸함을 저렇게 저런 식으로 달랬었겠지요"
"한데, 그러면 그 아주머니는 본시 고향이 어디였을까요 우리

조선 사람, 한국 사람인 것만은 틀림없을 터인데, 과연 그이는 몇 살 때 우리나라 어디서 엄마 아빠 따라 그 머나먼 추운 북쪽 땅으로 흘러갔을까요. 혹시나 그 무렵 독립 운동가의 자제나 아니었을는지……."

3.

아버지는 시집 간 딸네 집 나들이를 그다지 즐기지 않는다.

간혹 1년에 한 번씩 혹은 2, 3년에 한 번씩 나들이를 하나마나 하셨다. 그러던 아버지께서 딸네 집으로 자주 나들이를 하게 된 것은, 내가 빈혈병이라는 진단을 받은 뒤부터였다.

앉았다가 일어서면 눈앞에서 가로 세로 별찌가 떨어지면서 사맥이 풀리고 어지럼증이 연발해서 병원을 찾았더니 빈혈이 심하다고 했다.

그러나 웬만해서는 아프다는 티를 내지 않는 나는 어쩌다 친정 식구를 만나도 그런 내색은 꼬물만큼도 내지 않았다.

그런데 어느 날 마당 문이 덜컹 열리더니 친정아버지께서 들어섰다.

"빈혈병이라는 진단을 받고도 왜 알리지 않았냐."

말아 올린 바짓가랑이를 채 내리지도 않고 흙 묻은 손도 대강 슥슥 비비면서 아버지께서는 지금 한창인 모내기 논에서 달려오는 것임이 틀림없었다.

"아버진 그걸 어떻게 아시고……."

"지금 논일을 하다가 얻어 들었다. 자 당장 어서 누워라."

하시며, 내 머리를 쓰다듬으시는 아버지의 눈시울이 대번에 붉어졌다.

왜 안 그렇겠는가. 내가 태어나자마자 어머니께서는 젖앓이를 해서 아버지가 나를 안고 동네방네 싸다니면서 젖동냥을 하여 요행 살려내셨으니…….

"돈 잎이 마르면 내게 말을 해라. 절대 약은 떨구질랑 말고"

아버지께서는 당신 건강이 그다지 좋지 않아서 모내기가 끝나면 약을 잡수시려고 옆채기에 꼬깃꼬깃 접어 넣었던 돈을 꺼내서 내 손에 쥐어 주며 말씀하셨다.

그러곤 이튿날에도 동녘이 밝자마자 또 간밤 꿈자리가 어지럽다면서 혹 내가 더하지나 않나 하여 온다면서 우리 집으로 오셨다. 그렇게 잠자리에서 일어나려는 나를 그냥 자게 눌러 놓고는 감자도 깎고 완두도 넣어 아침밥을 지으신 뒤에야 나를 깨우고 차려 놓은 아침상을 내 앞에 갖다 주셨다. 그리고 그날 초저녁에도 문을 꽁꽁 닫아걸고 자리에 누웠는데, 밖에서 누군가 똑똑 문을 두드렸다.

"누구세요?"

"나다, 애비다. 어서 문 열어라."

아침 식전에 오셨다가 저녁 해 질 무렵에 돌아간 지 얼마나 되었다고 또 오시다니…….

"옛다. 방금 집으로 돌아가니 마침 윗집에서 돼지를 잡고 내가 그렇게나 좋아하는 순대를 해서 가져왔더구나. 그걸 한 꼬치 입 안에 넣응이, 앓는 네 생각이 자꾸 나서 목에 넘어가야지."
하시고는 손에 든 주머니를 내 손에 쥐어 주시고는 날이 어두워지다면서 그냥 선 자리에서 집으로 돌아가셨다.

이렇듯 앓고 있는 딸에 대한 걱정으로 아버지는 장대 같은 비가 억수로 퍼부어도 차가운 눈보라가 후려쳐도 차돌령을 넘어서 우리 집으로 나들이를 하셨다.

이렇게 득달같이 나들이를 하시던 아버지께서 언젠가부터 한 달이 지나도 오시지 않고 두 달이 지나도 소식이 없으셨다.

그쪽으로 가는 사람 편에 편지를 띄워 알아보니, 특별히 아픈 곳은 없지만, 우리 집으로 오자면 반드시 넘어야 할 차돌령을 오를 맥이 없어서 나들이를 할 생각을 얼른 못한다고 하셨다.

그러니 이전에는 아버지께서 우리 집으로 나들이를 하셨으나 이제는 내 쪽에서 그리로 나들이를 해야겠다고 마음은 먹었지만, 그놈의 빈혈병 때문에 문턱을 넘어설 힘마저 없으니 어쩔 것인가. 몇 번씩 엄두를 내다가도 그냥 주저앉고 말았다.

그런 어느 날은 불현듯 아버지 생각이 나서 차돌령 쪽을 쳐다보니, 이게 또 웬일인가. 그 순간 쪽지게를 멘 아버지께서 그 마루턱에 올라서시지를 않는가. 지팡이로 땅을 더듬으시며 한 발자국, 두 발자국씩 차돌령을 내려오고 계셨다. 급해진 나는 어디서 그런 힘이 솟아났는지 앓던 사람 같지 않게 냅다 뛰어 아버지와의 거리를 좁혔다.

그렇게 우리는 몇십 년 만에 만나는 상봉마냥 부둥켜안았다.

"동네로 나갔다가 빈혈에는 구절초 뿌리가 좋다는 소리를 듣고 틈날 때마다 그걸 한 뿌리 한 뿌리씩 캤다. 정성껏 먹어라."

라고 하시면서 아버지께서는 쪽지게에서 주머니에 담은 구절초를 내려 주셨다. 그 아버지의 잔등에는 허옇게 소금이 돋아있었다.

"가야 할 때가 되는지 이제는 딸네 집 나들이도 힘들구나."

집으로 돌아가시면서 아버지는 말씀하셨다. 그 아버지의 뒷모습이 아득히 점으로 보일 때까지 눈길을 떼지 않았다.

아버지께서 가져온 그 구절초를 나는 보물단지로 여기면서 정성스레 달여 먹었다. 그렇게 한 달간 복용했더니 한결 몸이 가벼워지며 힘이 생겨났다.

그래서 나는 아버지한테로 오매불망하던 나들이를 떠났다.

이 글을 방송으로 읽고 나서 서울 사는 우리 몇이 나눈 이야기는,

"글이 무척 정답네요 부녀간의 정이 술술 풍기는데, 근데 궁금한 게 있어요 어머니는 돌아가신 것 같은데 언제 어떻게 돌아가셨는지, 그러구 그 딸의 남편은? 애도 없는가? 그 몇 가지가 되우

궁금하네요"

"그 점, 저는 이렇게 생각했어요. 이 글을 보내신 분이 길림성 화룡시에 사시는 분이니까, 아마도 그 남편은 우리 한국이나, 그 밖에 선진국 중의 어느 나라로 돈벌이를 나가지 않았을까 하구요"

"그런 것까지 죄다 쓰려면 정해진 분량을 많이 초과할 터이니까, 어쩔 수 없었겠지요"

"그렇지만 아무튼 그런 궁금한 점은 있으면서도 이 부녀간의 정다운 삶은 손에 잡히듯이 느껴지지 않습니까."

"물론 그렇긴 해요. 요만한 수준으로 사는 사람들의 그 마음자리가 아주아주 따뜻하게 와 닿네요. 여기에다 비하면 요즘 서울의 우리네 삶은 엄청 풍족하긴 하지만, 무언가 정말로 중요한 것은 많이 잃어버리고 있지 않나 싶군요. 그런 것이 그 어떤 그리움으로 다가오기도 하지 않습니까요"

4.

대학에 입학하던 날, 나는 우리 학부의 상치라는 학생이 대학입학시험에 총점 685점을 따내어 북경대학이나 청화대학 같은 최일류 명문대학에 너끈히 들어갈 수 있었음에도, 자기 집과 가까운 이 연변대학에 지원했다는 소문을 들었었다.

이 학생은 수수한 차림에 평소에 말수도 적었고, 옷도 유행에 한참이나 뒤떨어진 것을 입고 다니는, 어느 모로 보나 촌뜨기 냄새를 풍기는 학생이었다.

게다가 재미있는 구석이라곤 눈을 씻고 보자고 해도 전혀 없어 그와 친하게 지내려는 아이도 별로 없었다.

그는 학교 기숙사에도 들지 않았고, 하루 세 끼니도 다 낡아빠진 자전거를 타고 집에 가서 해결하곤 했다.

개학해서 얼마 되지 않아 우리는 그가 날마다 지각한다는 것을 알게 되었다. 그렇게 그는 지각하면 언제나 뒷문으로 살그머니 들어와 잔뜩 허리를 굽힌 채 숨을 죽이고 자리를 찾아 앉았고, 선생님의 눈길을 피해 조심스레 책을 펼치곤 하였다.

차츰 당연히 선생님도 그 눈치를 알게 되었다.

그런 어느 날이었다. 그날도 그렇게 뒷문으로 들어와 살그머니 제자리를 찾아갈 때 한창 강의를 하고 있던 선생님한테 들키고 말았다. 그 선생님은 일본 유학생 출신이었다.

바로 며칠 전에, 이 선생님은 규율이 산만한 우리 학생들을 닦아 세우면서, 일본 학생들이 얼마나 열심히들 공부를 하고 포부도 얼마나 큰지 운운, 한바탕 극찬을 하며 우리 학생들을 야단쳤다. 심지어 놀기만 좋아하는 우리 학생들을, 완전히 일본 사람들의 말투까지 써 가면서 비난하고, 그에 비하면 우리 중국 사람들은 저열한 민족이고 누추한 족속이라고까지 극언을 하였다.

그때 선생님의 말이 끝나자마자 평소에 그다지나 말이 없고 내

성적이기만 하던 상치가 격분해서 자리에서 벌떡 일어서서 다짜고짜,

"비판은 할 수 있지만 모욕해서는 안 됩니다. 선생님은 중국 사람이 아니라는 말입니까."

하고, 항의를 했었다.

그날, 그렇게 상치한테 당했던 선생님이 오늘 이렇게 지각한 상치를 그대로 놓아 둘 리가 없었다. 선생님은 바로 이때라는 듯이 한 손을 들어 상치에게 까딱해 보이며,

"학생, 이리 나와. 그러구 왜 지각했는지 그 이유를 말해 보아."

그러자 상치는 고분고분 앞에 나가서 꽤나 계면쩍은 얼굴로 말했다.

"잘못했습니다. 이유 같은 건 없습니다."

선생이 즉각 받았다.

"이유도 없이 지각을 한다는 것이 학생 스스로가 타락을 달가와한다는 것과 저열하다는 것에 대한 설명이 되지 않습니까."

순간 상치의 얼굴은 귀쌈이라도 한 대 맞은 듯이 대번에 붉어졌다.

그러나 잇대어 선생님은 공세를 늦추지 않았다. 그렇게 또 선생님은,

"일본에서는……."

하고 또 한바탕 일본 이야기를 하려는데, 상치가 그 말허리를 잘

렀다.

"선생님, 저에 대해 얼마든지 엄격하게 비평하실 수는 있습니다. 하지만 선생님께서 말끝마다 일본, 일본 하시는 것은 정말 도저히 참아낼 수가 없습니다."

상치는 계속 말을 이었다.

"최근에도 나가다니라는 일본 청년이 인터넷에다 자기는 야스쿠니 신사를 숭상하며 일본이 중국을 침략했다는 것을 믿지 않는다는 글을 올리면서, 우리를 '지나인'이라고 모독했습니다. 특히 지금 일본에서는 군국주의를 긍정하는 사람이 많아지고 있으며, 그 나이도 점점 낮아지는 추세를 보이고 있다고 하질 않습니까. 물론 그들에게서 좋은 것은 배워야 합니다. 하지만 선생님께서 늘 심지어 말투까지 일본 사람의 흉내를 내는 것은, 저로서 받아들일 수가 없습니다."

그러자 이번에는 선생님의 얼굴이 홍당무가 되며 붉어졌다.

하지만 선생님은 자신의 존엄을 지키려고 상치로 하여금 전체 학생들 앞에서 어찌하여 늘 지각을 하게 됐는지 스스로 검토해 보게 하였고, 상치는 곧장 차근차근하게 이렇게 말했다.

"저는 부모님께서 일찍 돌아가셨습니다. 지금 저의 집에는 일흔이 넘으신 할아버지와 저, 이렇게 달랑 둘이 살고 있습니다. 게다가 할아버지의 다리는 1942년에 일본군과 싸우다가서리 그들 포탄에 끊어졌습니다. 그렇게 할아버지를 돌봐 드리기 위해, 저는 외지의 대학에는 갈 수가 없었습니다. 늘 할아버지께 밥을 지어 드리고 빨래를 해 드려야 하며 더러는 등도 밀어 드려야 하니까요. 그러니 제가 손발이 굼떠서 지각할 때가 많았습니다. 앞으로는 지각하지 않도록 노력하겠습니다. 우리는 어떤 일에서도 남들한테 지고 들어가지는 않을 것입니다."

순간 교실 안에는 요란하게 박수 소리가 터졌다. 선생님도 허리를 굽혀 사죄했다.

이 글을 읽고 나서 방송을 하던 우리 몇이 나눈 이야기는,

"조금 감동적이네요. 저곳에서 저런 일도 있었구나, 싶어지고."

"조금만 감동적이 아니지요. 대단히 감동적이고 가슴이 찌잉해지네요."

"그렇이까 길림성 훈춘시에서 한용철 씨라는 분이 보내 주신 이 글, 같은 학교의 우등생이던 상치 학생의 그 지각의 이유였는데, 서울에 사는 우리까지도 오늘 하루하루를 살아가는 우리 자신들을 한 번 깊이 돌아보게 하는군요. 이런 게 이를테면 좋은 글이 아니겠습니까. 지금 그 상치 학생은 어엿한 어른이 됐을 터인데, 현 중화인민공화국의 어디에서 어떤 위치에 올라서 있는가 하는 것도 궁금해지고요. 한 번 만나보고 싶습니다요."

"그러게 좋은 글은 국경까지 일거에 넘어서 모든 사람들에게 따뜻하게, 혹은 충격적으로 가닿아, 우리 자신들도 반성을 하게

만드는 힘이 있군요."

"참으로 이 글은 한두 마디로 할 수 없는 많은 뜻을 듬뿍 지니고 있군."

5.

1982년 가을 어느 날, 나는 호구 이적 수속을 하러 연길에서 조양천에 갔던 걸음으로 오랜만에 엄마 집엘 들렀습니다. 기별도 없이 문득 들어서는 나를 보자, 너무 놀랍고 반가워서 대뜸 내 몸을 어루만지며 기뻐하시던 엄마는,

"내 정신 좀 보아. 너 점심도 안 먹었겠구나, 배고프지?"
하시며 내가 그렇게도 좋아하는 찹쌀 지짐떡을 부쳐 주는 것이었습니다.

그때 임신 8개월이던 나는 엄마가 부쳐 주는 그 여섯 개의 떡을 한 개도 안 남기고 휘딱 먹어 버려, 어마나아, 너무 죄송하고 송구스러워서,

"엄마, 어쩌지? 정신없이 먹다 보니 그만. 엄마 미안해."
하고 기어드는 목소리로 말했더니, 엄마는

"미안하기는, 남은 찹쌀가루가 고것뿐이어서 너를 실컷 먹이지 못한 내가 도려 미안하고 마음이 아리다."
하시면서 내 손을 꼬옥 잡아 주셨습니다.

　　그날 오후 집에 돌아올 때 지갑 속에 있는 백사십 원에서 엄마한테 백 원을 드렸습니다. 언제나 용돈을 드리면 받지를 않아서 미리 포개 놓은 이불 틈에 끼워 넣고 나왔는데, 언젠가는 버스 정류소에서 그 사실을 알려 드리자 엄마는 와락 되돌려 준다며 집 쪽으로 달려가곤 했었는데, 그날은 생각 밖에도 엄마는 반색을 하시며,

　　"옹냐, 고맙다, 내일 양봉집의 손자 돌 생일이어서 어쩌나 걱정했는데 마침 잘 쓰겠다."

하시며, 선뜻 받아 넣으시는 것이 아니겠습니까. 그러시는 엄마를 바라보며 나는 다음번에는 꼭 용돈을 넉넉히 드리겠다고 마음속으로 다지고 또 다졌습니다.

　　한데 그 뒤 다섯 달 만에 엄마가 뇌출혈로 저 세상으로 가셨으니, 나로서는 용돈을 드릴 기회도 그 밖에도 효도를 할 단 한 번의 기회도 주지를 않았습니다. 그러니 다섯 달 전 그때 단 한 개나마 엄마한테 남겨 드리지 못한 지짐떡과, 겨우 백 원을 받고 기뻐하시던 엄마의 모습이 이 가슴에 걸려 내려가지를 않고, 세월이 갈수록 후회와 추억으로 맴돌기만 합니다요. 그렇게 나이를 먹어갈수록 엄마가 더더 그리워지기만 합니다.

　　이 글을 읽고 나서 방송을 하던 우리 몇이 나눈 이야기는,
　　"비록 짧은 글이지만 엄마를 생각하는 그 절절한 마음이 이렇

게도 자상하게 다가듭니다."

"정말요 내용은 별것 아닌 것 같은데, 참 묘하군요 전혀 재미 있을 것 같지 않은 이야기인데, 이런 글이 왜 이 정도로 재미가 솔솔 날까, 싶습니다."

"암튼, 글이라는 것이 기이해요, 어떤 식으로건 참으로 진정이 담기면, 그 진정만큼, 바로 그만큼은 울려오는 것 같아요 그렇죠?"

6.

1966년 11월 어느 날이었다.

중국에서 일어난 '문화대혁명'으로 학교에 가지 못하게 되었다.

그때 열일곱 살밖에 안 되었던 나는 할 수 없이 농촌에 계시는 부모님을 도와 농사일을 하게 되었다.

마침 그때는 대강 가을걷이를 끝마치고 벼 탈곡을 해서 국가 양잠에 가져다 바치는 시기였다. 바로 그날, 생산대의 대장은 나로 하여금 벼를 수레에다 실어 양잠에다 나르는 일을 시켰다.

"너, 아직 소수레를 모는 법은 모르지? 여늬 소들은 성격이 급해서 사고가 날 수도 있으니까, 이 검정 소를 몰고 다녀라."

하면서 검정 소를 내게 맡겼다.

이 검정 소는 몇 년 전에 몽고에서 우량 품종으로 사 왔던 소인데, 털색이 검어서 모두가 검정 몽골 소라고 불렀다. 이 소는 힘도 세고 온순해서 다루기가 쉬웠다.

나는 그 소수레에 12마대, 약 1000kg나 되는 벼를 싣고 꼬불꼬불한 산길을 따라 15리 정도 떨어져 있는 양잠으로 향했다.

그렇게 소수레가 내리막길을 지날 때였다. 내 앞에 가던 사람이 나를 보고 냅따 소리를 질렀다.

"야야, 준봉아, 어서 빨리 소수레에 뛰어올라라."

흔히 소수레를 몰 때 내리막길에서는, 수레의 멍에가 소머리를 누르지 않게 하려면 그 소수레 뒤에 바싹 사람이 앉아야 하였다.

나는 앞사람이 시키는 대로 소수레 널판지를 딛고 냉큼 그 위로 뛰어올랐다. 그 순간, 우지직하는 소리와 함께 내가 딛은 그 널판지가 부러지고 말았다. 그러니 나는 악 소리를 지르며 소수레바퀴 아래로 굴러 떨어져 넘어졌다.

이제 소가 한 발짝만 움직이면 나는 그대로 소수레바퀴에 깔릴 처지였다. 한데, 놀랍게도 검정 소는 내가 소수레 아래로 굴러 떨어지자 한 발짝도 내디디지 않고 그 급한 내리막길에 떡하니 버티고 서 있었다. 정말로 그 이상의 행운이 있을 수 없었다. 그러니까 내가 떨어질 때 악 하고 내지른 비명을 듣자마자 검정 소도 그 자리에 딱 멈춰 섰던 것이다.

내가 소수레바퀴 아래서 엉금엉금 기어 나오자 내 옆으로 사람들이 우르르 몰려왔다.

그리곤 저저끔 한마디씩 지껄였다.

"야하, 너, 이 소 아니었더면 기냥 저승 갈 뻔했다."

"너 정말, 이 소한테 감사드리고 단단히 한턱내야겠다."

나는 그냥저냥 가슴이 두근거리고 정신도 어벙벙하였지만, 그 검정 소는 두 눈만 껌벅거리고 서 있었다.

그 뒤로도 나는 소수레를 몰 때면 늘 그 검정 소만 몰았고, 나대로도 그 소를 무척 아끼고 예뻐해 주었다. 물론 그 검정 소도 나만 보면 머리를 흔들면서 반겨주었다.

그러다가 1968년 내가 군에 동원되면서 그 검정 소와도 작별했다.

1975년 5월에 제대하고 나서도 그 소를 찾아보았지만, 그 검정 소는 보이지 않았다. 나는 생산대 선배에게 혹여나 싶어,

"내가 몰고 다녔던 그 검정 소는 어디로 갔나요?"

하고 묻자,

"그 소는 버얼써 천당으로 갔네, 너무 늙어서 작년에 잡아먹었네."

하였다. 나는 잠시 그이를 머엉히 쳐다보며 다시 물었다.

"그래서요?"

"그래서는 뭐가 그래서야, 고기 맛은 원 질겨서 말이야, 그런대로 술안주로는 먹을 만했지."

"……"

이 글을 방송하고 나서 우리 몇몇이 나눈 이야기는,

"느낌이 묘하네요."

"그렇구먼. 아닌 게 아니라 옛날에는 우리도 이렇게 짐승들과 일을 함께 하면서 정을 나누기도 했었는데, 요즘에 와서는……."

"맞아. 애완동물이래나, 개들을 많이 기르기는 하는데, 무언지 자연스럽지는 못하고 조금 기괴하지 않습니까. 옛날 그때가 개를 기르거나 소를 기르거나, 자연 그 자체에 순응하는 맛이 있었는데, 요즘은 당최 뭐가 뭔지 모르겠더라니까."

"이 글에서도 끝 장면은 그야말로 통렬하게 다가오는군. 우리 사람들이라는 게 이렇게도 냉혹한가 싶고."

7.

어떻습니까요

이상, 글들을 읽은 소감이 나름대로 있지 않습니까요?

그리고 이런 글들을 버젓이 소설이라고 내놓는 저의 뜻도 대강 짐작되지 않겠는지요

실제로 소설이라는 것이 별것이겠습니까. 사람 사는 이야기가 바로 소설일 것인데, 이런 글들을 한 번 읽어 보면. 불과 30년 전, 4, 50년 전의 우리네 삶도 이 글들 속의 현 동북중국 지방의 우리 동족들의 삶과 흡사하게 닮은 것이 엿보이지 않습니까요 그렇게

일말의 그리움 비슷한 것도 없지 않을 것 같은데요. 실은, 그 무렵의 우리 삶도 바로 이러했던 것입니다.

이런 정경情景에 비추어 보면, 작금의 세상 변화는 참으로 엄청나서, 과연 이런 변화에만 죽을 둥 살 둥 정신없이 맞추어 가야 하는 요즘의 우리 삶이 제대로 가는 삶인지, 더러는 어리벙벙해지기도 한다는 말입니다.

더구나 6·25 전쟁 때도 그때 참전했던 중국 의용군이라는 것도 그 태반이 동북중국에 살던 우리 동족들이었다는 점도, 이 글들 속의 어느 하나가 약여하게 보여주지를 않습니까.

그때 동원되었던 청년은 전사하고, 그 유족인 젊은 마누라와 남매 자식, 셋이서 한 자리에 누워 외로움을 달래는 눈물 나는 풍정 같은 것을, 이런 글 말고 어디서 접할 수가 있었겠습니까요

바로 이런 때, 새삼스럽게 글이라는 것, 특히 소설이라는 것의 실제적인 효용이란 것도 다시 한 번 곰곰 생각해 볼 수도 있지 않을는지요

오늘을 살아가는
연변 조선족 이야기

이 글은 한국 KBS 방송에서 공고했던 '2006년 해외동포 체험수기'에 응모, 장려상을 받은 바 있었던 그 당시 서울에 유학생으로 와 있던 황은하 씨의 「동포」라는 제목의 체험수기 인데, 여기서는 본 저자의 필요에 따라 대목대목 문장을 다듬 거나 더러는 조금씩 첨삭添削도 했음을 밝혀둔다.

'동포'라는 단어는 본시 같은 민족의 사람을 다정하게 이르는 말 이다. 지금 한국에서 유학 중인 나는 중국 정부에서 발급한 여권과 한국 법무부에서 발급한 외국인 등록증을 소지하고 있으니, 같은 나라 사람은 아니지만 같은 민족이며 동포임에는 틀림이 없다.

그러니까 '동포'라는 말은 같은 민족에 '다정한' 색깔을 입혀 부르는 말이었구나, 하는 생각에 미치자, 나는 갑자기 가슴이 뭉클해진다.

재외동포로 살아온 이야기라면 며칠 밤을 새워도 다 못할 만큼 하고 싶은 이야기가 많다. 한데, '민족' '동포'라는 말만 들어도 가슴이 따스해지고, 때론 뭉클해지며, 때론 서러워지기까지 하는 것은 무슨 까닭일까?

그러고 보니까 내가 '동포'라는 단어를 차곡차곡 곱씹어보며 나나름대로 그 깊은 뜻을 천착하게 되기까지의 지난 세월들이 새삼돌아 보인다.

나는 <선구자의 노래> 속에서 선구자들이 말 달리던 해란강 강가에서 태어나 그 강에서 물장구를 치며 어린 시절을 보냈다. 내 고향 용정은 연변 조선족 자치주의 8개 현, 시市 중에 조선족 비율이 가장 높은 동네이다.

우리 집이 있는 자그마한 언덕을 내려와 높다란 담벼락 틈틈이 군데군데 총구 자욱이 보이는 용정현 정부, 바로 옛 간도 파출소를 끼고 우회전해서 조금 걸으면 용두레 우물과 바로 그 앞의 아름드리 버드나무 하나가 보인다.

요즘은 그 둘레를 창살로 에워싸 유원지로 꾸며서 몇 푼 돈을 내고서야 들어갈 수가 있다고 한다. 하지만 내가 어렸을 때는 물이 바싹 말라 바닥이 그대로 보이는 그 우물 옆에 '용정지명 기원지 기념비'라고 새겨진 그닥 크지 않은 기념비 하나만 달랑 서 있었을 뿐이었다. 거기서 왼쪽으로 틀어 조금 내려가면 바로 해란 강이다.

부모님이 두 언니를 한족 학교에 보내서 할머니로부터 한바탕 야단을 맞은 뒤, 나는 할머니 손에 이끌려 현지 초등학교 중에 가장 역사가 깊었던 용정 중심소학교^{현재 용정 제1실험소학교}에 입학을 했다. 내가 지금 우리말과 글을 유창하게 구사할 수 있게 된 것은 바로 이때의 이 할머니 덕이다.

내가 살던 동네는 조선족과 한족 주민이 반반씩이었고 따라서 우리 또래 조선족과 한족 아이들 숫자도 거의 비슷했다. 자연 우리는 함께 어울려 고무줄뛰기를 하고 소꿉놀이도 했으며 날이 어둑해지면 온 동네 거의 40여 명의 아이들이 떼로 모여 술래잡기를 했다. 우리는 말이 통하지는 않았지만, 어울려 노는 데는 전혀 지장이 없었다. 이렇게 아이들이 노는데 있어서는 몸짓이나 웃음소리가 바로 말을 대신할 수가 있었다. 하지만 그렇게 사이좋게 어울려 잘 놀다가도 어쩌다가 싸움 비슷한 것이 벌어지면 정확하게 두 패거리로 갈리곤 하였다.

바로 꼬우리빵즈高麗棒子 패거리와 산똥빵즈山東棒子로 정확히 나누어지는 것이었다.

꼬우리빵즈는 한족 아이들이 우리 조선족 아이들을 욕을 할 때 쓰이는 낱말이었고, 반대로 산동빵즈는 우리 조선족 아이들이 한족 아이들을 욕할 때 쓰는 낱말이었다. 나중에 좀 더 철이 들어서야 알았지만, 꼬우리빵즈는 ‘고려 놈’이라는 소리였고 산동빵즈는 ‘산동 놈’이라는 멸칭이었다.

조선족이 고려 후손이라는 역사적인 사실에서 꼬우리빵즈라는 말이 비롯되었고, 연변지역의 한족 주민들 대부분이 중국의 산동지역에서 이주해 온 것에서 산동빵즈라는 말도 생겨나 있었던 것이었다.

그 당시 아주 어렸던 우리 아이들이 지어낸 말일 수는 없었고, 더러 어른들한테서 얻어들은 말이었을 터인데, 그러니까 하루하루 평화롭게 지내는 것으로만 보였던 우리들의 아버지 어머니들도 그 마음 깊은 속에는 우리가 미처 몰랐던 생각들도 평소에 은밀하게들 품고 있었던가 보았다.

학교에서 선생님들이 더러 우리 민족은 중국에서 가장 문화수준이 높고 우수한 민족이라고 가르치셨지만, 어렸던 내가 그런 소리까지 제대로 이해하기엔 아직은 버거웠던 것이었다. 따라서 그 어렸던 시절에 내가 길들여져 있던 조선족이라는 것은, 단지 한족 친구들과 구별되는 내 편, 내가 속해 있는 ‘우리 편’, 그게 전부였던 것이다.

중학교 2학년 때는 우리말 작문을 가르치던 선생님 한 분이 무슨 일로인가 한 달가량 쉬다가 다시 학교에 나오셨는데, 흰색의 잠자리 날개 같은 실크 블라우스에 검정 스커트를 입으신 모습이 그렇게도 예쁠 수가 없었다. 그때 선생님은 비행기를 타고 홍콩에 갔다가 홍콩에서 다시 비행기를 타고 남조선까지 다녀온 이야기를 해주었다.

그 남조선이라는 게 요즘은 두 시간이면 가닿을 수 있는 거리이지만, 그때는 한중 수교 이전이어서 직행 비행기가 없이 제3국가였던 홍콩을 거칠 수밖에 없었던 것이었다. 그렇게 남조선엘 다녀오신 뒤로 한 달가량을 선생님은 매일매일 눈부시게 예쁜 새 옷을 갈아입으셨다. 늘 언니가 입던 옷을 물려 입고 새 옷은 설날에나 겨우 구경이라도 할 수 있었으니, 선생님의 이 옷차림을 보면서 '남조선은 참 잘 사는 나라인가 보구나.' 하고 생각한 아이는 나 말고도 많았을 것이다.

그리고 하필이면 마침 그때쯤, 거의 20년 동안 연락이 끊겼던 북조선에 사는 작은할아버지가 우리 집엘 다녀가셨다. 우리 어문 선생님께서 "북조선은 우리 조국, 중국의 형제 나라이며, 중국과 북조선은 치아와 치아를 덮은 입술의 관계"라고 가르치셨는데, 도대체 어째서 지난 20년간을 작은할아버지와 연락이 끊겼었는지, 그때 나는 알 턱이 없었다. 어른들의 말로는 그때 북조선과 중국은 무엇 때문엔가 서로 안 좋아지면서 그렇게 됐었다고 한다.

또 얼마 전에는 한국에서 제14차 남북 이산가족 '만남'의 행사라는 것이 성황리에 열렸었는데, 그런 이산가족은 한반도의 남북 관계에만 있는 것이 아니라 남한과 중국, 북한과 중국 간에도 한 가족이 제각기 헤어져 살면서 경제적인 여건이나 비자 등 문제로 만

나지 못하는 이산가족까지 합치면 엄청난 숫자로 많다는 것이다.

그 작은할아버지는 우리 할머니의 친동생이었는데, 저 6·25전쟁 때 참전하셨다가 그냥 그곳에 주저앉아 가정을 이루면서 '북조선' 사람으로 살게 되었다는 것이다. 그때의 6·25 전쟁이라는 것은 중국에서는 '항미 원조전쟁'이라고 하여, 미국에 대항해서 조선을 지원하는 전쟁이었다.

암튼 그렇게 오랜만에 만난 우리 작은할아버지의 일곱 형제 외에도 많은 친척들이 연길, 도문, 왕청, 화룡 등지에 흩어져 살고 있어, 멀리서도 돈 몇 푼이거나 크고 작은 선물 보따리를 이고 지고 여럿이 작은할아버지를 찾아 주시곤 했었다. 그렇게 우리 집에 머무시는 한 달 동안 작은할아버지는 거의 매일 저녁마다 당시 회계사였던 우리 어머니를 "조카며느리, 이리 좀 와 보시오." 하고 불러서는 그날그날 친척들로부터 받은 용돈이며 자기 쪽에서 지출된 돈 액수며 꼼꼼하게 계산을 하곤 하셨다.

동네 아줌마들이 "북조선에서 온 친척들은 어느 집을 막론하고 하나같이 실오라기 하나 여기에 두고 갈까, 아까워서 부들부들 떤다."라고 했던 말도 언뜻 들은 바 있어서, 나는 "실오라기 하나마저 소중하게 챙겨야 하는 북조선은 참 가난한가 보구나, 안됐구나."라는 생각과 함께 그 작은할아버지가 무척이나 안쓰러워 보이기도 했었다.

나중에 들은 이야기로, 그렇게 우리 중국을 다녀가신 덕분에 작은할아버지는 자녀 셋을 시집 장가 잘 보내시고도 한동안은 그 동네에서 작은 부자로 떵떵거리며 살 수 있었다고 한다.

한데, 실은 고등학교에 입학하여 세계 역사 교과서에 잠깐 언급되었던 고구려에 관한 이야기 같은 것이 내가 17세까지 배운 우리 민족 역사의 전부가 아니었을까. 게다가 나는 이과 계통에 들어서면서 고2 때부터는 아예 그나마 역사 과목마저 깡그리 없어져 그때 배웠던 것 마저 싸악 머릿속에서 지워져 있었다.

그런대로 할머니께서 고집스럽게 주장하여서 다니게 된 조선족 학교였지만, 나는 학교에서 고구려, 북조선, 남조선, 그리고 내 조상들이 살아온 삶과 내 삶—이들 사이의 연관성을 밝힐만한 단서조차 전혀 찾지 못한 채 고등학교를 졸업했다. 그래도 뒤에 우리 역사책을 읽을 수 있게 우리말을 배운 것만 해도 어디인가, 라는 생각을 하며 지금에 와서는 그나마 위안을 삼기도 한다.

다행히 예로부터 우리 민족은 깨끗하고 부지런하였다. "예로부터 우리 민족은 자식들 교육이라면 허리띠를 조여 맸지."라는 할머니의 '예로부터'로 시작되는 이야기 시리즈에 조선족으로서의 뿌듯함과 자긍심을 지니게 되었던 것 같다.

그리고 세상에 둘도 없는 멋진 우리 아버지, 아버지는 늘 낙천가이시고 희망을 품고 사시는 분이었지만, 어린 나이의 내가 보기엔 무언지 아픔을 갖고 계셨다. 아버지의 대학교 시절, 중국에는 '문화대혁명'이라는 것이 일어났었는데, 내가 알기로 그것은 수많은 사람들한테 억울한 누명을 씌운 무서운 사회적 소용돌이였다.

그 무렵에 드물게 보는 수재에다 모범생이었던 아버지는 누군가에게서 모함을 당하여 '조선 특무'라는 죄명으로 2년 넘어나 캠퍼스에 연금을 당하고, 감시를 받았다고 한다. 소련 특무나 미국 특무가 아닌 조선 특무로 찍혔던 근거는, 단 하나, 아버지가 조선족이었기 때문일 것이다. 그 누명 때문에 아버지는 대학교에 수석으로 입학하셨지만, 남보다 2년 늦게 졸업한 뒤에도 근 10년을 공장 노동자로 지내오셨다. 훨씬 뒤에 아버지는 자신을 모함했던 그 사람들을 용서한다고 했다. 정치에 관한 이야기는 일절 안하셔서 그 자세한 속내까지는 알 수가 없다. 그러나 그때 아버지의 운명을 결정했던 조선족이라는 사실이 어쩌면 정나미가 떨어지게 싫으셨을 수도 있었을 터인데, 내가 본 아버지는 그 뒤에도 올림픽 경기 같은 때에는 어김없이 노상 북조선과 남한을 응원하셨다.

결국 고등학교를 마칠 무렵 나는 좀 더 넓고 다른 세계를 보고 싶어 부모님을 설득하여 러시아 유학을 떠났다. 1992년 나는 만 열일곱 살의 꿈 많은 소녀였다. 돌이켜보면 한중 수교가 이루어진 해이기도 하지만, 나는 그 역사적인 사실도 한참 뒤에야 알았다. 그때는 알았어도 별로 감흥이 없었을 것 같다. 중국의 텔레비전과 라디오에서 한국을 더는 남조선이 아닌 대한민국으로 바꿔

불렀던 것도 그때부터였다.

외국에 가면 죄다 애국자가 된다고 하는데, 나는 중국을 사랑하는 애국자, 내 민족 조선족보다는 좀 더 큰 조선민족, 또는 한민족을 사랑하는 애국자가 되었다.

유학을 떠나기 전에 준비 물품을 구입하려고 시장에 갔다가 나는 한복 가게 앞에서 나도 모르게 멈추어 섰다. 교과서에서 나는 우리 민족의 대명사로 '백의의 겨레'라는 낱말을 배웠던 것이었다. 그래서였을까. 금방 내린 함박눈처럼 하얀색을 보면 순결함, 정결함, 영원함 같은 것을 연상하게 되고, 지금까지도 나는 하얀색을 가장 좋아한다.

외국 유학을 가는데 내 민족 복장 하나 정도는 갖추어야지, 하는 생각이 들어, 그때 형편으로는 거금을 들여 원단을 고르고, 내 의사대로 하얀색 한복 한 벌을 맞추었다. 그 뒤에 누군가에게서 들어 알게 되었지만, 하얀색 한복은 지금에 와서는 거의 상복 정도로만 입고, 나들이옷으로는 적당치 않다고 한다. 그래서 여태 외출할 때는 입지 못하고 가끔 집에서만 꺼내 입고 가족들 앞에서 '패션쇼'를 하면서 사진이나 한 장 찍어보고는 한다.

그럴 때면 할머니께서 보고 계시면서 "한복을 입을 때는 머리 금을 곧게 내고 머리도 곱게 땋아야 한다."고 조용히 일러 주시었다.

나는 그 한복을 지닌 채 러시아에서의 유학 생활을 시작했다. 러시아의 바자르^{시장}에 가면 김치를 파는 고려인 아주머니들을 만나게 된다. 놀랍게도 비록 조금 서툴기는 하지만, 내가 연변에서 하는 말과 똑같은 말투로 "김치나 좀 사다가 잡숴보우." 하고 말을 걸어 주시었다. 그렇게 사 먹었던 김치는 '김치를 가장한 배추절임'이라고나 할까, 요상한 맛이었지만, 아무튼 그렇게 처음이자 마지막으로 고려인 아주머니들이 담근 김치도 먹어 보았다.

러시아에서 나는 내 나이 열여덟에 처음으로 남조선 사람도 만났다. 그렇게 처음 본 한국인인 고 사장님이라는 분은 훤칠하게 잘생겼고 머리가 희끗희끗한 것이 우리 아버지 나이와 비슷한 아저씨었다. 그분은 그곳에서 처음으로 나를 '동포'라고 불러 주었다.

하지만 그이는 늘 20대 초반의 미니스커트를 입은 예쁜 러시아인 젊은 여자를 대동하고, 우리 학교로 찾아와서는 여자들 기숙사에 들어와서도 전혀 스스럼없이 우리 침대에 걸터앉으시곤 하였다. 그리곤 "우리 한국의 라면과 하이힐 구두는……."으로 시작되는 '우리 한국' 자랑이 장장 유수였고 끝까지 들어 주는 데는 적지 않은 참을성을 필요로 했다.

그렇게 내가 그곳에서 처음 만난 '남조선 아저씨' 고 사장뿐만 아니라, 그 뒤로도 연달아 만났던 여러 명의 한국인들은 하나같이 '돈 많고 남자가 바람을 피우는 것을 당연하게 여기며 잘난 척하는 사장님들'이었다.

그런 이미지가 얼마나 깊게 뿌리를 내렸던지 내 주위에 나처럼 유학을 온 여자 친구들의 부모님들은 자기 딸과 국제전화를 하는 중에 거의 하나같이 "한국 남자는 조심해야 한다. 한국 남자는 사귀지 말라."는 당부를 잊지 않으셨다. 그때 그곳에서 보았던 한국인 아저씨들은 늘 '동포', '동포'를 입술 끝에 달고 다녔지만, 나와 내 주위의 친구들은 그들한테서 추호나마 친근감을 느끼지는 못하였다.

러시아에서 벌목공으로 일하다가 도망 나와서 숨겨달라고 요청하는 조선^{북한} 아저씨도 만났었다. 하지만 나로서는 딱히 숨겨드릴 방법이 없어, 얼굴이라도 가리라고 내 선글라스를 그냥 드렸던 일은 있었다.

그때는 러시아와 중국의 민간 무역이 활발하던 때여서 중국에서 온 보따리 장사들이 많았고, 특히 자기 키를 훨씬 넘는 큰 보따리를 이고 지고 장삿길에 나선 중국 연변 조선족 아주머니들이 많으셨다. 돈 한 푼 아낀다고 버스표도 안 사고 버스에 탔다가 기사 아저씨한테 야단맞는 그이네들을 보면 민망하면서도 왠지 모르게 슬퍼지곤 했었다.

나는 그렇게 러시아에서 처음으로 다양한 우리 민족을 만났다. 어휘와 억양은 다르지만, 분명히 같은 언어를 구사하고 있었다. 하지만 너무나 다른 삶을 사는 그 뭐랄까, 하나이면서도 여럿이 되어 버린 '무리들'. 그것이 바로 우리 민족이었다. 그렇게 나는 '활자로 된 책이거나 읽을거리가 아닌 삶의 실체에서 비롯된 민족이란 과연 무엇일까?'라는 무거운 주제의 고민을 시작하게 되었

고, 지금 이 시각에 와서도 이 문제는 아직 다 풀지 못한 숙제로
남아 있다.

1990년대 초반의 불안한 러시아 사회의 격한 소용돌이에 그만
기겁을 한 부모님의 제안을 받아들여 나는 중국에 돌아와서 대학
교 공부를 계속하게 되었다. 우리 반, 우리 과, 내 주변에는 어느
새 나 말고는 조선족이 아무도 없었다. 실은 나도 조선족이라는
사실을 밝히지 않으면 그 누구도 내가 조선족임은 몰랐을 것이다.

나는 초등학교부터 고등학교까지 중국어와 조선어의 이중 언어
교육을 받았고, 한족 학교를 다녔던 두 언니의 영향으로 중국어
를 구사하는 데도 불편은 없었다. 게다가 타민족들이 인식하고
있는 조선족은 쌍꺼풀이 있는 작은 실눈에 작은 키가 특징이었는
데, 자랑이 아니라 나는 부모님 덕분에 쌍꺼풀에 눈이 크고 키도
작지는 않았다.

친구들은 내게 "조선족은 길을 걸으면서도 춤을 추고 노래를 부
르며 다니는가." 하고 질문을 하는가 하면 "밥은 무얼 먹느냐."고
묻곤 하였다.

나는 한국 친구들이 "조선족은 춤 잘 추고 노래 잘 부른다." 밖
에는 내 민족에 대해 아는 것이 거의 없다는 사실에 여간 놀라지
않았다.

사실이 그랬다. 조선족은 우리 대학 캠퍼스에 같이 어울려 지내
는 회족, 만주족, 몽고족 등 수십 개의 소수 민족 중의 하나에 불

과할 뿐이었다. 실제로 조선족은 중국에서 소수 민족, 말 그대로 인구수가 아주아주 적은 민족이었다. 중국은 주체 민족인 한족 외에 56개의 소수 민족이 어울려 사는 나라인데, 중국의 13억 인구에서 조선족 인구는 고작 2백만이니 0.000154%인 것이다.

그러니 나도 모르게 어느새 민족 사명감이라는 게 생겨 있었다. 내 민족을 알려야 되고 내 민족의 우수성을 알려야 한다는 사명감이었다. 알리기 위해서는 우선은 내가 먼저 알아야 했다.

그래서 방학에 집에 돌아오면 서점을 열심히 뒤져 『조선족의 풍습』 등 책을 사서 학교에 들고 갔다. 졸업을 앞둔 마지막 학기에는 어떻게 하면 뜻깊게 대학 생활을 마칠 수 있을까 고민 끝에 나는 마침 그때쯤 이미 ‘남조선’이 아닌 ‘한국’이라는 이름으로 바야흐로 국제적으로 주가가 높아지고 있는 한국어를 친구들에게 가르치기로 했다.

그렇게 막상 가르치려고 보니 그때까지는 같은 언어로만 생각했던 ‘한국어’와 ‘조선어’는 억양 외에도 다른 부분이 적지가 않았다. 우리 민족의 전통문화라고 믿었던 부분도 그러했다. 둘이 다 ‘우리말’인데, ‘우리 것’인데 왜 이렇게도 다른 걸까? 이런 질문은 일단 미루어 두고, 내가 잘 모르는 부분은 ‘동포 아가씨’라고 불리던 한국에서 온 여학생 친구들에게 물어서 내 학생에게 가르쳐야 했다.

졸업이 다가오고 드디어 나의 마지막 한국어 수업이었다. 내 학생 중의 한 명이 나에게 말했다.

"너는 내가 알고 있는 조선족 친구 중에 가장 조선족 같지 않은 외모를 지녔어. 하지만 너는 내가 아는 조선족 친구 중에 가장 조선족다운 조선족이야."

이 말을 들은 지도 어언 11년이 지났고 나이 서른에 접어들었지만, 내가 여태 들은 찬사 중에 이건 최고 찬사였고, 앞으로도 그럴 것 같다.

대학원은 아버지의 소원대로 내 고향 연변에 위치한 연변대학에 들어갔다. 연변대학은 중국의 5대 소수 민족 대학 중 하나이자 유일한 조선족 대학이며 재학생 중에 조선족 학생이 대부분이다.

연변대학에서 '우리 문학학회'라는 대학원생 동아리에 참가하게 되었는데, 거기서 만난 선배, 친구들은 모두 '우리 것'에 대해 아는 것이 많았다. 동아리에 들어간 지 얼마 안 되어 우리끼리 퀴즈 대회를 열었는데, 나는 "삼한^{3국 시대 이전에 한반도 중남부에 있었던 세 나라, 마한, 진한, 변한}은 무엇입니까?"라는 질문에 아예 말문이 막혀 버렸다.

그때 이 모임의 진행을 맡았던 선배가, "자네는 러시아의 언어, 문화, 역사를 공부하느라 우리 역사는 아직 공부를 많이 못했나 보구나." 하는 말에, 나는 그만 쥐구멍이라도 찾고 싶은 심정이었다.

그 뒤, 연변 대학교 부총장이셨던 이판용 교수님의 러시아 문학 강의를 1년 동안 들을 기회가 있었다. 그 첫 수업 날, 나도향이 누군지 아는 학생 있습니까? 하는 질문에도 우리대로는 충격이 아닐 수 없었다. 어안이 벙벙해 앉아 있는 우리네 러시아 어 전공자들을 보고 선생님은 "허허허 바보들이구먼." 하고 웃으셨지만, 자기네 역사를 이렇게도 모르는 나는 틀림없는 바보였다.

그 충격에서 헤어 나오는 데는 뭐니 뭐니 독서가 약이었다. 나는 『백범 김구이야기로 읽는 한국사』 등 책으로부터 시작하여 다른 많은 책들도 읽었고, 러시아 유학 시절과 대학 시절에 가졌던 내 민족에 대한 의문의 답을 찾기에 총력을 기울여 몰두하였다.

과연 조선족은 어디에서 왔으며 어디로 가고 있는가.

예전의 선인들 발자취를 더듬어 무언가 찾기라도 하려는 듯이 나는 친구들과 함께 연변의 곳곳을 도보로 혹은 자전거로 돌아다녔다. 일송정의 푸른 솔은 '늙어 늙어 갔어도'라고 하기에는 너무나 애송이었다. 만주 땅에 이주한 우리네 할아버지 할머니들의 정신적 지주였으며, 커다란 정자같이 나무가 우거져 '일송정'이란 이름까지 얻었다는 푸른 솔은 온데간데없이 애송이 나무로 바뀌어져 있었다.

일제 악당들이 말려 죽이려고 불로 태우고 나무 주변에 소금과 고춧가루를 뿌렸어도 죽지 않았다던 그 일송정은 없고, 한중 수교 이후에 새로 다시 심어졌다는 소나무도 전혀 볼품이 없었다. 게다가 바로 3년 전엔가, 그 애송이 소나무마저 누군가에 의해 베어져 없어졌다는 기사를 어디선가 가슴 아프게 읽었었다. 하지만 그 어떤 시련이 닥쳐도 일송정은 다시 그곳에 새로 세워지면서 우리 가슴에 깊이 뿌리를 내리리라고 나는 믿어 의심치 않는다.

나는 어린 시절 즐거운 놀이터였던 해란강 가를 다시 거닐며 우리 선구자들의 말발굽 소리에 귀를 기울이기 시작했다. 나와 내가 속한 우리 과거와의 대화는 이렇게 시작되었다.

대학원을 졸업하면서 여러 종류의 진로 중에 '우리 것'에 대해 더 알고 싶다는 소망으로 한국 유학을 선택했다.

1999년 9월 17일, 그렇게 벅찬 마음으로 한국 땅을 밟았다. 하지만 얼마 못 가서 나는 내가 법적으로 해외 동포가 아니라는 것을 알았다. 할아버지의 나라, 내 민족의 나라를 찾으며 양껏 부풀었던 마음이 일거에 나락으로 떨어지는 느낌이었다. 왜냐하면 한국에 들어온 직후에 자세히 알아본즉, 바로 그해 1999년 9월 2일에 제정된 '재외 동포의 출입국과 법적 지위에 관한 법률'에 따르면 '동포'라는 범위를 '대한민국 국적을 가진 해외 영주권자' 그리고 '대한민국 국적을 가졌다가 외국 국적을 취득하면서 국적을 포기한 사람과 그 직계 존비속'으로 제한을 가하고 있지를 않은가.

즉 이 법률에 따르면 1948년 정부 수립 이전에 해외로 나가 어쩔 수 없이 외국 국적을 취득해 대한민국 국적을 취득한 적이 없는 많은 중국 동포와 러시아 지역 동포는 재외 동포의 범위에 들지 않는다는 것이었다.

그나마 다행하게도 많은 시민단체와 인권단체들이 위법 소원을 내서 헌법 재판소가 이 조항에 대한 헌법 불합치 판정을 내림으로써 2003년 12월 31일 자로 이 법률은 무효가 되었다.

처음 만난 한국인 교포들에게 나는 중국 교포 3.5세대라고 나 자신을 소개하곤 한다. 할머니 편으로 보면 나는 3세가 되는 거고, 할아버지 쪽으로는 4세가 되기 때문이다.

그러니까 이렇게 '할아버지 나라'에 온 나는, 여느 외국인들과 똑같이 많은 문화의 차이를 넘어서야 하는 일정한 훈련이 어쩔 수 없이 필요하였고, 아직도 이곳 현지 사정에 제대로 적응하지 못하는 부분들이 많은 것이다. 당연히 그럴 것이 우리는 반세기 넘어 50년 이전의 과거를 함께 공유하고 있지만, 작금 50여 년의 세월은 서로 꽉 막힌 단절된 상태에서 지내왔기 때문이다.

지금 내가 다니는 한국의 대학에서 나오는 조그마한 주간지에 내 짧을 글 하나가 실린 일이 있다. 그날 이른 아침 캠퍼스에 들어서자마자 그렇게 처음으로 활자화되어 나온 내 글을 읽는 순간, 나는 아연실색하고 말았다. 애당초에 내가 썼던 글은, "내가 비록 어릴 적부터 우리말을 구사해 왔고 김치를 먹으면서 자라 왔지만, 우리말 외에도 중국어를, 그리고 중국 요리를 먹으면서 자라 왔다는 얘기가 된다."라는 것이었는데, 바로 이 대목을 그 주간지의 담당 편집자는 "내가 비록 한국인이지만, 중국 문화 속에서 자라 왔다는 말이 된다."라고 임의대로 줄여서 내버린 것이었다. 그러니까 졸지에 나는 중국인에서 한국인이 되어 버린 것이다. 분명히 내 지갑에는 '주민등록증'이 아닌 '외국인등록증'이 들어 있음에도 말이다.

실제로 나는 아예 김치도 중국 요리도 안 먹는 러시아라는 나라에서 유학했을 때보다도, 할아버지의 나라였던 이 한국 땅에 와서 더 많은 것을 극복해내야 하는 어려움을 수없이 겪어야 한다. 어쩌면 사람이라는 게 본시 아예 서로 다른 것보다 서로 비슷하면서 다른 것을 받아들이는 편이 더 어려운 일이 아닐까 하는 생각마저 더러는 들곤 한다.

심지어 혹자는 이렇게 묻기도 한다.

"만일 중국과 한국 간에 전쟁이 일어나면 당신은 어느 편에 설 거예요?"

이렇듯 민족과 국가라는 이중의 정체성을 애매하게 함께 지니고 있는 우리 같은 사람에게는 그때그때 그 이중성의 모순을 통틀어 극대화시키는 이런 종류의 질문은 그야말로 더러는 잔인해 보이기까지 한다.

한중, 한러, 또는 한일, 한미 간의 전쟁에서 우리 교포들은 과연 어느 편에 설까? 우선은 그 이전에, 양국의 언어와 문화를 그런대로 잘 소화해낼 수 있는 우리들이 두 나라 사이에 결코 전쟁만은 안 일어나고 매사에 협력이 이루어질 수 있도록 그 교량 역할을 맡아내야 할 것으로 나는 믿는다.

하지만 그 질문처럼 어쩔 수 없이 만, 만일의 그런 경우에 닥친다면 어떻게 할 것인가?

아마도 나는 적십자 구호대원으로 그 전쟁터를 넘나들게 되지 않을까. 그때의 나에게는 적군도 아군도 없겠으니 말이다.

요즘^{2006년} 한국에서 일하고 있는 조선족 노동자가 20만에 이른다고 한다. 이 숫자가 틀림이 없다면 중국 조선족 인구의 10%에 이르는 어마어마한 숫자다. 작금에 들어서는 외국인 노동자 관련 법규가 많이 개선되고 완화되었다고 듣고는 있지만, 그래도 여전히 불법 체류자들 숫자는 많을 것 같다. 그렇게 한국으로 일하러 오신 그분들은, 우리가 '동포'인가 '똥포'인가, 하고 더러는 불만을 토로하기도 한다고 들었다.

나만 해도 초등학교 시절의 수학 선생님 한 분을 어느 조선족 모임에서 우연히 만난 일이 있었다. 선생님은 아파트를 구입하기 위해서는 돈이 필요했던 모양이었다. 그래서 궁리 끝에 휴직계를 내고 한국으로 돈을 벌러 오셨다. 그러니 보나마나 단속을 피해야만 하는 불법 체류자였을 밖에.

그때 그 선생님은 서울서 박사 공부를 하고 있다는 내 말에 대뜸 "하야아" 하고 화안하게 밝은 웃음을 웃으셨다.

하지만 이때 나는 보았다. 한 오리 한 오리 늘어나고 있는 선생님 얼굴의 잔주름을…… 선생님과의 그 해후를 기뻐하기에는 내 머릿속은 너무나 복잡하고 착잡했다. 부디 중국에 돌아가시기까지 건강하시고, 돈을 많이 버시라는 말 밖에는 드릴 말씀이 없었다. 그렇게 선생님과 작별 인사를 나눈 뒤 나는 곧장 화장실로 가서 참았던 눈물을 쏟아냈다. 얼마나 울었는지 마지막엔 코피까지 나왔다. 나는 선생님께서 제발제발 단속에 걸리지 마시기를, 걸리셨더라도 벌금을 많이 내게 되지 않기를 마음속으로 빌고 또 빌었다.

한번 스승은 영원한 스승이다. 오늘도 여전히 나는 그 수학 선생님의 학생이다. 하지만 선생님은 더는 학생들을 가르치시지는 않는다. 20년 전에 선생님은 교실 칠판 앞에 서 계셨고, 우리 어린것들에게 '조선족은 우리 중국에서 가장 우수한 민족'이라고 가르치셨다.

선생님과의 그 해후 이후로 내 마음속엔 꿈나무 한 그루가 자라고 있다. 나는 20년 뒤에 선생님이 되어 우리 아이들을 가르치는 꿈을 꾼다. 우리 아이들에게 "우리 7천만 한민족, 또는 조선족은 세상에서 가장 우수한 민족이 되기 위해 노력해야 한다."라고 가르칠 것이다. 그 아이들이 중국의 조선족일는지 북녘 평양의 아이들일는지 러시아 고려인 아이들이 될는지 그건 아직 모르지만 말이다.

우리 민족, 이는 남한 국민 5천만, 북한의 2천만, 그리고 중국의 2백만, 구소련 지역의 45만, 일본의 80만 등등을 포함한 한반도 외에 거주하는 1천만 명까지를 합쳐서 모두 8천만 명을 일컫는 말이다.

이들 모두를 의미하는 '세계 속의 우리 민족'은 그동안 다른 지역, 다른 나라, 다른 문화 속에서 서로 다른 운명을 살아 왔고 앞으로 더 다양한 곳에서 살아갈 것이며 나름대로의 가치관과 정체성을 찾고 지켜갈 것이다.

중국에서 우리 할머니와 엄마가 담그셨던 김치, 고려인 아줌마가 담가서 시장에서 팔던 김치, 북한 식당에서 맛보았던 김치, 그리고 지금 한국에서 사 먹는 김치, 이 김치들의 맛이 각각 다르듯이 우리는 하나이면서도 서로 다른 모습으로 살고 있다.

이 8천만 명 모두를 간단히 '우리'라고 일컫기에는 너무 달라 부담스러울 때도 있다. 그래도 우리는 하나이고, 우리는 동포임에는 틀림없다.

자, 어떤가. 황은하 씨의 이 글을 한번 읽어 본 느낌들이 어떠신가?

그야, 지금 2010년에 들어선 이 서울에 살고 있으면서, 제각기 처해 있는 입장에 따라 이 글에 대한 반응도 천차만별일 것이 틀림없다.

바로 오늘이라는 세계가 누천년 지나온 우리 지구촌 역사 속에서 그 유례를 찾아볼 수 없게 어찌 보면 괴기할 정도로 나라건 개인이건 죄다 제각기 제 멋대로 살아가고 있는, 일컬어 다양화

시대이기도 한 것이다.

하여, 서울 사는 몇몇이서 이 황은하 씨의 글을 돌려 읽어 보고 나서, 서로 그 독후감을 나누는 조촐한 자리를 한번 가졌었는데, 그때 털어놓은 각자의 소견들부터 우선 이 자리서 같이 들어 보기로 하자.

물론 이 자리에 모인 사람들은 제각기 나이는 다르지만, 서로 허심탄회하게 자기 의견들을 솔직히 털어놓을 수 있는 피차에 전혀 부담이 없는 지극히 허물없는 사이였다는 것만은 처음부터 밝혀두고 싶다.

이 자리에서 스무 살이 될까 말까한 가장 젊은이 하나가 피시시 웃으면서 이 글을 읽어 본 소감을 우선 이런 식으로 첫 운을 떼었다.

"저는 솔직히 '동포'니, '민족'이니, 처음부터 이런 무거운 소리부터 하는 걸 평소에 썩 좋아하지는 않아요. 대개 어디서건, 잘난 사람들이거나, 잘나려고 하는 녀석들이 얼추 이런 소리부터 좋아하는 것 아닙니까. 이를테면 앞으로 정치 쪽으로 나설 야심을 가졌다든지, 혹은 앞으로 우리 역사에 길이 이름을 남기고 싶은 지도자급 인물이 되고 싶다든지, 대강 그런 쪽의 야심가들 말입니다. 한데 저는……"

"그렇지가 않고, '웃으면 복이 와요' 같은, 그런 것들만 너는 좋아 한다, 그것이야?"

한 자리의 그 아이보다는 조금 나이가 많은 30대 초의 젊은이
가 대뜸 이렇게 받자,

"그렇죠! 그렇죠! 형님이 잘 아시네. 라디오나 텔레비전에서도
주로 내가 좋아하는 건, 그런 코미디언들, 그야말로 황당무계한
것들, 어거지로라도 사람들을 웃기려고만 환장해서들 노는 것들,
그런 거란 말입니다."

그러자 한자리에 앉았던 모두가 한바탕 일제히 웃기부터 하였
다. 그리고 보면, 이 자리에 모인 누구나가 가장 나이 어린 쪽에서
하는 저 소리에 어느 한 구석 공감들은 하고 있음이 틀림없었다.

바로 이때 이 모임을 처음부터 주관했던 가장 나이 지긋한 70
대 중반의 늙은이도 비시시 웃으면서 한마디 거들었다.

"그래서? 처음부터 그런 무거운 골치 아픈 용어들부터 나와서,
자넨 처음 조금 읽다가 아예 그 뒤를 읽기를 포기해 버렸는가?
이런 건 잘난 사람들이거나, 앞으로 잘나려고 하는 사람들이나
읽을 물건이지, 매일매일 허구한 날 늘 웃으며 그냥저냥 사는 걸
즐기기나 하자는 '자기' 같은 사람은 아예…… 하고"

"아니요 그건 대강 맞는 말씀이지만, 하지만, 이 글만은 나대로
꾸욱 참고 끝까지 한번 다아 읽기는 읽었어요 어느 누구 영令인
데 거역하고 안 읽겠습니까요"

"으음, 고맙다, 그래서, 꾸욱 참고, 끝까지 다아 한번 읽어 보니
까, 어떻드나?"

"정작 다아 한번 읽어 보니까, 이런 글도, 평소에 이런 골치 때리는 동네에서는 천리 바깥으로 도망부터 치려고 했던 나 같은 망나니에게도, 나름대로 기별은 와 닿는 것이 있기는 한 것 같드면요"

"으음 그으래? 암튼 제법이군. 그럼, 그 기별이라는 것, 조금 자세히 풀어서 얘기할 수는 없겠나?"

"혼자 가만가만히, 반성 같은 걸 하고 싶었다고 할까요. 하루하루 매일 허구한 날, 요즘처럼 이렇게만 허랑방탕하게 '웃으면 복이 와요' 식으로만 살아서 될까? 이 글을 쓴 그 황 아무개라는 분을 한번쯤 만나서 조용조용히 이야기라도 나누고 싶어지면서……" 하자,

이게 웬일인가. 이 자리의 누구나가 싱얼싱얼 웃고들 있으면서도 어느 구석인가 알게 모르게 조금 숙연해지고도 있었다.

이때 이 자리서 두 번째로 나이가 많은 육십대 중반의 사람이 슬그머니 나섰다.

"아닌 게 아니라, 그닥 길지 않은 이런 글도, 당장 이 글에 드러난 내용을 좀 더 천착해 들어가면, 감자 캘 때, 그 땅 밑으로 뻗은 줄기에서 감자알 올라오듯이, 많은 것이 따라 올라오드면요 우선은 이 글에서도, 두 언니는 부모님 뜻에 따라 두만강 너머 용정龍井 땅에서 한족漢族 소학교엘 들어갔지만, 이 주인공 소녀도 위의 두 언니를 따라 같은 한족 소학교에 넣으려고 하는 걸, 뒤늦

게 할머니께서는 그러려는 그 아들과 며느리에게 한바탕 야단까지 치시며, 당신께서 직접 이 손녀딸만은 손수 데리고 가 현지의 조선족 소학교에 넣는 장면이 나오질 않습니까. 이 장면을 읽으면서 저는, 으음, 그랬구나, 싶어지며, 그 무렵 국내에서 그 나이 또래의 여성 일반을 한 번 떠올려 보게 되드라구요. 제가 알기로, 그 시절에는 이 씨 왕족이거나 지체가 아주아주 높은 노론이나 소론 등등 양반님들네가 아닌, 일반 백성들 아낙네들이야, 거개가 까막눈의 문맹자들이었어요. 그러니까 이 할머니로 미루어볼 때, 그 선대는 틀림없이 조선조 말의 일제 식민지로 떨어지는 조국의 운명을 못 참아, 두만강 너머 북쪽으로 망명을 떠났던 당시의 양반 출신 독립 운동가, 선각자였음이 틀림없었을 겁니다. 그렇지만, 그간에 다시 세월이 많이 흘러 그이들 손자 대에 이르러서 이 때 이 소녀의 부모 되는 사람들은, 그 옛날 조상님들의 그 울분이거나 애국심 같은 것에서 벌써 많이 벗어나 제각기 현지 사정에 그런 정도로 적응해 가고 있었지만, 이 할머니만은 아직도 그 투철한 민족의식을 그대로 견지하고 있었던 것이 아니었을까요. 이 밖에도 이 글에 나오는 그 할머니의 몇 가지 행태. 가령, '예로부터 우리 민족은 자식들 교육이라면 허리띠를 조여 맸지.'라고 말씀하시는 거나, 그 할머니께서는 '예로부터로 시작되는 이야기 시리즈에 조선족으로서의 뿌듯함과 자긍심을 지니게 되었던 것 같다.'라는 대목 같은 것, 그런 것이 이 점을 더 악여하게 보여 주고 있지요."

그 뒤로 잇대어 50대 사람이 또 금방 나섰다.

"저도 그 점은, 이 글에서 아슴아슴 느꼈던 대목인데, 형님께서 딱 찜어서 그렇게 말씀하시니까, 참 그렇구나, 하고 새삼스럽게 그 할머니의 깊은 인품이 와 닿는구면요 한데, 저는 이 글에서 특히 재미나게 읽은 것은, 북한에 사시는 작은할아버지가 모처럼 두만강을 넘어와서 얼마간 머물다 가질 않습니까. 그때 중국 현지 여러 곳에 살던 친척들이 현금이랑 혹은 선물 보따리를 이고 지고 몰려들 오는데, 그걸 매일 저녁 회계사였던 조카며느리인 어머니까지 불러서 같이 꼼꼼히 챙기는 모습이라든지. 그 당시 이 글의 주인공 소녀가 이웃에서 더러 수군거리는 소리를 엿들었던 것으로, 그렇게 북에서 어쩌다 두만강을 건너온 사람들은 죄다 하나같이 실오라기 하나까지도 아주아주 아끼더라는 것이어서, '북한은 몹시 저 정도로 매우 가난한가 보구나.' 하고 생각했다는 점 같은 것, 그 밖에도 그렇게 얼마 동안 머물다 도로 북으로 건너간 작은할아버지는 그렇게 자기 집에 왔던 덕에 자녀 셋을 시집 장가 잘 보냈을 뿐만 아니라 현지에서 한동안은 작은 부자로 떵떵거리며 살았더라는 이야기 말입니다. 현 북한을 두고는 그동안 여러 소리들이 많았는데, 이 글 속의 이 몇 가지만 읽어 보아도, 북한의 실상은 더 이상 거론할 필요가 없을 것 같습디다. 안 그렇습니까."

잇대어서 40대 사람이 나섰다.

"저도 그 점은 공감했습니다요 그 밖에도 저는 특히 이 글에서 두 가지를 인상적으로 읽었습니다요 그 첫째는, 소학교에 다닐 때 여 선생님 한 분이 한동안 학교에 안 나오셔서 궁금하게 여겼었는데, 얼마 만에 다시 나오셨을 때는 그 선생님의 옷차림이 아주아주 세련되게 예뻤고, 게다가 이틀 사흘 거리로 바꾸어 입고 나오시는 옷마다 너무 아름다웠었는데, 뒤에 알고 본즉슨 그동안 선생님께서는 아직 그때는 직항로가 없던 때여서 홍콩을 거쳐 비잉 돌아 '남조선'의 서울을 다녀오신 것이었다고 하질 않습니까. 그렇게 그때 그 선생님의 옷차림을 보고서야 '남조선'이란 곳은 참으로 잘사는 나라인 모양이로구나, 하고 알았다는 것, 그 점이 한 가지였고요 또 한 가지는, 이 글의 주인공께서 모처럼 구소련의 모스크바에 유학을 갔을 때 그곳에서 처음으로 '남조선' 사람을 만났던 느낌을 토로하고 있었는데 그 대목, 특히 고 사장이라는 분의 행태 말입니다, 정말 목불인견이드면요 그 대목을 이 자리서 다시 한 번 읽어 볼게요"

하곤 비시시 쓴웃음까지 웃어 가면서 그 글에서의 그 장면을 잠깐 읽어 내려갔다. 그러곤 다시,

"그 글 인용이 조금 길어졌나요 하지만 그 고 사장님이라는 분부터 이 글은 꼭 한번 읽어 보았어야 하지 않았을까요 그렇게 그런 분이 이 글을 한번 읽었을 때 과연 어떤 느낌을 맛볼까요 우

선 그 점부터 궁금해진다는 말입니다. 그런 분들의 그런 저질스러운 행태들은, 당장 우리로서도 눈살을 찌푸리게 한다는 말입니다. 돈푼깨나 있다고 우쭐해서 거들먹거리는 그 꼬락서니가 훤히 보이질 않습니까. 하지만 나라 망신은 꼴뚜기가 시킨다는 말도 있듯이 이런 자들의 이런 행태가 우리의 '문화' 망신을 도맡아서 시키는 것이 아니겠는지요. 흔히 '문화' '문화' 하지만, 바로 이런 것이 한마디로 우리 '문화'라는 겁니다. 비록 그런 분들이 돈은 벌어들일는지 모르지만, 그이들, 그런 사장님들의 그런 행태가, 통틀어서, 우리의, 우리나라의, 우리 민족의 수준을, '문화 수준'을, 그 형편없는 수준을, 단적으로 보여 주고 있어요"

자리는 다시 조용하게 가라앉으며 자못 숙연해졌다. 더 이상 그 누구도 선뜻 나서려고 하지를 않았다. 그러자 다시 이 자리에서 최고 어른인 70대 늙은이가 비시시 웃으며 나섰다.

"왜, 왜들 그렇게 갑자기 잔뜩 맥들이 빠져서 앉아들 있지? 더 이상은 할 말들이 없나들?"

그러자 그냥저냥 싱얼싱얼 웃고만 있던 50대 중년께서 다시 나섰다.

"저는 이 글 주인공의 아버지 되는 분이 묘하게 감겨 오드군요 보기 드문 수재로 대학에도 1등으로 합격했지만, 그때가 마침 중국의 온 천지가 저 '문화대혁명'이라는 것으로 온통 난리법석이 터졌던 때라, 그이도 '조선특무'라나, 찍혀설란에, 처음 한동안은 생으로 감금을 당했다가 10년 정도 노동 현장에 하방下放되었다가 남보다 훨씬 늦게 대학을 졸업해서는, 등소평의 개혁 개방이 이뤄진 뒤에야 다시 제대로 복권되질 않습니까. 하지만 그이는 왕년에 그 난리 때 자신을 정치적으로 모함해서 그런 곤혹스러운 지경에까지 몰아넣었던 그 악당들을 죄다 깨끗이 용서하면서, 왕년의 그 지나간 일은 일절 입 끝에 한번 올리는 법도 없이 살아가요. 그 점으로도, 남달리 그 깊은 인품이 느껴지면서, 사람이 원체 속이 깊은 분이로구나 싶었는데, 나 혼자 다시 가만가만 차근차근 생각해 본즉슨, 아아, 그렇구나, 그랬구나, 하고, 나대로도 새삼 머리가 끄덕여지면서 이해가 되더라는 말입니다. 바로 그이의 증조부, 고조부 때에는 틀림없이 국운이 통째로 기울어져 가던 조선조 말엽의 우리나라에서 노론이거나 소론 쪽 벼슬아치의 일원으로 상감마마의 궁중에도 드나들다가, 끝내는 나라를 왜놈들에게 팔아먹는 이완용 일당과는 아예 연을 끊고, 두만강 너머로 망명의 길을 떠났었구나, 싶어지더라는 말입니다. 그렇게 권력의 속성에는 고조부, 증조부 적의 그 조선조 말의 권력 투쟁 속에서 이미 심하게 익숙해져 있었던 그 유전자로서 증손자거나 고손자들인 그이에게까지 주욱 이어 내려오는 것이 분명히 있었겠구나, 그렇게 바로 저 정도의 인품을 견지해 올 수 있었겠구나 하고, 저 나름대로도 대강은 짐작이 되더이다."

그러자 이 자리에서 가장 나이 어렸던 젊은이가 다시 나섰다.

"이야기가 이 정도까지 됐으면 저도 한마디 다시 하고 싶은데요 이 글의 마지막에서 전쟁 얘기가 나오질 않습니까요 한중, 한러, 또는 한일, 한미 간에 전쟁이 일어나면 당신은 어느 편을 들겠느냐고 묻질 않습디까요, 특히 이 글에서는, 만일 중국과 한국 간에 전쟁이 일어나면? 하고 묻는 장면이 나오는데…… 그러구 이 글의 주인공께선 뭐라 뭐라 말하던데……."

"으음, 참 그런 문제가 나오지."

하고 이 모임을 처음부터 주관했던 이 자리에서 가장 연장자 격인 늙은이가 결론 삼아 몇 마디 덧붙였다.

"나도 그 문제가 새삼 두드러지는군. 그리고 보면, 모든 것은 시간이고, 세월이야. 우리나라는 물론이고, 중국이며 소련이며 그리고 일본이며 미국이며, 세상 참 많이 변했어. 미국만 해도 어쩌다가 저 아프리카 케냐에 친할아버지와 할머니가 엄연히 시퍼렇게 살아 있는 속에 어엿하게 미국 대통령으로 당선되었으니 말야. 이건 혁명 정도가 아니라, 통째로 세상이 홀까닥 뒤집어진 셈이지. 그러구 소련 제국이라는 것도 어느새 저렇게 홀라당 망해 없어지고, 중국이며 일본이며 저렇게 엄청나게 변해오지 않았는가. 우리 한국도 지난 50년간에 세계 10위권에 들 정도로 이렇게 국력이 커졌고 그러구 보잉까 나는 이 자리서 새삼 저 몇 년 전에 두만강 너머 연길 땅에서 스스로 식음을 끊으며 이승을 하직 하셨던 김학철 선생이 다시 생각나는구먼. 그이는 세상 떠나시기 직전까지, 자기는 마지막 마르크스주의자다, 진짜배기 공산주의자다, 하고, 이 나한테도 오기 섞어 운운하셨는데, 솔직히 입으로는 그렇게 말했지만, 내가 보기로는 반은 어거지스러운 그저 고집이셨어. 변절자라는 소리가 그렇게도 듣기가 싫었던가 부아. 실은 그이는 1916년 생으로, 서울에서 보성중학을 다니다가 30년대 중엽에 학교를 중도 포기하고 중국으로 탈출, 의용군에 가담하여 그때 중국까지 진출했던 일본군과 맞서 싸우다가 한쪽 다리에 일본군 총알을 맞고 일본군에게 포로로 잡히지. 그렇게 일본 규슈 감옥에서 그 한쪽 다리를 잘라내고 계속 그 감옥 속에 갇혀 있다가 1945년 8월에 종전을 맞으면서 그 감옥에서 풀려나 서울에 돌아와서는 공산당에 입당, 좌익 쪽에 몸담고 있다가 48년에 북한으로 넘어가서는 그곳에서 큰 신문사의 기자를 하던 중에 그때 북한 체제 초기의 공군 부사령관인가였던 친매제가 반당분자로 몰려 북한에서 처형을 당하는 걸 겪다가 곧장 6·25전쟁이 일어나 두만강 너머 연변 땅에 터를 잡고 살았는데, 그 뒤로는 57년의 반 우파투쟁과 다시 '문화대혁명' 때도 우파로 몰려서 갖은 고생과 고초를 겪다가 용케 목숨만은 보존하신 채 80년대 말에는 끝내 『20세기의 신화』라는 반독재, 반모택동 서적까지 한 권 내지만, 이미 개혁 개방에 들어서 있던 중국이라, 그냥저냥 지내면서, 다만 종당에는 고향 원산과 바다가 여북 그리웠으면, 자기가 죽거든 화장해서 뼛가루를 동해 바다에 뿌려 달라, 그렇게 자기는 뼛가루로라도 고향으로 돌아가겠다, 라는 유언을 남기지. 한데, 내가 가장 놀랐던 것은 그렇게 돌아가시기 몇 년 전에 모처럼 서울에 오셨을 때 그이에게서 내가 직접 들었던 말 가운데 이런 소리 한마디가 들어 있었어, '당신에게만은 은밀하게 솔직히 털어놓겠거니와, 만에 하나, 지금에 와서 일본과 중국 간에 전쟁이 터진다면, 나는 용약 독재의 나라, 중국을 반대, 일본 쪽에 붙어서 싸울 것이오.'라는 한마디. 지금 이 자리서 다시 그이의 그 소리가 귀 한구석에서 쟁쟁 울리는군. 구경에 이르면, 모든 것이 끝내는 이런 거 아닐까 싶네. 하지만 다시 정신을 바싹 차려서 생각하면, 그건 그 지경으로 노경에 이르렀던, 반은 머리가 몽롱해져 있던 때의 그이의 소리이고, 제대로 양식 있는 소리는 역시 이 글 속의 그 황 아무개의 말이 제대로 된 양식의 소리겠지. 안 그렇겠나."

하곤 잇대어서 오늘 모임의 총결산 비슷이 새삼 정색을 하며 다음과 같이 말하였다.

"대강 이만하면 오늘 모임은 그런대로 성공이야. 한데 끝으로 내가 결론 삼아 한마디 보태고 싶은 것은, 다름이 아니라, 이 글을 쓴 그 황 아무개 말이야. 비록 친할머니 덕에 배운 우리글로 썼고, 본인 말대로 우리와 한 동포임에는 틀림없지만, 우리와 같은 '한국인'은 아니야. 그 점은 이 글 속에서 본인도 강조하고 있지를 않던가. 현재 자기는 '중국인'이라고 우리 모두 함께 이 점을 다시 한 번 곰곰 생각해 보자구. 지금 중국은 통틀어 15억에 가까운 인구야. 엄청난 숫자지. 그리고 우리는 남북, 합쳐서 7천만 정도 아닌가. 땅덩이 말고, 인구 숫자로도 20배가 넘어, 그러니 다시 한 번 생각해 보자구. 저 황 아무개도 지금은 30대 중반이 되었겠으니 어쩜 결혼도 했을 것이고 현 중국의 어느 곳에서 어떤 일에 종사하고 있는지는 알 수 없지만, 현재의 저 나이의 중국인들 태반의 기본 성향이나 매사를 생각하는 수준이 저 정도라면, 그에 견주어서 본 지금 우리 정황은 과연 어떠한가, 이 점을 한번 생각해 보자구."

좌장 격인 70대 늙은이는 잠시 말을 끊더니 앞자리에 앉아 있는 가장 어린 20대 젊은이를 손을 들어 가리키며,

"우선은 바로 저 아이와 비교를 해 보자구. 뭐?! 웃으면 복이 온다구?! 그렇게 노상 그 뭣이냐, 허구한 날 아침저녁으로 텔레비전 앞에 앉아서 코미디언들과 노닥거리고만 있어서야 되겠어? 정말이야, 요즘 저들의 월수입이 엄청 많던데, 그래서 앞으로 그런 쪽으로 나가려고 하는 젊은이들도 꽤 많은 모양이든데, 오늘 이 글에서 보이는 이 황 아무개는 그런 면에서, 바로 반면교사야. 우리 모두에게 크게 경종을 울려주고 있어. 더구나 앞으로는 지역 간에, 혹은 나라 간에, 더더 경쟁이 치열해질 거라고도 하고, 바로 저렇게 떠오르는 중국이 미국을 앞질러 나갈 날도 멀지는 않았다고들 하는데, 우리네 젊은 아이들과 방송 매체라는 것들은 노상 '웃음' 타령만 해서야 쓰겠느냐는 것이지. 안 그런가. 물론

앞으로 세상이 그렇게 흐르게 되면, 그 중국 곁에 바싹 붙어 있는 우리나라도 음으로 양으로 덕을 볼 것임이 틀림없다고들 일부 논자들은 낙관적으로 전망도 하고 있지만, 그렇게 덕을 본다는 것도 그에 알맞은 품격을 갖출 때라야만 덕도 제대로 보게 되지, 그렇지 않고서는 다시 또 옛날 같은 단순한 속국屬國으로 떨어져 버릴 수도 있는 것이야. 그러니까 오늘 이 글을 쓴 저 황 아무개라는 중국 여성은 우리와 한 '동포'로서 같은 '민족'이라는 자격으로, 우리로 하여금 제정신을 차리도록 이렇게 기회를 주었어. 안 그런가. 그러니 자, 오늘은 이만 하지."

영광촌에는 이런 두 여선생이 있다

다음 글은 중국 길림성 교하시의 하순옥이라는 분이 2006
년에 KBS 방송의 '재외동포 체험수기'에 응모해 장려상을 탔
던 「영광촌에는 이런 두 여선생이 있다」라는 글임을 밝혀둔다.

개혁 개방의 봄바람이 중국 대지에 불면서 중국 조선족 사회는
아주 큰 변화를 겪고 있다. 대부분 시골에서 마을을 이루고 살던
조선족들의 발빠른 움직임이 시작된 것이다. 한국, 일본 등 외국
이나 국내의 도시로 돈 벌러 나가는 젊은이들로 조선족 동네는
점점 많이 비어지고 있다.

그런데다 젊은 여성들의 국제결혼으로 최근에 들어 가임 여성
이 절대적으로 부족하다. 정부로부터 조선족은 한 가정에 애 둘

을 키워도 된다는 허락이 있기도 하지만, 간혹 결혼한 신혼 가정 들에서는 애 하나 더 키우는데 드는 정력과 소비가 대단하다면서 약속이라도 한 듯 달랑 외자식 하나만 키우는 집들이 늘어나고 있는 추세인 것이다.

하여, '산아제한 모범'들이 속출하고 있으니 학교에 입학해야 하는 유치원 학생 수가 엄청 줄어들 수밖에.

설상가상으로 어쩌다가 사범학교를 졸업하고 고향에 배치되어 온 젊은 교원들 중에는 월급이 적다면서 아예 학교를 떠나 대기업 체에 취직을 하러 떠나가는 바람까지 불고 있다. 하여, 현재 교원 대오도 전체적으로 노령화 되어가고 있어 불안정한 상황이다.

몇 년 전만 해도 이곳 교하시에는 거의 3만에 가까운 조선족 인구가 여러 향鄕과 시市에 분포되어 있었다. 학생 수가 백 명을 넘어서는 크고 작은 학교가 17개나 있었다. 그런데 지금은 조선 족 소학교가 하나둘씩 시나브로 없어져 4개 밖에 남지 않았다.

전 교하시의 조선족 학생 수가 지난 학기의 통계로 382명이 나 왔다. 전교의 학생이 고작 10명씩밖에 안 되는 두 소학교는 촌에 서 경영난으로 교육국에 건의하여 한족 학교들과 합쳐진 상태다. 이렇게 학교가 깨지는 바람에 한족 학교로 옮겨가는 조선족 학생 수도 적지가 않다.

이곳, 교하시에서 유일한 조선족 실험 소학교인 우리 학교는 2003년에 주위 향들인 신농향 중심 소학교에서 재직 교원 9명에 학생 32명, 라법향 중심 소학교에서 재직 교원 12명에 학생 30명, 오림 민족향 중심 소학교에서 재직 교원 14명에 학생 29명, 팔가 자촌 소학교에서 재직 교원 9명에 학생 50명, 선봉촌 소학교에서 재직 교원 12명에 학생 15명으로 전체 교원들은 56명, 학생은 156명이 합병되었다.

해마다 중학교로 가는 학생과 1학년에 새로 입학하는 신입생의 학생 수가 이렇게 정비례되지 않아, 600명에 가깝던 우리 학교의 학생 수가 360명으로 줄었다. 더구나 5년 뒤에는 우리 교하시 조선족 실험 유치원에 입학할 어린이는 단 3명밖에 안 될 것이라는 조사까지 나와 있다. 그러니 소학교는 물론이고 하나밖에 없는 중학교도 연쇄반응으로 학생 수가 적어지는 수밖에.

게다가 지난 해 우리 학교 재학생 360명 중에는 부모들의 이혼과 출국으로 한쪽 부모거나 아니면 양 부모가 다 곁에 없는 학생이 무려 158명으로 전교 학생 수의 43.9%를 차지한다는 통계까지 나와 있다. 이런 학생들은 대부분이 편부모거나 아니면 대리 부모에 얹혀서 학교에 다니는 상황이다.

많은 학생들이 가족 따라, 부모 따라 이 학교에서 저 학교로 옮겨 다니며 철새 신세가 되고 있다. 물론 그런대로 형편이 넉넉한 집의 학생들은 부모들이 마련해준 시내의 아파트에서 할머니 할아버지와 함께 수속비도 많이 내고 시내의 중점 학교로 전학을 해 온다. 시내 학교와 떨어져 있어도 통학 버스가 있는 곳의 학생들은 새벽에 일어나서 학교로 올 수가 있다. 그렇게 학교에서 공부를 하고 저녁 늦어서야 집으로 돌아간다. 그렇게 비록 통학의 어려움은 있지만, 시내 학교에 다닌다는 한 가지 이유만으로 많은 학부모들은 마음을 놓고 있다.

이렇듯 교육의 현장이었던 조선족 마을들이 스름스름 해체되면서 지난 반세기 동안 중국에서 민족교육의 최고 영광을 누려 왔던 조선족 교육이 이토록 소학 단계에서부터 심각한 타격을 받고 있다. 학생이 없는 학교들에서 폐교를 당겨오자 우리 교하시 실험 소학교로 전학하러 오지 못할까 보아 안달을 하는 학부모들이 많다.

"통학 구내의 학생이 아니면 학교에 내야 되는 돈이 훨씬 많은데 왜 꼭 시내 학교로 전학해 오려고 하세요?" 하고 물으면,

"시내 학교에서 배우지 않는 영어에 기타 학과목조선어문, 수학, 한어문을 제외한들까지도 다 제대로 배우니 전면 발전을 하게 되어서 마음을 놓을 수 있지요"

시골 학부모들의 대답이다. 자식의 앞날을 위해서는 무슨 대가를 치르더라도 고생을 사서 하려는 학부모들로 나름대로 감동을 받게 된다.

이런 때 그나마 아직은 곳곳에 흩어져 있는 조선족 마을들에 조선족 유치원이라도 남아 있어서 어린이들을 모아 가르친다면 조건이 좀 못 하더라도 다른 학교로 전학 가는 학생만은 단 한

명이라도 줄어들 수가 있겠는데, 교하 지역의 유일한 민족 향인 오림 조선족 중심소학교 마저도 깨어져 합병이 되니 가슴 아픈 일이 아닐 수 없다.

그 어려웠던 나날에 조선족 할머니, 할아버지들이 초가집에 살면서도 학교만은 잘 지어야 한다면서 쌀 팔고 돼지 팔아 마을 복판에 덩실하게 지은 벽돌 기와집이며 아담한 층집들이 아니던가.

해마다 농한기 철이 되면 학교 운동장에서는 동네 노소가 즐겁게 마을 운동대회도 했었는데 지금은 그런 곳을 눈 씻고도 찾아볼 수가 없다. 그곳은 이미 돈 많은 개인들이 사서 소 사육장이나 농산물 가공공장으로 만들어 버렸다. 또 어떤 학교는 사려는 주인조차 안 나타나서 휑 하니 비어진 채 버려진 건물들도 있다. 이렇게 민족 소학교들이 별무리에서 사는 별똥처럼 스러져 버리니 너무나도 가슴이 아프다.

바로 이런 형편에 우리 교하시의 전진향에는 '단 한 명의 조선족 학생이 있어도 잘 가르치며 고향의 학교를 지키겠다.'며 확고한 의지를 가진 두 천사 여선생님으로 민족 교육이 이루어지고 있다는 소식을 들었다.

'영광촌 소학교의 두 여선생님'

나는 가만히 혼자서 이 말을 중얼거려 보았다. 고마운 민족의 보배인 그들을 만나지 않고서는 도무지 견딜 수 없는 충동을 느꼈다. 나는 관련 부문을 통해 그 영광촌 소학교 담당자 선생님의 전화번호부터 알아냈다.

한 번도 가보지 않은 곳이어서 버스 정류소의 게시판을 보고서야 전진행 아침 첫 버스에 올랐다. 때는 바야흐로 대설의 추운 날씨가 시작된 터라서 차를 기다리는 사람도 차를 타는 사람도 발이 시려서 동동 굴러댄다.

차가 출발하여 발동기가 켜졌건만 간밤에 차고에서 얼었는지 차 안은 냉장실처럼 썰렁하여 따뜻한 기운이라고는 전혀 느낄 수가 없다. 버스 유리창으로 성애가 모락모락 쉴 새 없이 피어오른다. 창밖을 내다 보려고 운전수와 차장은 다 쓴 전화 카드로 유리창에 낀 성애를 부지런히 긁어댄다.

그 사이로 뻐끔하게 내다 보이는 길 양 옆의 논밭에는 곡식들의 그루터기들이 두툼한 눈 이불을 덮고 가려져 있다. 드러난 밭고랑이며 논두렁의 윤곽을 보고서야 어느 곳이 논이고 어느 것이 밭인 줄을 분간하게 한다. 간혹 부지런한 주인을 만난 밭들에 낸 거름 무더기들이 보기 좋게 줄져 서 있는 것이 보인다. 길 양 옆에는 하얀 성애 옷을 입은 느릅나무가 휘늘어져 있다. 느릅나무 가지들은 떠오르는 아침 햇살에 반사되어 은빛으로 반짝이며 신비로운 시골 풍경을 내보이고 있다.

내가 탄 버스는 조선족들이 많이 산다는 오림향이며 남강자촌과 이치강자촌을 지나 짙푸른 나무숲으로 들어섰다. 산허리를 잘라서 낸 길 양 옆에는 소나무 숲이 있고 굵직한 참나무 마다에는 바싹 마른 잎들이 작은 깃발들이 되어 바람에 펄럭이고 있다.

이때 한 산자락 길에서 나무꾼 하나가 소달구지에 나무를 가득 싣고 큰 길로 나왔다. 저도 모르게 20년 전 시골에 살 때 눈에 푹 빠지는 시골에서 땔나무를 해서 큰 길까지 메어 내오던 일이 생각났다.

그때 시골 학교에서 학생들을 열심히 가르치던 일들도 꼬리를 물고 새록새록 떠올랐다. 시골이라고 하여도 학생들이 많았고, 또 성공하여 사회에 나가서 행세하는 분들도 많아, 그때만 하여도 우리 교원들의 직업은 좋은 것으로 손꼽혔었다. 그때 우리 교원들은 학생들과 힘을 합쳐 새로 준공된 학교 주위에 나무를 심어 환경을 미화하는 일에도 구슬땀을 흘렸었다.

오늘 찾아볼 주인공들이 바로 그 예전의 우리 같다는 생각을 하니 저도 모르게 더더욱 친근하게 느껴지는 것이었다.

버스는 한 시간을 달려 목적지인 전진향 영광촌에 도착을 하였다. 집집마다 굴뚝에서 모락모락 피어오르는 연기가 멀리서도 한눈에 안겨온다. 동구 밖의 콘크리트 다리를 건너서니 높이 자란 백양나무들로 둘러싸인 아담한 벽돌 기와집이 나타났다.

이 영광촌의 조선족 소학교는 우리 선조들이 두만강을 건너 이곳에 정착하면서 피땀으로 세운 학교로 이미 80년의 역사를 가지고 있다. 최초에는 350세대가 살았는데 그때는 학교도 흥성하였었다. 90년대 초까지도 500명 학생에 12명의 교원이 있었다. 한데 지금은 큰 마을에 90세대, 370명의 인구 밖에 없다, 게다가 없어진 사람의 절반은 외지나 외국에 나가 있어 근년에 와서는 학생 수나 교원이 급감하며 오늘 같은 형편에 이른 것이다.

서투른 초행길이어서 내가 미리 전화를 드렸던 터이라 학교 책임자이신 배정애 선생님이 찬바람을 맞으며 큰길까지 나와서 기다리고 계셨다.

"이 추운데 오시느라 고생 많았어요. 어서 사무실로 들어가십시다."

열정적인 안내를 받으며 들어선 사무실은 소박하기 그지없었다. 마을 주민들이 어렵게 장만해준 땔나무를 절약하려고 교실 하나를 난로 벽으로 중간을 막고 한 쪽은 교사용 사무실로 한 쪽은 수업용 교실로 되어 있었다. 다른 한 분 선생님은 장월선 교원인데 두 분 다 40대 나이였다.

이 학교의 전교생 수는 2학년 5명, 5학년 2명, 합계 7명이었다. 교실에 들어서니 마침 5학년인 춘향이와 연미가 한창 기말 복습을 하고 있었다. 낯선 선생님인데도 불구하고 시키기라도 한 듯이 공손하게 인사를 해 왔다. 두 학생의 따뜻한 인사말에 잔뜩 추위에 얼었던 몸이 어느새 확 풀리는 느낌이었다. 마음도 금방 훈훈해졌다.

"물 드세요. 이 보리차는 장월선 선생님이 손수 심어 가꾼 보리로 만든 것이에요. 우리는 선생님과 학생이 같이 마셔요."

배정애 선생님이 권했다. 비록 고급차는 아니었지만, 선생님이 직접 학생들을 위하여 정성들여 보리를 심고 땀 흘려 가꾸어 만든 귀중한 차라는 생각이 들어 받자마자 단숨에 마셨다. 입 안에서 감도는 보리차의 맛은 시골 선생님의 학생들에 대한 소박한 사랑처럼 구수하였다.

내가 근무하는 도시 학교에는 교실마다 난방 장치가 잘 되어 있고 건물 안에 상하수도가 있으며 매일 학교에서 점심 한 끼는 공짜로 제공해준다. 그런데도 학생들의 이런 저런 불만은 한두 가지가 아니다. 그들이 이 학교의 이런 상황을 보았다면 그런 자잘한 불만들은 없었을 텐데……. 그렇게 복 속에 푸욱 파묻히면 진짜 복을 모르게 되는가.

잠깐 휴식 시간이 되었기에 벽 하나를 사이에 둔 2학년의 담임이신 장월선 선생님을 찾아 갔다. 꼬마들이 선생님을 엄마처럼 졸졸 따르면서 고분고분 말을 잘 듣고 있었다.

'석자 베를 짜더라도 베틀 벌이기는 마찬가지'라고 비록 학생 수는 적지만 가르치는 내용은 다른 학교들과 똑같은 것이다. 담임 교원으로서 학급 관리를 하랴, 전국 통일 교재로 된 어문^{한족 교재}, 조선 어문 등, 십여 개의 학과목들을 빠짐없이 가르치랴. 두 선생님은 정말 눈코 뜰 새도 없었다. 아파도 병가를 낼 엄두조차 내지 못한다고 한다.

선생님들은 학생들에게 더 많은 학과목을 가르쳐 주려고 십여 년이 넘도록 주 과목으로는 하루에 30시간을 가르치고, 부 과목도 2학년과 5학년을 합하여 복식 수업의 방법으로 수업을 견지하고 있었다.

뒤쳐지는 학생이 생기지 않게 하려고 두 여선생님은 점심시간에도 도시락을 챙겨와 날마다 애들에게 보충 수업을 해 주고 있었다. 한 학생이라도 합격 못한 과목이 있으면 합격률은 마이너스로 되기 때문에 그럴 수밖에 없는 상황이라고 안타까워하는 것이었다.

"우리 반의 다섯 명 학생 중에는 엄마가 한족인 한족 학생이 세 명이에요"라고 장월선 선생님이 말씀하셨다.

"그 애들은 왜 한족 학교에 가질 않지요?"

내가 이렇게 묻자, 두 선생님은 학부모들이 이곳 조선족 학교의 두 여선생님이 애들을 제 자식처럼 잘 가르치니 더 마음을 놓는다면서 보내온다는 것이었다. 배 선생님과 장 선생님은 학생들의 예절 교육과 지적 향상 등 어느 면도 소홀히 하지 않는다. 학부모들이 두 선생님을 믿는 가장 큰 이유이다.

두 선생님은 각각 자식을 두 명씩 두었는데, 큰 아이들은 이미 대학에 붙어 도시로 나갔고, 지금 고중에 다니는 아이들도 학급에서 성적이 우수하다고 한다. 그들은 이구동성으로 제 자식도 제대로 가르치지 못하면 교단에 서기가 부끄러운 일이라고 했다. 장 선생님의 경우 몇 해 전에 남편이 중국 청도시에서 취직한 뒤 좋은 일자리가 있으니 아내더러도 빨리 나오라는 독촉을 여러 번

받았다고 한다. 하지만 이 학생들을 두고 갈 수는 없어 이렇게 혼자 살이를 하고 있다고 하였다.

그러니까 이 영광촌의 두 여선생님들은 제 자식들을 잘 길러낸 경험으로 교학 진지를 지켜가기에, 전 중국의 조선족 학교들이 줄줄이 폐교당하고 있는 위기 상황임에도 그 교실에서만은 우리 글 소리가 낭랑하게 울려 나오게 하고 있는 것이다.

장 선생님은 유치원도 못 다녀서 전혀 기초교육이 안된 1학년생을 맡았을 때 있었던 이야기를 얘기해 주었다. 조선어문에 나오는 '파릇파릇'이란 낱말을 아무리 설명해 주어도 애들이 못 알아들어 고민 고민하다가 끝내는 아예 학생들의 손을 잡고 강변으로 나갔다고 한다. 마침 봄철이어서 꽃다지며 쑥, 민들레들이 파랗게 얼굴을 내밀고 나오는 것이었다.

그 어려웠던 낱말을 어린이들도 이런 현장 실습을 통해 대번에 알아먹곤,

"선생님 이젠 '파릇파릇'이 무슨 뜻인지 알았어요"
하면서 손뼉들을 치고 퐁퐁 뛰어다니더라고 한다. 요만한 것을 가르쳐 주는데도 이런 정도로 심혈을 기울이는 선생님들에게 진정으로 존경심이 솟아났다.

"이 두 천사 선생님에게서 6학년까지 배우고 교하 중학교에 간 학생들마다 심성이 곱고 말썽도 부리지 않고 다들 공부에 노력하기에 중도 퇴학한 학생들이 없어요 그러니 우리 영광촌 학교는

없앨 수 없습니다."

마침 이용호 촌장께서 위원회 사무실에 나오셨다가 이 학교로 찾아온 나를 보고 학교의 두 분 여선생님에 대한 칭찬을 아낌없이 하셨다.

"촌 위원회에서 재작년에는 스승의 날에 우리를 데리고 길림 송화호 유람을 시켜주었지요. 작년에는 교하시에서 가장 맛있는 밥 한 끼도 대접해 주었고요"

고생을 알아주는 촌 위원회의 따뜻한 대접과 배려에 사뭇 감동하는 두 여선생님이었다. 이렇게 촌장과 교사가 서로 칭찬하며 공로를 양보하는 아름다운 모습에서 시골 학교의 밝은 내일이 보인다.

젊은 청춘을 묵묵히 시골 학생들을 위해 바치는 두 여선생님을 보면서 아낌없이 자신을 불태워 어둠을 밝혀주는 촛불의 정신을 떠올렸다. 그런 선생님들이 있기에 이곳 학교에 다니는 학생들은 시내 학교로 통학하는 애들처럼 돈을 더 많이 써서 학부모들에게 부담을 주거나 추운데 통학할 고생을 하지 않아도 된다.

우리 학교에는 그처럼 많은 교사들이 남아돌아 퇴직 연령이 안 된 사람도 떠밀려서 조기 퇴직하고 집으로 돌아가서 하고 싶은 일들을 하고 있는데, 이런 학교나 이런 학교의 학생들을 도와서 자원 봉사자가 되면 어떨까.

점심때가 가까워 오니 두 분 선생님은 서로들 식사 대접을 제

집에서 하겠다며 나를 잡아당긴다. 아직도 보충 수업을 하는 학생들이 앉아 있는 것을 본 나는 괜시리 나 때문에 학생들과 선생님들께 폐를 끼칠까 보아 단연코 거절하고 문을 나섰다.

집으로 오는 택시에 앉아서 나는 깊은 감회에 잠겼다. 어떤 곤란이 눈앞에 닥치더라도 쉽게 포기하는 약자는 되지 말아야겠다는 생각이 든다. 차를 타고 가는 나의 눈앞에는 난로에 데운 옛날 시골의 양철 도시락을 펼쳐 놓고 선생님과 학생 모두가 비잉 둘러 앉아 이야기꽃을 피우며 식사하는 모습이 보인다. 일곱 살인 춘몽 학생이 혼자서 난로도 피울 줄 안다며 좋아하던 월선 선생님, 이제 5학년인 두 여학생이 6학년이 된다면서 좋아하던 정애 선생님, 그들을 두고 오는 나의 가슴에는 뜨거운 난류가 흘렀다.

그런데 마음 한구석이 아련히 아파오는 것은 무엇 때문일까. 얼른 집에 가서 따뜻한 전화라도 한 통 더 해 드리고 기념으로 찍은 사진도 어서 부쳐 드려야겠다.

"자, 오늘은 2010년의 이 서울에서 살고 있는 우리들이 이 글을 한 번씩 읽어 본 느낌을 털어놓아 보도록 해 보세나."
하고 또 70대 노인께서 이야기 허두를 꺼내었다.

그러자 이 자리에서는 가장 어린 쪽인 20대 전후의 청년부터 비시시 웃으며 나섰다.

"저는 우선 이 글에서 마음이 끌린 것은 이걸 쓰신 분의 '글솜

씨'예요. 제가 그 한 대목부터 한번 읽어 볼 것이니 들어들 보세
요."

"'차가 출발하여 발동기가 켜졌지만 간밤에 차고에서 얼었는지,
차 안은 냉장실처럼 썰렁하여 따뜻한 기운이라고는 전혀 느낄 수
없었다. 버스 유리창으로 성에가 모락모락 쉴 새 없이 자꾸 피어
오른다. 창밖을 내다보려고 운전수와 차장은 다 쓴 전화카드로
유리창에 낀 성에를 부지런히 긁어댄다.

그 사이로 빠끔하게 내다보이는 길 양 옆의 논밭에는 곡식들의
그루터기들이 두툼한 눈 이불을 덮고 가려져 있다. 드러난 밭고랑
이며 논두렁의 윤곽을 보고서야 어느 곳이 논이고 어느 곳이 밭인
지를 분별하게 한다. 간혹 부지런한 주인을 만난 밭들에는 가을에
낸 거름 무더기들이 보기 좋게 줄져 서 있는 것이 보인다. 길 양
옆에는 하얀 성애 옷을 입은 느릅나무가 휘늘어져 있다. 그 느릅
나무 가지들은 마악 떠오르는 아침 햇살에 반사되어 은빛으로 반
짝이며 신비로운 시골 풍경을 연출하고 있다. …… 산허리를 잘라
서 낸 길 양 옆에는 소나무 숲이 있고 굵직한 참나무들마다에는
바싹 마른 잎들이 작은 깃발들이 되어 바람에 펄럭이고 있다.' 이
런 글들이 아주아주 겨드랑이로 감겨오듯이 정답네요. 우선은 이
런 글솜씨부터 확 다가듭니다요."

'으음,' 하고, 이 첫 반응에 자못 만족하는 듯이 70대 노인께서
고개를 천천히 끄덕이는 속에 50대 중년도 금방 잇대어서 말했다.

"어찌 보면 그 글을 읽고 나서, 글솜씨부터 이야기한다는 것이 조금 어색해 보일 수도 있겠지만, 아주 핵심을 찔렀어. 이 자리가 무슨 문학하는 사람들 모임은 아니지만 말이지, 하지만, 일단은 우리가 사는 산천과 자연에 대한 이 정도의 감수성을 갖고 있느냐, 못 갖고 있느냐 하는 것부터가 아주아주 중요할 것이거든. 그 점이야 말로 첫 열쇠일 거야. 이런 자리라는 것이. 안 그렇겠어? 실제로 이만한 감수성을 지닌 여성이니까, 바로 이런 글도 썼을 터이고, 새벽 일찍 그 영광촌으로도 추위를 무릅쓰고 찾아갈 엄두나마 냈을 것 아닌가베. 한데, 이 자리서는 가장 젊은 축이어서, 요즘 우리 세태 돌아가는 것에만 흠뻑 젖어 있고, 그런 쪽으로는 아예 관심조차 없으려니 했는데, 첫 마디부터 이 글의 글솜씨부터 이야기 하니까, 나 같은 늙은 사람은 내심 놀랍기도 하고, 마음부터가 푸근해지누만, 그 점만으로도 오늘의 이 모임은 이미 소기의 목적을 이뤄낸 거나 다름 없다아, 이런 생각까지 드네그려."

그러자 60대가 그 뒤를 잇대어 몇 마디 한 것이 빌미가 되어, 대번에 열띤 토론이 벌어지기 시작하였다. 일단, 그 발언 내용부터 순서대로 대강 소개해 보기로 하면,

"이 자리에서 그 중 나이 드신 어르신께서 우선 그런 말씀을 하시는 것은 충분히 이해도 되고 공감이 가지만, 저는 솔직히 조금 착잡하고, 뭐랄까, 혼자서 가만가만 고개도 갸웃거려지고 좀 그렇습니다요. 차라리 그 글 맨 끝머리의, '그런데 마음 한구석이

아련히 아파오는 것은 무엇 때문일까. 얼른 집에 가서 따뜻한 전화라도 한 통 더 해 드리고 싶고, 기념으로 찍은 사진도 어서 부쳐 드려야겠다.'는 그 마음 움직임이 걸려서 말이지요, 당최……그야 물론 어르신 말씀이 백번 옳은 소리이고 지당합지요만, 그렇게 그 시골 구석에서 고생하시는 그 두 여선생님이, 저로서는 무척 안쓰럽고 안 되어 보인다는 말입니다. 그이들의 그 고생이 진정으로 보람이 있어지려면 뭐니뭐니 그러는 그이들의 앞날이, 미래가, 환하게 열려 보여야 할 것인데, 요즘 세상 돌아가는 것이 어디 그렇습니까요. 어느 모로 뜯어보아도 두 선생님의 그 뜨겁게 애쓰시는 것과는 역방향으로 흘러가는 것이 오늘의 큰 흐름, 실제 대세가 아닙니까요 우선 그 점부터가 제 가슴을 싸늘하게 해 온다는 말입니다. 하지만, 이 자리에서 가장 나이 어린 쪽도 이 글을 읽어본 느낌을 저런 식으로 털어놓는 마당에, 나이께나 먹은 제가 고작 이런 엇가는 소리부터 해서, 그야, 송구스런 마음도 전혀 없지는 않소이다만, 하지만 그래도 누가 해도 할 소리는 해야 되겠기에."

"그러니까 형님께서는 그 두 여선생님의 그런 행태에 찬성해 나서기는 힘들다. 이런 소린가요? 다시 말해서 형님 경우에 그런 따님을 두고 있다면, 지금이 어느 세월인데 그따위 짓이나 하려 드느냐며 단연코 반대를 하고 나설 것이다, 이런 말씀인가요? 어때요? 그럴 작정이신가요?"

"보라구, 저렇게 대뜸, 벌써 시비조로 나오지를 않는가. 내 친딸이 그런 경우에 처해 있다면, 단연코 막을 참이냐고, 저렇게 두 눈 부릅뜨고 으둥부둥 화부터 내지를 않는가, 그야, 나 자신이 직접 그런 처지에 닥쳐있다면, 그때의 내 형편이나 정황이 구체적으로 어떨 것인지 그때대로의 내 자세한 사정에 따라서 결정될 문제이겠지만, 이 자리는 꼭 그런 자리는 아니잖아요. 그저 이 글에 나타나 있는 문제를 놓고 한번 우리대로 토론을 해 보자는 자리가 아닙니까. 그러니까 일단은 할 만한 소리들은 죄다 나와야 하지 않겠나. 내가 방금 한 이야기도 바로 그런 기분에서 누구건 간에 한 번쯤 제기해 봄직한 것으로, 해 본 것이지, 그이들의 저런 행태를 꼭 찬성한다, 반대한다, 그런 쪽은 아니지요."

"하지만, 제 생각도 그러네요. 오늘 이 글을 두고 마지막 결론이 대강 어떻게 날 것이냐 하는 점은 미리부터 저로서도 예상은 되었었어요. 그렇지만 그 두 여선생님이 참 안쓰럽다, 안 됐다, 우선 가슴부터 싸아하게 아파진다, 이런 소리가 초장부터 그렇게 나와서 찬물부터 끼얹으며 초를 치는 것은, 제가 보기에도 좀 뭣하다, 싶긴 하네요. 안 그렇습니까. 이 자리에서 그 중 어린 쪽이, 그 문장의 일부를 인용까지 해가면서 찬탄하는 감회까지 한마디 털어놓는 마당인데." 그 뒤를 잇대어 금방,

"그렇지, 그렇지, 조금 전에도 나는 저 아이의 이 글을 읽어낸 독후감 몇 마디를 칭찬을 해 주었었지만, 지금도 그 일을 해내는

그 여선생들이 당장 우리들이 나누는 이 이야기들을 접해볼 기회
가 있게 될는지도 모를 그런 경우까지를 가정해 본다 하드래도,
그이들에게 고무가 되지는 못할, 되레 그이들 당사자들이 들어도
조금이나마 섭섭하게 언짢게 여길 그런 소릴랑, 이 자리서도 삼
가하는 것이 그이들에게 대한 기본 예의일 것이다아, 그런 생각
은 드누만. 안 그런가.”

　“물론 그렇기는 하지만, 실제로 이 글은 애당초부터 그런 토론,
심지어 열띤 논쟁거리까지 지니고 있는 것은 사실이었어요 기왕,
그런 것이면, 아예 처음부터 그걸 확 드러내서 피차에 이야기를
해 보는 것이 괜찮기도 할 것이에요 실제로 그 글에서 나타난 그
런 문제로 말할 것 같으면, 이건 꼭 현 동북중국의 우리 동포들인
조선족만이 안고 있는 문제가 아니라, 조금만 시야를 넓게 잡아보
면 오늘 이 서울에서 사는 우리들도 당장 부딪쳐 있는 문제거든
요 안 그렇습니까. 그 규모와 성격에 조금 차이는 있겠지만, 본질
문제는 똑같아요 요컨대 ‘교육 문제’로 귀착하는 것이 아니겠습니
까. 아이들을 어느 방향으로 어느 기준에다 주로 목표를 두어서
교육을 해 갈 것이냐 하는 점 말입니다. 요즘 흔하게 이야기 되는,
그 뭣이냐, ‘세계화’ 기준에다만 주안을 두어서, 애오라지 선진, 선
진하고 세계 1등 국가 건설에다만 목표를 두어서, 발전, 발전, 더
발전만을 내다보며 온통 그런 쪽 일변도로만 몰아가는 국가 목표
에 덮어놓고 순응해가는 것만이 장땡이냐. 아니면, 아무리 곳곳이

급격하게 '도시화'되어가는 현대 세계라곤 하지만, 사람들이 살아 가면서, 이웃 간의 배려하는 마음, 사람됨의 품격 쪽에다 역점을 둔 애당초의 교육 목표에 어긋남이 없는 인격도야 쪽에다 더 힘을 쏟아야 하는, 범汎교육 지표와도 부딪치는 문제라는 말입니다. 이런 건 물론 이 자리에서 우리들 몇몇의 이 토론 같은 것으로 금방 가려질 문제는 아니겠습니다만, 일단은 이 자리 수준으로라도 이야기는 나누어 보아야 할 것으로는 보이는데요"

"글쎄 토론은 토론이고, 우선은 제 생각에는, 어느 것이 옳다, 그르다, 하는 것을 가리려 들기 이전에, 우선은 그 글에 나타난 현 동북중국 영광촌의 그 두 여선생님과 이 글을 쓰신 그 필자의 따스한 심성부터 한껏 치하해 주어야 하는 것이 순서가 아니겠습니까. 그 글에서도 여실하게 잘 드러나 있지만, 현재 그곳의 우리 동포들의 소수 민족으로서의 처지나 어려운 교육 현장 속에서 자신들의 하루하루 삶까지 기꺼이 희생해 가면서 우리 민족의 얼을 어렵게 어렵게 지켜 가려고 드는 그 갸륵한 노력부터가 우리 마음에도 찌잉하게 와 닿는다는 말입니다. 우선 그이들의 그 지극하신 정성부터 귀하게 알아주어야 하지 않을까요"

"나도 그 이야기에 우선은 공감이 가네. 우리는 지금 이 서울에 앉아 편하게들 살아가지만, 현재 동북중국에 사는 그 조선족들이 과연 어떤 사람들인가. 그이들 할아버지나 증조부대로 거슬러 올라가 보면, 지난 백 년이나 백오십 년 어간의 우리 어두운 역사 속에서 남부여대하고 악독한 일제의 식민 정책에 쫓겨 살 길을 찾아 그곳으로 흘러갔던 우리네 유랑민들이나, 빼앗긴 나라를 되찾기 위해 독립 운동에 나섰던 우리네 열렬 투사들의 후예가 아니겠습니까요 그 두 여선생님들에게도 저는 분명히 그런 선대들의 맑은 피가 흐르고 있음을 보게 됩니다요 그렇게 선대들의 그 각고의 나날의 연장선상에 바로 그 일을 해내는 그 두 여선생님도 보인다는 말입니다. 이 점을 곰곰 생각해 볼수록 아무리 21세기에 들어선 오늘이 온통 세상이 곤두박질을 치듯이 글로벌이다, 세계화다, 선진이다, 발전이다, 더더 발전이다, 난리법석을 치는 속에서도, 바로 저이들은, 저이들만은, 그런 탁한 물결에만 송두리째 휩쓸려들지를 않고, 선대들이 지녔던 그 맑은 품위와 품격을 그대로 보듬어 안고 나름대로 깊은 슬기로움을 고스란히 지니고 있지 않은가, 하고 생각은 된다는 말입니다.”

“참 어렵구먼, 그런 이야기까지 들으니까 약간 숙연해지기까지 하누만. 물론 그렇긴 한데, 그렇지만 저는 역시 당장 세상 돌아가는 쪽으로 밀착해서 생각해 보지 않을 수가 없어요 우선은 1979년 소위 왈 개혁, 개방 이후 30년이 지난 오늘의 저 중국의 실제 변화해 온 과정을 그 자체로서 들여다 볼 때도 그렇고, 뿐만 아니라 21세기에 들어선 오늘의 범세계적인 변화 국면에서, 소련을 비롯한 동구라파권 공산주의 정권들도 줄줄이 일패도지로 송두리째 무너진 점도 그렇고요 그 중에서도 특히 중국만 보더라도 저

1970년대 몇 년 동안 '문화대혁명'이라든가요, 우리 인류 역사상, 일찍이 볼 수 없었던 그 엄청난 소용돌이를 15억 가까운 인구가 치르어 내고도, 여전히 명분상으로는 공산당 정치를 표방은 하면서 그 속 알맹이에 들어서는 그런 듯, 안 그런 듯, 애매모호하게 일망정 당장의 세계 대세 가는 것에 맞추어서, 저렇게 실리를 챙기는 쪽으로 탈바꿈을 해 가지 않습니까요 그런 것도 딱히 정책 기반으로 내세우지는 않고, 하지만 여전히 공산당은 건재하면서, 실제 면에서 소수 민족 정책 같은 것은 이를테면 구태의연한 제국주의 노선으로 되돌아가는 듯이도 보인다는 말입니다. 티베트나, 우루무치, 투루판 같은 신강新疆 자치구 같은 데를 어쩌다가 가보더래도, 어찌 그곳을 중국 강토라고 할 수가 있겠습니까요 그곳은 한족이 중심을 이루고 있는 중국 본토와는 애당초에 다른 나라더라는 말입니다. 그걸 중국이라고 한다는 것은 어느 누가 보드래도 어불성설이더라는 말입니다. 그곳에 살고 있는 사람들을 어떻게 중국 사람이라고 할 수가 있겠으며, 북경, 중앙에 멀리 앉아서 통치해 가겠다고 할 수가 있겠습니까요 그야, 아예 미합중국처럼 제각기 주州마다 완전히 자신의 독립성을 지닌 채 연방 공화국의 한 성원으로 완전히 터가 잡혀 있는 것도 아니고, 옛날 당唐 제국이나 송宋 제국과 무엇이 다릅니까요 그렇게 우리 조선족들도 그 많은 소수 민족의 하나로 '연변 조선족 자치주'에 속해 있기는 한 모양이지만, 그 안을 자세히 들여다보면 그야말로 목불인견의 구태의연한 제국주의 행태도 엄청 많아서 뜻있는 조선족들은 강하게 울분을 털어놓기도 하는 모양입디다요. 이런 국면까지 두루두루 보자고 들면, 바로 이런 전체 국면에서의 저들 조선족 여선생님들의 저런 일들도 더 좀 객관적으로 보아낼 필요도 있지 않겠느냐. 뿐만 아니라 지금 서울에 이렇게들 앉아서 저이들의 저런 노력들을 갸륵하게만 보아줄 것이 아니라, 우리들대로도 같은 조상을 타고 난 동포 입장에서, 과연 저들을 어떤 방법으로 어떻게 도와줄 길이 있겠는지, 아주아주 현실적으로 접근해 보아야 할 면도 있지 않겠습니까요. 그렇게 당장 중국 쪽의 정책 당국자들이나, 그 밖에도 중국 언론을 비롯, 요로要路 요로에 나름대로 호소를 한다든지 작용을 가한다든지 해서. 더 좀 큰 테두리로 중국과 우리나라 관련 기관들로 하여금 상호간에 그 어떤 합당한 길을 찾아 나설 수도 있지 않겠느냐, 그런 생각까지 든다는 말입니다. 제가 지금 이 문제를 두고도 괜스리 너무 큰 차원으로 접근 하지나 않는지 모르겠습니다만요.”

“아니 뭐, 우리로서야 이런 자리에서 무슨 소린들 못하겠어. 전혀 부담일랑 갖지 않아도 되니까 각자 의견 개진이야 가능하지. 요즘 같은 글로벌한 세상부터가 그런 문제, 저런 문제, 죄다 나라 간에도 격의 없이 논의해 갈 수도 있는 세상이 아닌가. 아무튼 그 이야기도 일단 일리는 있어 보이누만. 아무튼 요즘은 나라 간의 문제도 그전 같지 않아서 더러는 뭐가 뭔지 몰라지는 경우도 하도 많아서 원."

　"기왕 그런 이야기까지 나온 참이고, 특히 요즈음 우리네는 한 바탕 또 선거를 치르는 판국이어서 덤으로라도 한마디 저도 하고 싶은데, 이번에 우리들이 치르는 이 선거에서도 그 비용이 엄청 들었더군요. 선거 비용이라는 것 말입니다. 하지만 혼자 가만가만 생각해 보니까 이렇게 선거에 드는 돈 같은 것을 아깝게 여기지는 말아야 할 것 같습디다. 아무튼 일정한 기한을 두고 선거를 치러서 투표를 통해 그때그때의 일꾼들을 뽑는다는 것은, 참으로 좋은 제도 같다는 말입니다. 지난번 선거도 보세요 아주 아슬아슬하더군요. 서울시며, 경기도부터가 그렇습디다만 1등과 2등 차이가 아주 근소하지를 않습디까요? 그래서 저는 혼자서 이런 생각까지 했어요. 사람이라는 게 각자 타고난 팔자라는 것이 있게 마련인데, 아무리 드물게 좋은 팔자를 타고난 사람도, 그 당자의 평생을 두고는 그냥 무한정 늘 영원토록 좋을 수만은 없고, 그이대로도 길한 때가 있고 또 흉한 때가 있게 그때그때 운명의 굴곡이 있을 것이라는 말입니다. 세계 역사를 보더라도 그렇지 않습니까요 저 독일의 나치스 히틀러나, 프랑스의 나폴레옹 같은 사람처럼, 그 길흉이 한 몸에 극과 극으로 함께 있는 사람도 있질 않습니까요 그렇게 길한 때는 온 세계를 가로타고 주무르고 호령을 치더니, 둘 다 끝머리는 아주 나락으로 절벽으로 굴러 떨어지듯이 처참하게 끝나지를 않습니까요 그러니까 민주주의라는 것이 왜 좋으냐. 우스갯소리 하듯이 한마디 한다면, 4년이나, 5년마다 전 국민의 투표를 통해, 그 나라 우두머리를 뽑는다는 것이, 참으로 좋은 것 같다는 말입니다. 제대로 세상과 사람의 운명에 순응한 제도라는 말이지요. 막말로, 그때 그렇게 투표를 통해 대통령으로 당선되는 사람은, 그 당대, 그 현장에서 가장 길한 운을 지닌 사람, 뿐만 아니라, 그 당자의 평생 운에서도 가장 길운 때가 아니었겠는지요. 그 국민들 입장에서도 그런 분이 대통령으로 있으니, 온 나라 운세도 승승장구할 밖에요. 같은 이야기가 되겠지만 독재라는 것이 왜 나쁘냐. 해답은 간단하지요. 그 독재자도 그 당자의 개인 운세에 좋은 때도 있고 흉한 때도 있지 않겠습니까요. 그야. 그이의 길운 때는 그 휘하의 국민들도 그 덕을 볼는지 모르지만. 그런 때가 지나서, 그이 운세가 흉한 때에 접어들면 그때에는 그 휘하 국민들도 어쩔 수 없이 그 흉운을 같이 뒤집어쓸 것이다아. 이 말입니다. 안 그렇겠습니까. 독재자의 정치, 특히 한 독재자의 장기 집권은, 이 점에서도 절대로 절대로 안 좋은 것이겠지요. 공산권이 일패도지로 저렇게 줄줄이 망한 것도 일패도지하여 그 독재에 말미암은 것이었지요, 1970년대 중국의 저 '문화대혁명'이라는 난리법석도 바로 모택동과 임표라는 사람의 독재권 획득을 위한 실랑이였구요. 저 중국도 그때 그 일을 겪었으니까 공산당이라는 간판만은 그대로 둔 채, 최고 지배자는 일정한 절차를 따라 바꾸어가게 하고 있지를 않습니까요. 저는 이런 생각까지 듭니다."

"오늘은 별 소리가 다아 나오누만, 여북하면 팔자타령까지, 하지만 듣고 보면 그 말도 일리는 없지 않아 보이네요. 아무튼 정치라는 것이 별것인가요. 어느 누가 그 나라, 그 사회를 그때그때 좌지우지 하느냐, 하는 것인데, 한번 권력을 잡으면 두고두고 해먹으려고 드는 버릇만은 만사를 무릅쓰고 막아야지요. 영구 독재, 그것은 가장 비극일 거예요. 어쩌다 보니까 오늘은 이야기가 여기에까지 이르렀네요."

그러자 이 자리에서 그 중 나이 많은 장로 어르신께서 다시 정색을 하며 나섰다.

"듣자, 듣자 하니까, 오늘은 별 요상한 소리도 다아 나오누만. 하지만 오늘 이야기들에서는 역시 여러 소리들이 많이 나왔지만, 그러구 그 제기된 설들도 나름대로 일리들이 없지는 않았지만, 가장 중점은 그 두 여선생님의 기품과 심성이야. 작금의 이 지구촌 시대의 혼탁하고 조잡스러운 거품을 일거에 뛰어넘는 그 지혜로움, 어느 누가 뭐라던, 이 눈치 저 눈치 보지 않고 오직 일관하게 자기 소신대로 살기로 한 그 태연자약함, 그 희귀한 심성에 감동을 하면서리 요만한 글을 써낸 그 필자까지 섞어서 우리 모두가 우선 따스한 박수부터 보내야 할 것이야. 여러 소리 할 것 없이 오늘 이 독회는 이것이 큰 소득이었어. 사실 그렇지 않은가. 오늘 각자는 그 글을 집에 돌아가서 거푸 몇 번씩 읽어 보고, 자기 집안 식구들을 비롯해서 가까운 이웃에까지 널리 읽히게 했으면 좋겠구먼. 실제로 세상만사는 하나하나 이치로 따져서, 그때그때 옳다, 그르다, 하는 걸 가르려고만 들어서 반드시 꼭 제대로 가려지고 제대로 해답이 나오는 것은 아니거든, 그런 얍삽한 '언어'라는 걸 몇 차원 뛰어넘는 깊은 울림이라는 것도 있다는 말야. 그 점, 어떤 의미에서는 요즘 세상 항간에는 그런 상투적인 주장들만 너무너무 범벅으로 많아져서 정 떨어지는 면도 없지는 않다는 말이거든. 우리 모두가 하루하루 더 좀 질박하고 단순해질 필요부터 있지 않은가, 그런 생각까지 든다는 말야. 그러니 자, 오늘은 이만 함세."

하늘 아래 첫 동네에서

다음 글, 「하늘 아래 첫 동네에서」는 중국 길림성 안도현 장권철이라는 분이 2008년 제10회 KBS의 '재외동포 체험수기' 공모에서 장려상을 받았던 글이다.

1970년 초에 연변대학을 졸업한 나는 현縣 인사국에 사업 배치를 받으러 가게 되었다.

"장 동무, 량강향에는 조선족 중학교가 없어서 그곳 대부분 아이들은 소학교나 다니고 마는 형편인데 장 동무가 그곳에 가서 민족 교육을 발전시켜보는 게 어떻겠오?"

"조직의 배치에 복종하겠습니다."

전례 없던 대동란문화대혁명 시기인데다 도통 '빽'이라는 게 없던 나인지라 두 말 없이 동의하였다.

그렇게 나는 곧장 버스를 타고 그 중학교라는 곳을 찾아갔다.

교원 다섯 명에 한족 학생이 백여 명이 된다는 학교가 말이 학교이지. 해방 전에는 관공서로 썼다는 100평 좌우되는 허름한 초가집이었다.

나는 첫인상부터 너무 어이가 없어 크게 한숨부터 나왔다. 하지만 이미 내딛은 발걸음이라, 되돌아설 수는 없다는 생각이 들자 나도 모르게 어금니부터 물며 결의를 다지었다.

'어느 작가가 글에서 썼던 대로 길이란 사람이 걸어서 난 것이야. 가시덤불을 헤치면서라도 끝까지 한번 걸어가 볼 테다.'

나는 우선 조선족 학교를 꾸리려고 40평 되는 초가집 하나부터 얻었다. 나는 이튿날부터 이틀 동안에 간벽을 허물고 구들을 뜯어버린 뒤 회칠까지 깨끗하게 해놓았다. 그렇게 교실은 마련했으니 다음은 흑판과 책상과 걸상을 마련하는 것이 문제였다. 나는 학부형들의 도움을 받기로 작정하였다.

량강향에는 조선족 200여 호가 거주하고 있었다. 나는 1주일 동안 망망한 림해林海에 흩어져 살고 있는 조선족 촌들을 찾아다니며 총동원을 하였다.

검정 암소를 팔아서라도 자식 공부는 시킨다는 우리 민족이지만, 생활난으로 하여 현성에 있는 조선족 중학교로는 보낼 수 없었던 대부분 조선족 부모들은 너나없이 모두 하나같이 기뻐하며 귀인이 와서 조선족 학교를 꾸리게 되어 소원을 이루게 되었다고 좋아들 하였다.

개학이 되자 그해 소학교 졸업생 25명과 그 전에 졸업한 학생 15명까지 모두 등교하였다. 나는 조선족 학급의 담임을 맡고 있어 수학, 물리를 가르치는 한편, 한족 학생들의 수학 수업도 맡아 하게 되었다.

그 이듬해 겨울 방학에는 한족 학생들이 공부하던 교사가 화재로 잿더미가 되었다. 이 정황을 알게 된 현 정부에서는 그 중학교를 지을 비용을 후원해 주었다.

농민공들이 농한기에만 학교를 지었기에 2년 만에야 겨우 1,200평 되는 벽돌 기와집 교사를 준공하게 되었다. 내가 량강중학교에 가서 불과 3년간에, 외지에 가서 공부하던 학생들이 되돌아오게 되었을 뿐만 아니라 새로 해구금광과 동학 광무국 산하의 생산기지가 들어앉으면서 학생 수는 400여 명으로 늘어났는데, 조선족 학생도 해마다 평균 40여 명씩 늘어났다. 그때 학교에는 한족 교원 26명에 조선족 교원 6명이 있었다.

1974년 봄 새 학기 첫날에 나는 뜻밖의 일로 밤잠을 설치게 되었다. 우리 학교의 한 교장을 향 정부 교육 보도원으로 전근시키고 나를 그 후임 교장으로 임명하는 현 교육국의 통지서를 받았기 때문이었다.

한족이 대부분인 민족련합학교의 교장직을 교육사업 경력이 일

천한 내가 감히 감당해낼 수가 있겠는가? 싶었지만, 그러나 현 교육국 령도들의 신임과 동포 분들의 기대도 저버릴 수는 없었다. 량강에서 우리 민족 교육을 발전시키려면 한족 학생들의 교육도 동시에 발전시켜야 되겠다는 생각이 뇌리를 스치자 금방 눈앞이 환해지는 것 같았다. 나는 잘 해 보자는 결심을 새삼 굳혔다. 학교를 잘 꾸려나가는 데 관건은 뭐니뭐니 우선은 자금문제를 해결하는 일이었다.

나는 사처에 수소문하여 정보를 수집하기 시작하였다. 량강 림업관리소에서, 향 정부 소재지로부터 림업관리소까지 통하는 구간 4리가 되는 도로를 새로 닦게 된다는 정보를 입수한 나는 지체 없이 향 정부 령도를 찾아가서 길닦이 일을 도맡겠다고 청구하여 승낙을 받았다.

나는 곧장 로동조직을 다부지게 짜는 한편, 로동 적극성을 불러일으키기 위해 학급 단위로 책임제를 실시하고, 학급과 학생 개인에게도 로동 성과에 따라 물질 장려를 하겠다고 선언하였다.

대부분 학생들은 농사꾼 자식으로서 평소에 로동 단련을 많이 해 왔기에 간고한 로동을 두려워하지 않아 일 하는 효율이 대단히 높았다. 하여, 예상보다 이틀이나 앞당겨 공정이 끝났는데 어느 학급이나 모두 질량 검사에 합격하였다.

호사다마라고 이 일을 알게 된 향 정부의 령도는, 왜 학생들에게 물질 장려를 하여 수정주의 로선을 집행하는가 하면서 그간에

산 물건들을 백화점에 가서 되물리라고 엄포를 하였다. 나는 이번 일은 내가 학교 경비를 충당하려는 일념에서 이렇게 잘못 시작하였는데, 이미 교복을 짓기 시작하였으니 이번만은 그대로 나누어주고 내가 학생들 앞에서 그 점일랑 심각하게 토론, 검토하겠다고 사정사정해서야 겨우 모면하게 되었다.

우리는 그 공정에서 6,000원이라는 거액의 돈을 수입하였다.

나는 학교에서 급하게 수요되는 등사기, 교안용지, 물리 화학과 실험에서 필요해지는 일부 기기와 약품, 그리고 교수용 컴퍼스, 삼각자 등부터 구입하였다. 이러한 이번의 경제 수입은 우리 학교로 말하면 가뭄에 단비가 온 격이었다.

처음으로 길닦이 공정에서 단맛을 보게 된 나는, 백합림업국 주관으로 식수하는 부업이 또 있다는 정보를 입수하게 되자, 량강에서 150리나 떨어진 그 림업국에 가서 끈질긴 노력으로 100헥타르 면적에 묘목을 심는 일도 맡아 하겠다고 체결하였다. 잡목을 베어내고 낙엽송 묘목을 심은 뒤 1년에 두 번씩 3년간 기음을 매주어야 하였다. 그렇게 묘목 성활률을 95% 보장 못하면 경제적 책벌을 받는다는 조건이 있기에 식수 질량이 문제가 되었다.

400여 명 학생들이 5일간 양껏 힘을 쏟아 묘목 심는 일을 끝냈다. 나는 10헥타르 되는 산에서 이 학급 저 학급 찾아다니면서 질량을 엄격히 검사하였다. 두 달 뒤에 질량 검사를 했는데 성활률이 98%가 되어 임무를 초과 완수하였다. 그 뒤로 우리 학교는 이

식수 부업 수입만으로도 해마다 5만 원 이상에 달했다.

학교에 이렇게 일정한 경제 기초가 있게 되자 나는 치부 항목을 부단히 확대하였다. 수선 손잡이 드락도르를 구입하여 운수문제를 해결하였고, 밭 3헥타르와 논 1헥타르를 개간하여 교직공들의 식량을 보충해 주고, 소 두 마리, 돼지 20여 마리의 사료를 해결하였으며, 이를 전후하여 재물공장, 식용버섯 균 공장, 콩기름 가공공장을 꾸려 직업이 없는 교사 가족들의 취업 문제도 해결하였다.

1975년 겨울 방학에 백하림업국에서 비준한 원목 100립방을 채벌하려고, 7명의 건강한 교직공을 데리고 강 길로 량강에서 89리나 되는 산림으로 가게 되었다. 채벌 경험이 없는 우리는 산 밑에 있는 농막에 묵으면서 15일간 모진 고생을 하며 원목을 채벌, 소달구지로 강변에까지 끌어다 쌓아 놓았다.

이듬해 1976년 여름 방학에는 나는 지난해 겨울 방학에 채벌해 놓았던 그 원목을 떼로 묶어 수송하게 되었다. 한번은 4명의 교직공을 데리고 산발을 타고 50리 길을 걸어서 정오에야 원목이 있는 곳에 도착하였다. 오후에 뗏목을 묶어 놓고 이튿날 아침 일찍 떠나기로 했다. 가는 날이 장날이라고, 전날까지도 좋던 날씨가 갑자기 흐리더니 비가 오기 시작하였다. 비옷을 준비하지 않은 우리는 비를 고스란히 맞아가며 뗏목을 몰아갔다.

그 뗏목이 좁은 산골짜기를 지날 때 낙차가 심하여 강물은 사품 치며 기세 사납게 흘러 내려갔다. 뗏목은 그 물결을 따라 솟았다 내리 떨어지면서 굴레 벗은 말마냥 떠내려갔다. 나는 비교적 안전한 뒤쪽에 서 있었지만, 마음이 한줌만해서 장대를 쥐고 어쩔 바를 몰랐다.

뗏목이 합수목에 거의 이르게 되어 나는 팽팽해졌던 탕개를 풀며 한시름 놓았을 때였다. 갑자기 뗏목 앞머리가 물속에 있는 암초에 부딪혀 쿵 하는 소리가 나더니, 잇따라 눈 깜박할 사이에 뗏목은 팽이처럼 오른쪽으로 180도 돌아 뒤꼬리가 앞에 놓이게 되었다. 순간 나는 어찌해 볼 사이도 없이 튕겨져 강물에 빠지게 되었다. 헤엄칠 줄 모르는 나는 한참을 허우적거리며 그만 의식을 잃고 말았다. 한참 만에 의식을 회복하고 둘러보니 강변이었다. 나는 강물에 빠지던 소름 끼치던 순간이 떠올라 다른 사람들은 무사한가고 우선 물었다.

"우리는 별일 없는데 장 교장께서 잘못되는 줄로 알았습니다. 헤엄칠 줄 모르면 오지나 말아야지, 큰일 날 뻔 했습니다요"

나를 끌어내고 인공호흡까지 시켰다는 헤엄 능수인 리춘범 교원이 하는 말이었다.

뿐만 아니라 나는 학교에서 목재 가공공장을 세우고 그 목재를 가공하여 교원용 책상과 의자, 학생용 책상과 걸상은 물론이고, 복마, 단봉대, 쌍봉대, 롱구대 등 체육 기재들까지 골고루 갖추게 되었다.

당시 우리 학교에는 상해, 장춘, 연길 등 도시에서 온 지식청년 교원들이 적지 않았다. 그들을 하늘 아래 첫 동네인 량강향에다 안착시켜 사업에 열중하게 하려면 그들의 구체적인 곤난을 해결해 주어야 했다. 특히 젊은 교원들은 34원의 월급으로 살다 보니 살림집은 아예 마련할 엄두조차 못 낼 형편이었다. 나는 갓 결혼하고 집이 없는 젊은 여덟 명 교원들에게 우선 집부터 사서 들게 하였다.

나는 교원들의 업무 수준을 높이기 위하여 윤번으로 교육학원, 혹은 형제 학교에 보내어 학습을 시켰으며, 각종 교육 잡지와 참고서를 구입하여 교원들의 자질 제고에 조건을 마련해 주었다.

학교의 경제 조건이 개선되고 교원 대오도 굳건해지니, 학교의 제반 사업이 점차 제 궤도에 들어서게 되었다.

그런데 우리 학교 학생들은 각종 운동과 문예면은 전체 현에서 마지막 꼴찌였다. 나는 이 국면도 개변시키려고 마음먹었다.

운동선수나 문예선전 대오들을 잘 길러내려면 우선 수준이 있는 지도 교원이 있어야만 하였다. 롱구대는 1년 전에 현 5중학교에 보내어 한 학기 체육교학을 전수하게 하고 체육과를 담임한 롱구 운동 애호가인 조성강 선생이 책임지고, 륙상운동대는 주 륙상경기에서 2등을 한 일이 있는 김 선생이 책임지고, 문예선전대는 문예에 조예가 깊은 수학 교원인 손 선생이 과외로 책임지게 하였다.

그렇게 지도 교원과 운동원들은 매일 새벽과 오후 시간을 이용하여 훈련을 하도록 다그쳤다. 문예대는 심지어 저녁 시간까지 이용하여 연출 준비에 땀을 흘렸다. 그리고 경기 전 한 달은 점심에 집체화식까지 조직하여 학생들의 체력을 올렸다.

정성이 지극하면 돌 위에도 꽃이 핀다고 한 학기를 함께 노력한 보람으로 현 운동대회에서 우리 학교 롱구대가 현 1등을 쟁취하고, 륙상대가 현 2등을 차지하였으며, 문예선전대는 재담, 소품, 독창 등에서 우수상을 받았을 뿐만 아니라 집체 1등 상을 수여받게 되어 전체 현에서 량강중학교의 위용을 한껏 떨치게 되었다.

75년도에 좌편향 로선의 영향으로 졸업반 수업을 전업專業 형식으로 진행하는 새 바람이 불었다. 이 현상은 공부를 잘하는 학생들의 전도를 망치는 가슴 아픈 일이었다. 나는 고민하던 끝에 한 가지 방법을 강구하게 되었다. 향 내에 소학교 교원이 늘 부족한 정황을 포착하여 고중 졸업반에서 성적이 우수한 학생 30명을 뽑아 교원 양성반을 꾸렸다. 그렇게 졸업 후 30명은 앞서거니 뒤서거니 향 내의 각 소학교 교원으로 뽑혀 나가게 하였다.

1977년에 문화대혁명 후 처음으로 대학 시험제도가 회복되어 내가 가르친 학생들이 대학 시험에 참가하게 되었는데 23명이 합격하였다. 이것은 하늘 아래 첫 동네인 량강향 역사상 처음으로 배양한 대학생들이었다.

현재 량강중학교를 졸업한 적지 않은 학생들이 안도현 각 분야에서 중임을 맡고 활약하고 있을 뿐만 아니라 성省급 간부로 된 학생들도 있다. 그들로는 길림성 수력발전 유한회사 부총재인 주상진, 해남성 성위원회 비서장인 정작용 등이다. 나는 하늘 아래 첫 동네인 량강향에서 이러한 인재들을 길러낸 것으로 하여 보람과 긍지를 느낀다.

1979년에 이르러 량강향의 조선족들은 점차 조선족들이 모여 사는 곳으로 이주하여 가게 되다 보니 조선족 학생 수가 적어져서 량강중학교는 완전히 한족학교로 바뀌었다. 9년간 희로애락을 함께 나누며 정들었던 고장과 사람들을 떠나가기 아쉬웠으나 우리 민족의 후대 교육에 몸을 담그는 것이 소망이었던 나는 현 교육국 국장한테 조선족 학교로 보내 달라고 제기하였다.

그렇게 나는 1979년 봄에 조선족들이 집거한 석문진 조선족 중학교에 전근되어 6년간 교장 사업을 하고, 1984년에 사업의 수요로 현 소재지에 있는 안도현 제4중학교^{조선족 초급중학교}에 전근되어 11년간 교장 사업을 하였으며, 1996년에는 안도현 조선족 중점고급중학교인 제2고급중학교에 또 전근되어 8년간 교장 사업을 하다가 2004년에 정년퇴직하게 되었다.

나는 사업의 수요로 여러 학교에 전근하였으나 시종 량강중학교에서 얻은 경험을 계속 발전시키며 우리 민족의 후대 교육 사업을 위하여 달리는 말에 채찍질하며 보내 왔다.

"자, 이 글을 읽은 소감들도 한번 털어놓아 보기로 합세. 바로 앞서 취급했던 '영광촌에는 이런 두 여선생이 있다' 하고 매우 어슷비슷해 보이기도 하지만, 글쎄, 꼭 그렇다기보다도……."

하고, 가장 나이가 많은 70대 원로께서 또 첫 마디를 하자마자, 두 번째로 연장자인 60대 분께서 금방 받았다.

"일단 그래 보이기는 하지만, 전혀 다른 쪽의 이야기여서, 할 소리로 치면야, 이쪽도 이쪽대로 재미있는 이야기들이 꽤 나옴직도 합니다요. 우선은 저도 이 글을 읽고 대뜸 생각된 것이 뭣이냐 하면, 저는 이 글을 읽으면서 그 문장 어투부터 뭔지 케케묵은 고루한 것을 느끼게 된다는 말입니다. 가령, 예를 들면요, '조직의 배치에 복종하겠다.' 혹은 '로동 조직을 다부지게 짰다.' 또 혹은 '로동 적극성을 불러일으키기 위해 책임제를 실시했다.', '개인에게도 로동 성과에 따라 물질 장려를 하겠다고 선포하였다.'라는 문장들이 나오고 있는데, 어떻습니까. 바로 저런 소리들이 죄다 생소하게 들리고, 이를테면 대표적으로 공산주의 체제 용어들이 아닌가 싶어지며, 정나미부터 떨어진다는 말입니다. 저어 옛날 육이오 때, 저는 겨우 열 살도 채 안됐었지만, 그때 남침해 내려왔던 '인공' 치하 분위기가 바로 저런 것이 아니었던가, 하고 조금 무시무시해지기부터 한다는 말입니다. 그러고 보면 이 글 자체의 배경도 중화인민공화국이라는 공산주의 체제 속의, 더구나 1970년대니까 저 뭣이냐, 모택동이라는 사람이 바로 '문화대혁명'이라는 것을 발동시켜서 중국 땅 15억 인구가 한바탕 난리법석을 치르던 그런 때였지 않습니까요. 그러니 이 글의 주인공도, 이 글의 곳곳에 저런 용어를 쓸 수밖에 없긴 없었겠구나, 하고 어느 정도 이해도 되기는 합니다만……. 그 이해라는 것도, 내심 무시무시한 것은 가시지 않은 채, 썩 개운하지는 않다는 말입니다. 글쎄올시다. 저의 이런 점은 제가 원체 이렇게 나잇살이나 먹어서, 게다가 옛날 그때 1948년엔가, 어린 나이에 부모 따라 북에서 월남해 온 터여서 더더욱 이런 점에는 남달리 과민한지는 모르겠소이다만, 암튼 저 같은 사람은 현금의 북한 같은 공산주의의 '공' 자라는 발음만 들려도 금방 십리, 백리 바깥으로 달아나고 싶은데, 바로 이 글의 문장 어투부터가 이래 놓으니, 당최……."

그러자 얼씨구나, 하듯이 이 자리서 세 번째로 나이가 많은 50대 분이 또 즉각 받아 나섰다.

"그러고 보니까 저도 그러네요. 저도 방금 말씀하신 그 소리에는 완전히 동감을 하면서요. 다만, 저대로 이런 생각은 조금 듭니다요. 바로 그 글에 이런 대목도 나오고 있거든요 그 대목도 제가 한번 직접 읽어 볼게요 '이 일을 알게 된 향 정부의 령도는 왜 학생들에게 물질 장려를 하여 수정주의 로선을 집행하는가 하면서 그간에 산 물건들을 백화점에 가서 되물리라고 엄포를 하였다. 나는 이번 일은 내가 학교 경비를 충당하려는 일념에서 이렇게 잘못 시작하였는데, 이미 교복을 짓기 시작하였으니 이번만은 그대로 나누어주고, 내가 학생들 앞에서 그 점일랑 심각하게 토론, 검토하겠다고 사정사정해서야 겨우 모면하게 되었다.'라는 이 문장 말입니다. 이런 문장을 지금 2010년에 들어선 이 서울에 앉아서들, 더구나 젊은 세대들이 제대로 이해나마 될 수가 있을까요 특히 이 글의 실제 배경이 저 '문화대혁명'이라는 것이 한창이던 그 무시무시하게 엄혹했던 때였음을 감안해 보면, 이 글의 주인공은 진짜배기로 보통 사람은 아니었어요 그때는 바로 1979년엔가 모택동 죽은 뒤에 그 '문화대혁명'이라는 것을 걷어치우고 중국 전체를 개혁, 개방 쪽으로 돌려놓았던 등소평이라는 사람도 자본주의 노선을 걷는다며 모택동에게 혼쭐이 나던 때였거든요 심지어 한때는 공산당 주석 모택동 다음의 제2인자로 국무총리 격이던 유소기라는 사람까지 소위 수정주의를 지향한다는 '주자파'로 몰려서, 아예 북경 큰 거리에서 모택동 패거리였던 홍위병 어린이들에게 생으로 몰매를 맞아서 죽는 그런 아수라장 같은 판국이었거든요 그런 일들부터 줄줄이 떠올려서, 정작 이런 좋은 사람의 그 좋은 면도, 저의 경우에는 그냥 좋아 보이지가 않고 조금 복잡해지기부터 하는군요 하지만 그때가 바로 그런 엄혹한 때였음을 감안하더라도, 이 글의 주인공은 그런 난국을 배짱 좋게 그런 식으로 넘겼다는 것이 정말 놀랍다는 생각은 듭니다요 그러니까 이분은 그때 고작 그런 정도의 지위니까 그런 식으로 큰 탈은 없이 감당은 되었겠지만, 그보다 조금 높은 자리에 있었더라면 그렇게 그냥 무사하게 넘어갔을까요. 그러니 참 요행, 요행이었구나, 싶고, 바로 그런 판국에 이 일이 이런 수준으로 넘어갔다는 것부터 아슬아슬해 보이기부터 하며, 그야말로 저승에서 조상님이 도와준 것이나 아닌가 이런 생각마저 든다는 말입니다. 하지만 저 스스로도 너무 이런 쪽으로만 생각이 치우치다 보니까, 지금 이렇게 서울에 앉아서 이 글을 읽으면서, 우리가 진정으로 접근해 보아야 할 문제에서는 너무 멀어지지 않았나 싶어, 솔직히 조금 쑥스러운 생각도 전혀 없지는 않사옵니다요."

그러자 그 뒤를 잇대어 40대가 조심조심 나섰다.

"일단 저는, 이 글에서 다루어진 문제에 좀 더 밀착해서 생각해 보게 됩니다요. 그렇게 그이 쪽에 앵글을 집중시킬 때 어떨까요, 민주주의니, 공산주의니, 그런 쪽의 체제 논리를 떠나서, 이런 사람의 그 타고난 인간적 능력 쪽에다 주안을 둘 때, 이런 종류의 사람이야말로 어떤 사회제도에서든지, 그 역량이 제대로 평가가 되어야 할 인재들이 아니겠는지요. 더구나 이 글도, 현 중국에서 소수 민족으로 살아가고 있는 우리 조선족 동포들의 교육 문제에 초점을 두고 있는 만큼, 지금 서울에 사는 우리로서도, 우선은 어떤 식으로 저들을 도와줄 길이 있겠느냐, 하는 쪽으로……"

"맞아요, 그렇지요." 하고 이때까지 꿀 먹은 벙어리마냥 머엉히 앉아만 있던 30대 젊은이도 와락 반색을 하며 나섰다.

"바로 저도 같은 생각이에요. 하지만 방금 형님께서 제기하신 그 말씀에 공감은 하면서도, 그 글에 접근하는 실제 방향은 형님과는 전혀 역방향이 되지 않을까 모르겠네요. 그야, 이 글의 본취지가 현 중국 체제 속에서 소수 민족으로 살아가는 우리 동포들의 교육문제인 것은 틀림이 없는데, 바로 이 주인공을 두고서는 제각기 생각이 다를 수도 있겠다는 점 말이지요. 지난번에 다루어졌던 그 두 여선생님을 두고서도 어떻게 평가할 것이냐, 하는 점으로 서로 다른 의견들이 나오기도 했었지만, 오늘의 이 글에 대해서도 비슷한 반응이 나올 것 같아요. 도대체 지금이 어느 때인데, 아직도 저런 고리타분한 수준에서 맴도는 저런 행태를 갖고, 지금 우리가 칭찬 일변도로만 어쩌고저쩌고 하고 있어야 한다는 말입니까. 이분이 해낸 이런 일들이 참으로 앞으로도 두고두고 권장만 해가야 할 것이냐, 하는 점에서는 꼭 그렇게만 볼 수는 없다, 차라리 어떤 면에서는 구태의연한 시대착오적인 점도 없지는 않다, 이렇게도 생각된다는 말입니다. 이 점을 좀 더 부연해서 말씀하자면, 2010년 오늘에 들어선 중화인민공화국부터가 옛날의 그 상황에서는 확 벗어나고 있다는 말입니다. 실제로 작금년에 와서는 일본의 국내 총생산 GDP까지도 훌쩍 뛰어넘어서 바야흐로 세계 제2위의 경제 대국으로 올라서며, 지구촌 단위로도 '미·중' 두 나라 시대가 다가오고 있다는 설까지 나오고 있는 때가 아닙니까요. 이러한 중국의 급성장은 비단 경제뿐만 아니라 군사적으로도 당장 세계 여러 나라의 주목을 받고 있는 형편이에요. 하지만 그 중국 자신은, 그러거나 말거나 머언 앞날까지 내다보며 자원 확보를 위해 후진타오 국가주석을 비롯한 요인들이 아프리카 방문 외교 등으로 열을 내고 있기도 하고 있어요. 그뿐이 아니지요. 인도와의 패권경쟁 움직임도 슬슬 드러나고 있습니다. 그렇게 중국은 지난 2007년에도 스리랑카에만도 일본보다 많은 10억 달러를 원조, 현지의 항만 사용권까지 얻어내고 있다는 군요. 그러니까 제1차 세계 대전은 대서양, 제2차 세계 대전은 태평양에까지 전쟁이 퍼졌었는데, 21세기에 들어서서는 인도양의 전략적 중요성도 만만치 않아진다고 보며 중국은 벌써부터 저렇게 선수를 치며 인도양 연안 각지에도 미리부터 보급기지를 확보해 두려고 혈안이 되어 있다는 겁니다. 그야, 미국과 중국, 바야흐로 세계 2대 국가로 평가받고 있는 두 나라가 제대로 책임감을 갖고 공동으로 21세기로 들어선 새 세계의 관리체제로 들어선다면야 오죽 좋겠습니까요. 그야말로 요행, 요행일 것인데, 중국은 온실가스 삭감에도 소극적이고, 당장 세계 대국으로서의 국제적 책임에도 성의를 보이지 않고, 되레 미얀마 같은 독재정권에도 슬금슬금 지원을 하고 있는 모양이에요. 그뿐 아니라, 거액의 미국 채권을 거머쥐고, 미국의 비판에도 귀를 기울이지 않은 채 자기 나라의 국력 증강에만 더더 힘을 쏟고 있는 것도, 그 의도가 수상해 보인다고도 합니다. 게다가 미국의 대중국 정책도 당장은 애매모호 하답니다. 그동안에 기본적으로는 '포용'과 '경계'를 반반으로 뒤섞어 중국의 민주화를 나름대로 성심껏 촉구해 오기도 하였지만, 작금 최근에 와서는 중국의 저 엄청난 경제성장을 '포용' 쪽으로 계속 감싸며, 미국 자신의 어려움을 푸는 데도 그 중국의 힘을 활용해 보자는 엄두도 전혀 없었던 것은 아닌 듯합니다. 지난해 11월에도 오바마 대통령은 중국을 방문했을 때, 미·중 양국이 주도主導하는 큰 테두리의 공동 작업을 조심스럽게 제의해 보기도 하였으나, 중국은 조금 난색을 표했다더군요, 작금의 범세계적인 문제를 두고 중국에도 나름대로 책임의 일부를 짊어지우려던 것이 오바마 대통령의 의도였던 모양인데, 중국은 지구촌 전체의 온난화 방지나 군축 등에는 아직은 자진해서 선뜻 나서고 싶어 하지는 않는 모양이에요 이상은 주로 미국, 일본 쪽의 입장인데, 정작 중국 쪽의 입장은 또 다릅디다요 가령 중국의 그런 쪽의 학자들은 이런 문제들에 대해 다음과 같이 주장들을 하고 있어요

'금융이나 무역, 지구 환경, 안전보장 등, 글로벌한 과제들에 관해서 중국과 미국이 제도 면에서나 그 운영에서 중심이 되는 체제를 일컬어 G2라고 한다면, 현재 우리 중국 입장으로 볼 때는 아직 그런 일을 감당해낼 처지까지는 못 되어 있다. G2라는 용어가 빈번하게 쓰이게 된 것은 2008년 가을의 금융 위기 이후이다. 미국에서 시작된 이 위기에는 물론 신속하게 대응해 가야 할 국면이 있다. 한데 유럽 연합은 그 안의 나라들이 아직은 제각기여서 상호조정이 어려운 모양이고, 일본도 이에 대처하는 정치적인

결단이 지지부진했다. 이런 속에서 물론 중국은 외화 준비량이 세계 통틀어 1위이고, 제반 정책 결정도 빠르다. 그리하여 미국은 이 중국을 끌어들이려 했다. 미국이 최근에 들어 G2라는 용어를 빈번하게 쓰는 것은, 우리가 보기에는 중국을 자기들의 그 어려운 국면에 끌어들여서 일정한 책임을 짊어지우려는 것이다. 오바마 정권은 그전의 공화당 정권에 비해 관계국의 의견들에도 귀를 기울이기는 하지만, 자신의 주도권을 지켜가려는 점에서는 변함이 없다. 이에 대해 우리 중국은 양력이행量力而行, 매사에 들어 자신의 힘만큼만 나서겠다는 것이다. 그간에 국제적으로 일한 경험도 없는데다 역량도 아직은 부족하다. 그러니 선뜻 그런 책임을 맡았다가는 본의 아니게 위국에 빠질 수도 있다. 조금 전에도 언급되었지만, 지난번의 오바마 대통령과의 회담에서 우리 중국 측은 G2론에 관해서도 '현재 중국은 빈곤근절 등, 국내 문제 해결에만도 오랜 시간이 걸릴 것이다. 게다가 어느 한두 나라만 나서서 세계 문제를 좌지우지하며 해결해 갈 성질도 아니다.'라고 반대 입장을 표명했어요. 국제관계에 있어서도 의사 결정의 다극화가 중국 외교의 기본 원칙이다. 중국은 현재 발전도상국이나, 인도, 브라질 등 신흥국들과의 조정에도 힘을 쏟고 있다. 현 국제사회에서 중국이 지닌 영향력의 태반은 발전도상국과의 연계에 의한 것이지, 거기서 벗어나면 괴로워진다. 물론 중국이 국제 사회의 '새 틀' 만들기에 그 전보다 목소리를 높이고 있는 것은 확실하다. 금융 시스템 개혁에도 주장이 늘어나고는 있다. 자동차 시장의 규모가 커지고 전기자동차의 규격에 관해서도 미·중의 합의가 결정적인 영향을 줄 가능성도 있다. 허나 그런 것들은 산업 분야에 한정된 범위에만 그칠 것으로 본다.'

대강 이런 입장이더라고요. 자, 대강 지구촌 단위의 당면한 문제를 놓고 미·중 두 나라 간의 이런 움직임까지 감안해 보더라도 어떻습니까요 지금 우리가 이 자리에서 다루고 있는 이런 수준의 글에 나타나 있는 문제가 어떻게 보입니까요 아주아주 지엽말절의, 하찮은 문제로 보이지 않습니까요 케케묵게 고리타분하고 어느 머언 옛날의 일을 갖고 우리 몇몇 끼리끼리만 시부렁거리는 것처럼 보이지는 않습니까요?"

잠시 자리는 숙연하게 조용해지며 차악 가라앉아졌다. 누구 하나, 그 말에 이어 선뜻 나서려고 하지를 않았다. 모두 머엉해져 있었다.

그러자 60대가 다시 슬그머니 나섰다.

"참 어렵네. 저는 지금 그런 이야기를 듣고 있으려니까 이 글의 첫 부분부터 새삼 떠오르는구먼. 그걸 이 자리서 그대로 한번 옮겨 볼 테니 들어들 보오 '나는 우선 조선족 학교를 꾸리려고 40평 되는 초가집 하나부터 얻었다. 나는 이튿날부터 이틀 동안에 간벽을 허물고 구들을 뜯어버린 뒤 회칠까지 깨끗하게 해 놓았다. 그렇게 교실은 마련했으니 다음은 흑판과 책상과 걸상을 마련하는 것이 문제였다. 나는 학부형들의 도움을 받기로 작정하였다. 량강향에는 조선족 200여 호가 거주하고 있었다. 나는 일주일 동안 망망한 림해에 흩어져 살고 있는 조선족 촌들을 찾아다니며 총동원을 하였다. 검정 암소를 팔아서라도 자식 공부는 시킨다는 우리 민족이지만, 생활난으로 하여 현성에 있는 조선족 중학교로는 보낼 수 없었던 대부분 조선족 부모들은 너나없이 모두 하나같이 기뻐하며 귀인이 와서 조선족 학교를 꾸리게 되어 소원을 이루게 되었다고 좋아들 하였다. (조금 건너뛰어서) 농민공들이 농한기에만 학교를 지었기에 2년 반 만에야 겨우 1,200평 되는 벽돌 기와집 교사를 준공하게 되었다. 내가 량강중학교에 가서 불과 3년간에 외지에 가서 공부하던 학생들이 되돌아오게 되었을 뿐만 아니라 새로 해구금광과 동학 광무국 산하의 생산기지가 들어앉으면서 학생 수는 400여 명으로 늘어났는데, 조선족 학생도 해마다 평균 40여 명씩 늘어났다. 그때 학교에는 한족 교원 26명에 조선족 교원 6명이 있었다.' 이 글이 대강 이렇게 시작돼요. 그런데 이 글을 두고 토론을 하는 우리들은 지금 어느 곳을 맴돌고 있지요? 그래서 이 글의 주인공들은 요즈음 사그리 어디로들 가버렸나요? 도대체 지금 우리는 무슨 소리들을 하고 있는 겁니까?"

그러자 모두가 하나같이 비식비식들 웃었다. 그 중의 누군가가 웃으면서 말했다.

"가긴 어디를 가? 그냥 증발했지."

또 그 말에 이어 누군가가 즉각 받았다.

"증발? 어디로?"

또 누가 받았다.

"외지로, 도시로! 혹은, 외국으로들."

"왜?"

"왜냐구? 그걸 몰라서 물어? 돈, 돈, 돈 벌러들. 세월 따라, 시세 時勢 따라서지……."

다시 자리는 조용해졌다. 조용한 속에 하나같이 실실 웃고들 있었다. 그러자 다시 이 자리에서 최고 원로격인 70대 노인도 새삼 비시시 웃으면서 나섰다.

"그러고 보니까 참 그렇구먼. 이 가운데서는 내가 그 중 나이가 많은 편이어서도 더 그렇겠지만, 한 집안 식구나 다름없는 서로 별로 격의라곤 없는 요만한 자리에서조차 이 정도로 엄청난 세대 간의 차이를 느끼게 되어 매우 당혹스럽구먼. 자, 보라구. 70대, 60대가 이 글에서 받는 느낌과, 40대, 30대가 받는 느낌은 전혀 다르지 않는가 말야. 우선 중국의 저 '문화대혁명'이라는 것도 1970년대 그 당시에 서울에 앉아서 하루하루 보도되던 언론을 통해 보아냈던 그 경험이 우리 늙은 세대에게는 여전히 아직도 악몽으로 생생한데 비해서, 당장 30대, 40대 경우에는 그런 쪽은 전혀 털끝만한 감으로도 가닿지 않고 있지 않은가 말야. 이러니 이 세대 간에 이런 쪽으로도 제대로 대화가 이뤄질 수가 있겠나. 당

장 이 글을 두고도, 우리 나이 많은 세대들은 저 옛날 일제 식민
지 치하 때의 그 단순한 연장선에서 조국의 독립 운동에 가담했
던 우리네 조상님들의 그 하루하루 노심초사했던 삶을 밑자락에
깔고 그 후손들이 현금 동북중국, 옛날 만주 땅에서 여전히 겪고
있는 소수 민족으로서의 어려움 쪽에 주로 관심이 가 있지만, 현
재 서울의 40대, 30대들은 그런 옛날이야기들은 통틀어 구질구질
하게 고리타분하게 여기면서 2010년으로 접어든 오늘의 이 글로
벌한 세계 돌아가는 것에만 주로 관심들을 쏟고 있지들 않는가
말야. 우리들 속의 이 세대 차이, 감각의 차이부터가 우선 눈에
뜨이누만. 하지만 조금 전에도 우리들 속의 40대 속에서 일단 옳
게 제기했듯이, 그런 오늘날에 들어서 저런 글을 써낸 그 사람의
그 드물게 타고난 능력 쪽에다가 다시 한 번 초점을 맞추어 볼
때는, 아무리 온 세상천지가 모조리 글로벌이다. 세계화다, 하고
난리법석을 치는 속에서도, 이렇게 애오라지 꾸준하게 일관하게
살아왔던 그이의 그 변함없는 단심丹心만은 역시 이 서울에 살고
있는 우리로서도 귀하게 껴안아 주고 보듬어 주어야 할 것이야.
안 그렇겠는가. 이런 문제는 비단 이 일뿐만 아닐 것이야. 우리
남북문제를 두고서도 그래. 우리 같은 늙은 세대들은 육이오도
직접 그 하나하나 현장을 겪어낸 세대이고, 더구나 그때 북에서
대거 월남해 왔던 우리 세대 사람들은 옛날 그때 북에서 살았던
경험들은 지금까지도 아주아주 끔찍스러운 악몽으로 알고들 있지

만, 그 자손 세대들은 그쪽 체제를 직접 겪어 보지는 못했던 터여서, 심지어 친부자간에도 극심한 충돌도 없지는 않는가 보더구먼. 내가 잘 아는 사람 하나도 황해도에서 옛날 그때 1950년 12월에 남으로 나온 사람인데, 그렇게 남쪽에 나와서 낳은 자식 하나는 80년대 초 한때에는 대학에서 열렬한 운동권에 들어 있었던 거야. 그러니 사사건건 부자 간에 의견 충돌이 있었을 밖에. 안 그랬을 것인가. 그래서 끝내 한때는 그 아들을 아예 집에서 내쫓아 버려 서로 부자 인연을 끊고 지내기도 했던 모양이더군. 그렇게 한 십 년을 남남으로 지내오다가, 그 자식도 사회생활을 하며 서른 살을 넘어서서야 도로 아버지 품으로 돌아오긴 했던 모양이더군. 실제로 우리 남북 간의 비극은, 그런 것, 저런 것, 번연히 눈에 보이는 것보다 아예 안 보이는 쪽으로 더 많은 사연들이 산적해 있어. 이런 이야기도 저 젊은 사람들 듣기로는, 아이구, 지겨워라, 또 저런 소리! 하고 정나미 떨어진다고 할 것이지만, 비단 이런 문제뿐만 아니라 매사에 들어 세월 가는 것과 세상 변해가는 것은 우리네 상식을 훨씬 뛰어넘는 것이 비일비재 하거든."

그러자 50대가 비시시 웃으면서 다시 나섰다.

"아니, 어쩌다 보니까, 우리 이야기도 어느새 본줄기에서 벗어나서 다시 또 이상한 국면으로 들어섰네요. 오늘 이 자리는 원래는 저 글을 두고 서로 이야기를 나누어 보자던 것이 아니었습니까. 한데 왜 이렇게 엉뚱한 이야기만 계속 나누게 되지요? 한껏 이야기를 그이 쪽으로 밀착해서 해 보자고 거듭 몇 번씩 다짐을 두었으면서도, 금방금방 그이 애기에서는 줄곧 벗어나게만 되는군요. 그 참, 이상하네."

누군가가 즉각 받았다.

"이상할 것 없어, 아까도 그랬잖어. 세월 따라 시세 따라……"

"아무리 그렇기로서니. 오늘의 이건 좀 지나쳐."

"바로 그만큼 세월 가는 것이 빠르고, 시세 바뀌는 것도 급격한 거지. 안 그래?"

"참 어이가 없구먼. 도대체, 앞으로 어떤 방향으로 살아나가야 할는지, 감도 잘 안 잡히고……"

그 말을 이어받아 70대 노인이 다시 나섰다.

"그렇기도 하려니와, 본시 어떤 경우에서든지 흔한 토론이라는 것이 실제로는 얼추 이렇게 되기가 십상이지. 각자 처지만큼으로 평소 생각이 나오게 되기 마련인데, 그러니 대개는 어떤 한 가지 문제를 놓고도 이렇게 의견들이 구구하기가 예사야. 실은 이래서 세상사, 무슨 일이건, 오순도순 차근차근 의논해 가면서 해결점을 찾자는 소리도 일단 말이야 좋지만, 실제에 들어서는 그게 결코 오순도순해지기는 여간만 힘든 것이 아니지. 이래서 사실은 민주주의라는 것도 실제 면에 들어서는 그 운영이 노상 간단치만은 않은 거라구. 지금도 보아. 겨우 요만한 일을 갖고도 이렇게도 말들이 많지 않은 가베. 흔히 끝머리에 가서는 주먹질이 나오기도 하고, 난장판이 벌어지기도 하질 않던가. 저 국회라는 곳에서도 별별 소동이 다 벌어지고 말야. 그런 쪽으로도 오늘 모임은 덤으로도 얻은 소득이 없지는 않았어. 우리가 지금 요만한 수준으로 별것도 아닌 이런 이야기를 나누어보면서도, 그런 경지까지가 새삼 절감되지가 않는가. 바로 그것이 오늘 바로 덤으로 얻는 소득이라고 해야겠지. 다시 말해서 민주주의라는 것도, 민주주의를 하니까 됐다아, 제대로 된 투표와 선거로 모오든 것은 잘돼 간다아, 잘돼 갈 것이다아, 이렇게 안심만 하고 있을 수는 없어. 이 점에서도 지난번 2010년 6월 초에 치렀던 선거는 진짜배기였지. 그 선거 결과야말로 역시 투표와 선거는 왜 있어야 하는가 하는 걸, 지구촌 단위로 만천하에 내보인 선거였어. 여, 야를 막론하고, 참으로 이런 경지는, 이 땅의 하느님, 하늘의 도움까지 받아낸 축복감이었어."

40대가 다시 나섰다.

"오늘 토론은 암튼 조금 이상해졌네요, 정작 주인공은 어디론가 증발해 버리고, 제각기 웬 사설들만 수북하게 쏟아 놓은 것 같아서 섭섭하기도 하지만, 또 꼬옥 그렇지만도 않고요 그러니 이 정도로 어르신께서 슬슬 마무리 말씀을 하시고……"

"끝을 내자, 그것인데, 이미 할 소리는 다아 나온 셈 아닌가."

하고 70대 어르신께서 비시시 웃으면서 다시 나섰다.

"기왕 더 한마디 하라니까, 요즘에 어떤 외국 학자가 했던 다음

과 같은 이야기를 한번 인용이라도 해 봄세 그려. '……본시 발달
한 자본주의 사회는 교육, 연구, 정보, 특히 대학 및 각종 연구기
관 등이 직접적으로 혹은 간접적으로, 사회라는 섬유조직 전체의
구석구석에까지 죄다 닿아 있지 않은 곳이 없다. 이러한 수다한
언설들과 관념들, 목소리들은 옛날과는 전혀 다른 경로를 통해
돌고 돌며 순환하고 있다. 하지만 역설적이게도 그 이론적 언설
이라고들 불리우는 것들은, 너무너무 천지간에 널려 있어서 실제
로는 별로 크게 구실들을 못한다. 하지만 그때그때 어떤 결정을
해야 하는 국면과는 하나같이 직접적으로 연관은 되어 있다는 말
이다. 다시 말해서 그 갖가지 언설들은 개개적으로 그 어디에든
지 침투하기는 편해져 있고, 그렇게 날로 날로 더더 큰 침투력을
갖게 되었다. 더구나 그것들은, 그 언설들은, 그렇게 되면서 더욱
새롭게 분산화까지 되면서, 보다 중층화中層化된 경로를 통해, 그
사회 일반의 세상 여론이라든지, 정치가들이 지껄이는 것들, 군사
적 언설들, 법 동네의 주장들까지 죄다 서로 커뮤니케이션 되게
되어 있고 이렇게 이론적 언설들이라는 것들도 죄다 지나치게
복잡화 되고 너무너무 세련되어 버려져서, 하나에서 열까지 거개
가 동질화되면서, 게다가, 여기에다 매스 미디어라는 것까지 가세
하고 끼어들고 있다. 그렇게 되면서 전체 국면으로는 단순화까지
촉진시키고 있어서, 그 이론적인 언설들이라는 것들도 더더 알아
먹기가 어려워지고, 제가끔 더더 폐쇄적으로 개개 단위로 사적

수준으로만 짜잔해져 가고, 심지어는 자발머리 없어져 가고도 있다. 하지만 거꾸로, 그 반대 국면도 전혀 없지는 않다. 그 이론적인 언설들이라는 것들은 죄다 날로 날로 퍼져가는 그 모세관 현상의 덕도 보고 있으니까 말이다. 이 모세관 현상은 확실히 대량의 폐기물을 대소변 보듯이 내갈기고도 있지만, 전체적으로는 전보다도 더더 많은 커뮤니케이션을 또 불러들이고 있다. 우리들의 분석도 이와 같은 역설 쪽에다 일단 조준을 맞추어야 하지 않을 것인가. 대학과 대학 이외의 저 숱하게 많은 연구기관들, 사회와 정치 공간 간의 저 복잡한 관계들, 그리고 그와 관련된 저 많은, 잔머리 굴려서 제 잇속 챙기는 갖가지 행태들이며, 요리조리 법망을 피해가며 요령껏 해 처먹는 수다한 일들에, 우리 모두가 눈 부릅뜨고 들여다보고 드러내면서 견제를 해 가지 않으면 안 된다.' 이상입니다. 자. 보세요, 어떻습니까요 이런 기준에다 맞추어서 우리 주위를 돌아볼 때에도, 요즘 신문이라는 것들도 얼마나 많이 늘어났습니까요, 신문마다 또 매일매일 얼마나 그 읽을 분량이 많습니까. 참으로 엄청나지요 게다가 또 방송은? 저는 요즘 신문은 8면 때가 가장 좋았던 것 같아요 부산 임시 수도 때는 한 장짜리 2면인 때도 있었어요 환도 직후인가, 4면인 때도 있었구요 방송도 달랑 하나만 있으면 좀 그렇고, 두엇 정도만 있을 때가 그런대로 괜찮았던 것 같고요. 하긴 또 그렇게 되면 고급 실업자가 얼마나 늘어나겠습니까. 이래서 그때그때 세월만큼의 시세

랄까, 추세라는 것도 있는 것 같고요. 안 그렇습니까. 이런 점에서도 제가 늙은 사람이라는 것을 저는 스스로 잘 알아요. 이 점들을 다시 한 번 두루두루 곰곰 씹어 보면서, 우리 자신들부터 그런 것들, 당장 돌아가는 시세나 추세들에 저도 모르게 왕창 오염되어 있지나 않았는지, 각자가 더러는 한 번씩 반성들도 해 봅시다요. 바로 그렇게 우리의 오늘 토론도, 그런 저런 영향 밑에서 진행되지는 않았는지도요. 그래서 결론은, 새삼 이 글 자체로 돌아와서, 이 글의 그 주인공이 살아온 궤적을 차근차근 음미해 보자는 것이 되겠군. 그러니까 지난번 그 두 여선생 이야기를 쓴 글의 토론에서도 끝머리에 같은 소리를 했던 것 같은데, 오늘의 이 글도 오늘 이 자리로 딱 끝을 내질랑 말고 각자가 주위 분들에게도 권해서 읽히고, 혼자서도 거푸 읽어보는 것도 괜찮겠다아 싶구만. 자, 그러니 오늘은 이만 끝."

아버지를 찾아내라

— 러시아 사할린에 사는 우리 한민족 이야기

1.

다음은 2007년, KBS의 '해외동포 체험수기' 모집에서 장려
상을 받았던 러시아 사할린에 사는 우리 교포 허남훈 씨의 「아
버지를 찾아내라」라는 글을 같이 한번 읽어보기로 하자.

내가 서정길 씨를 처음 만난 것은 1990년 8월, 북한에서 열렸
던 제1차 범민족 대회에 참가했을 때였다. 그때 소련 쪽 대표단
성원 속에는 사할린의 각 구역과, 시의 한인회 회장 몇몇이 참가
하였는데, 서정길 씨는 당시 포로나이스크 한인회 회장으로 재직
하고 있었고, 나는 토마리 시 한인 회장의 직함을 갖고 있었다.
그 뒤로 그이와는 더러 한인회 회의 때도 만나게 되면 사업 토
의 외에도 여러 가지 다른 문제들까지 의논을 하면서 그렇게 피

차의 가족 관계라거나 사생활에 대한 이야기도 서슴없이 나누는 사이가 되었다. 그러던 어느 날은 그 서정길 씨가 정색을 하고 물어 왔다.

"선생님의 부모님께서는 지금 계십니까?"

나도 금방 스스럼없이 대답하였다.

"부모님께서는 돌아가셨습니다. 아버님은 1976년에, 그리고 어머님도 그 3년 뒤인 1979년에 세상 뜨셨지요."

하곤 계속 잇대어서,

"저의 부모님도 사할린의 모든 우리 동포들과 매한가지로 늘 뜨겁게 고국을 그리다가 돌아가셨지요. 조국 땅에 묻히는 것이 오로지 남은 소원이었소이다. 돌아가실 때도 마지막 유언으로 다음과 같은 말씀을 남기셨지요. 내가 죽거든 화장해서 바다에 뿌려다오. 그렇게 나는 혼백으로라도 고향에 갈란다, 라고요. 생전에도 저의 아버님은 일본에서 박노학 씨가 하시던 사할린 동포 귀환운동을 적극 지지하시면서, 그 명단 작성에도 심혈을 기울였었습니다. 토마리에 사시면서 이웃 동포들 중에 편지를 쓰지 못하는 분들에게는 편지를 대신 써서 붙여 주었고, 더러 편지가 오면 몇 번씩 연거푸 읽어 주기도 하셨습니다. 그러곤 고국 소식을 알기 위해서 매일 라디오를 들으셨지요. 그렇게 몽매에도 잊지 못할 고향을 그리며 무진 애를 쓰시다가 끝내 여한을 품으신 채 그냥 돌아가셨습니다."라고 하고, 그간에 겪었던 우리네 사연을 다음과 같이 털어놓았다.

아버님께서 운명하시자 우리 남은 자식들은 구역 행정국에 가서 화장을 하겠으니 허락해 달라고 신청까지 했었다. 그러나 행정국에서는 우리 구역에는 화장하는 장치도 장소도 없다며 난색을 보였다.

하지만 우리는 언젠가는 소련도 개방이 되면 문이 열릴 거라고 굳게 믿고 기다렸다.

그러다가 1991년에 가서야 사촌 동생의 초청으로 모국 방문을 처음 하게 되었다. 그때 비로소 고향 산천의 할아버지, 할머니, 작은아버지 산소를 비롯, 조상들의 산소를 두루 돌아보며 성묘하고, 우리 부모님도 꼭히 이 고향 산천에 모셔야겠다고 마음먹었다.

그 뒤, 우리 형제들은 끝내 1998년 7월에 부모님의 시신을 화장하여 유골만이라도 고향 산천에 정중하게 모실 수가 있었다.

대강 이상과 같은 지나온 내 이야기를 들으면서 서정길 씨는 손수건으로 눈물을 닦고 있었다.

"허 선생님 부모님의 그 이야기를 들으니 저도 부모님 생각이 새삼 간절해지는군요, 어머님은 포로나이스크에서 1974년에 운명하셨습니다. 그러구 아버님은…… 아버님은……."

하고 서정길 씨는 떠듬떠듬 겨우 뒤를 이어 나갔다.

"실은 저는 아버님께서 언제 어디에서 어떻게 돌아가셨는지조차 모르고 있는 불효자식입니다. 어머님의 말씀에 따르면 아버님은 조선에서 화태일제에 소속되었을 때의 남쪽 사할린 이름로 강제 징용으로 끌려왔다가, 다시 또 그 2년 뒤에는 일본 규슈 탄광으로 가족은 사할린에 그대로 둔 채 강제 징용돼, 그 뒤로는 생사조차 모른답니다. 그러니 돌아가셨어도 자식으로서 제사도 못 지냅니다. 따라서 현 일본 정부는 천하없어도 제 아버지를 찾아 저에게 돌려주어야 합니다.”

이렇게 허두를 뗀 서정길 씨는 눈물 섞어 저간에 겪은 저들 사연을 다음과 같이 길게 털어놓기 시작하였다.

경상남도 마산시에서 멀지 않은 한 시골 마을에 그이의 아버지 서자근 씨와 어머니 이점순 씨가 살고 있었다. 그 젊은 부부에게는 딸 형제가 있었다. 큰딸은 세 살이고 둘째 딸은 두 살이었다. 그 젊은 부부는 결혼 초에 부모를 잃고 볼품없는 초가 한 채에다, 조상 대대로 물려받은 땅 몇 마지기에 근근이 농사를 지으며 그런대로 하루하루 걱정 없이 행복하게 살고 있었다.

한데 바로 1942년 봄이었다. 그때나 지금이나 농사꾼들은 새벽이면 일찍 들판으로 나가 일을 했다. 그렇게 한창 밭일을 하고 있는데, 난데없이 몇 명의 순사와 면사무소 직원이 들이닥치더니 다짜고짜 그 마을 청년 십여 명을 트럭에 실었다. 트럭에 실린 젊은이들은 “이게 무슨 짓이오? 왜 이러는 게요?” 하고 무슨 영문인지 몰라 소리소리 지르며 대들었다.

“가면 알게 돼.”

순사들도 곤봉을 휘두르며 빼락빼락 소리를 질렀다.

이 광경을 마을 안에서 내다보고 득달같이 달려 나온 아주머니들도 트럭에 매달리며 소리를 질렀다.

“이놈들아, 대체 어디로 끌고 가느냐?”

순사들은 대답 대신에 곤봉으로 트럭에 매달린 아주머니들의 손을 쳤다.

결국은 이렇게 아버지는 인근 관청으로 끌려가 마을 젊은이들과 함께 멀고 먼 화태라는 곳으로 강제 징용을 가게 되었다.

이렇게 별안간에 남편을 잃은 새댁은 그날부터 남편과 함께 하던 밭일을 혼자 도맡아 하게 되었고, 또 혼자서 어린 두 딸까지 키워야 하였다.

하지만 끌려간 남편에게서 무슨 소식이나 올까 하고 기다렸으나 감감소식이었다. 당연히 같이 끌려간 사람들의 아낙네들도 서로 만나면,

“무슨 소식 없어요?”

“네, 없는데요.”

“참, 이거야, 답답해서 원.”

“아무튼 기다려 봅시다. 무슨 소식이 오겠지요.”

하고 서로 주고받았을 뿐이었다. 이 아낙네들 중에는 아들을 잃은 어머니도 있었지만 남편을 잃은 축이 더 많았다.

서정길 씨의 아버지는 그렇게 고향 친지들과 함께 수천 리 머언 곳, 화태라는 곳에까지 강제 연행되어 가서 탄광 채탄부로 일을 하게 되었다. 굴속에서 무거운 쇠 곡괭이로 파서 모은 탄을 밀차에 싣고 나오는 일을 매일같이 하였다. 그렇게 한 마을 이웃에 살다가 함께 끌려온 고향 친지 두엇 하고 셋이서 한방에서 먹고 자고 하였다.

그 탄광 우두머리는, 부지런히 일 잘하고 품행이 좋은 사람들은 고향에 있는 가족까지 데려와서 살게끔 해 주겠다고, 약속을 하기도 하였다. 그들도 그 말을 그대로 믿고 부지런히 시키는 대로 고분고분 따랐다. 고향에 두고 온 아내와 딸 생각으로 잠 못 이룰 때도 많았지만, 식구들을 데려올 수 있다는 탄광장의 그 말만을 믿고 열심히 일을 했다.

아니나 다를까. 그렇게 1년이 지나자 고향에 있는 식구들을 데려와서 살 수 있다는 허락이 떨어졌다. 아버지는 즉각 이 기쁜 소식을 편지로 전했다. 같이 일하던 두 친구의 식구들도 함께 오게 되었다.

고향에서도 1년만에야 온 이 편지를 받고 세 가족은 그 멀고 머언 화태라는 곳으로 남편을 찾아 낯선 길을 떠났다. 그때 일본 말도 전혀 모르는 세 아주머니들은 생전 처음으로 배와 기차를 번갈아 몇 차례씩 갈아타고, 손에는 화태 주소라는 게 적혀 있다는 그 편지 쪽지를 내보이면서 며칠이나 걸려 고생고생하면서 그

토로^{현재} 러시아 땅 사할린의 샤흐초르스크까지 찾아갔다.

남편을 찾은 세 가족은 그나마 운이 좋은 편이었다. 그들 세 아주머니는 고향에서도 가까운 이웃으로 살다가 이 멀고 먼 화태 땅에 와서도 단층 사택에서 서로 의지하며 살게 되었으니 그나마 다행이었다.

아버지는 아내가 두 딸을 데리고 이 멀고 먼 화태까지 무사히 찾아와 함께 살게 되어서 대단히 고맙게 생각했다.

매일 아침 다섯 시면 작업복을 갈아입고 등에 멘 망태 속에는 작업 도구와 점심 도시락을 넣고 어깨에는 무거운 쇠 곡괭이를 멨다. 하루 종일 탄을 캐다가 저녁 일곱 시면 지친 몸으로 숙소로 돌아오곤 하였다.

아버지는 그래도 그런대로 행복해 했다. 가족과 함께 살게 되고 귀여운 딸들을 매일 가까이서 볼 수가 있었으니 별 여한은 없었다.

하지만 이런 형편도 얼마 가지 못했다.

1944년 8월 어느 날에는 저녁 일곱 시가 넘었는데도 작업 나갔던 사람이 돌아오지를 않았다. 그리고 바로 그날 부락 강당에서는 모종 집회가 있었다. 그 큰 강당 안에서는 많은 광부들이 웅성거리며 불안한 얼굴들로 기다리고 있었다. 곧이어 긴 칼을 찬 경찰관과 국방색 군복에 마찬가지로 긴 칼을 찬 사람들이 들어왔다. 회의가 끝나자 사람들은 하나같이 불안한 얼굴로 헤어졌다.

그렇게 숙소로 돌아온 아버지는 저녁상 앞에 앉으며, 망할 놈들, 며칠 뒤에 규슈로 가야 한다는구나, 하고 한마디 씨불었다.

이 말을 듣자 어머니는 상 앞에 고꾸라지듯 주저앉으며 대뜸 통곡을 했다.

"뭣이요! 이놈들이 도대체. 조선에서 이 머나먼 화태 땅까지 끌고 오더니 이제 또 뭐가 모자라서 규슈로까지……"

아닌 밤중에 홍두께도 유분수지, 어머니는 단지 기가 막혀 딸들을 그러안고 울기 시작했다. 남편이라고 2년 전에 이 화태 땅까지 강제 징용이라며 끌고 와서, 고향 땅에서 남편 없이 고생고생하다가 겨우 1년 전에야 남편을 찾아와 조금 살아 보려고 하는 참인데, 다시 또 생이별을 하게 됐으니 이 일을 어쩐단 말인가. 같은 처지에 놓인 이웃의 두 아낙네도 득달같이 집으로 찾아와,

"아니, 날벼락도 유분수지, 이 일을 어쩌우. 다시 징용을 가다니, 그럼 우리 남은 식구는 어쩌라고"

하고 근심에 쌓여 멀거니 서로 얼굴만 쳐다볼 뿐이었다.

"두 달만 일하고 돌아온다니, 그 말을 믿어 봅시다."

하며 자신부터 달래듯 하며 주위 아낙들도 일단 안심을 시키려고 들었다.

고향에 살 때는 그렇게 창졸간에 남편을 빼앗기고도 근근이 일하면서 그렁저렁 살았었다. 하지만 이번 경우는 고향에서 불원천리 이 화태 땅으로 남편을 찾아와서 이제 겨우 1년 4개월밖에 안

된다. 그러니 이쪽 살림살이도 아직 완전히 자리 잡히기도 전이
었다.

하지만 어쩔 것인가. 어머니는 밥을 말리고 콩을 볶아 먼 길
떠나보낼 준비를 하면서 뒤로 돌아앉아 마음속으로 울었다.

그날 저녁 어머니가 여늬 주부들과 함께 부락의 어느 강당 앞
으로 갔을 때는 벌써 많은 사람들이 모여 있었고, 여기저기 떼를
지어 수군거리고들 있었다. 그렇게 떠나는 사람들 중에는 조선
사람뿐만 아니라 일본 사람도 있었고, 전송 나온 사람들 중에는
남편을 보내는 사람, 아들을 보내는 사람 등으로 가지각색이었다.
심지어 남편과 아들을 한꺼번에 빼앗기는 기막힌 경우도 있었다.

"당신들은 우리 일본 나라를 위한 훌륭한 사람들이다. 후방 산
업전사로 임시로 가족과 헤어져 떠나는 만큼, 뒷일은 아무 걱정
할 필요가 없다. 우리가 책임지고 돌보아 줄 것이다."
라고 탄광장은 열을 내어 장담까지 했었지만⋯⋯.

끝내는 그날 남편과의 그 작별이 영원한 이별이 될 줄이야⋯⋯.

그 뒤로 이 탄광 부락에는 제대로 생긴 남자들은 없고, 늙은
노인들과 아낙네들, 아이들뿐이었으며, 당장 그 다음 날부터는 가
족을 먹여 살리는 일이 제각기 주부들 능력에 달려 있었다.

그렇게 규슈 탄광으로 남편이 다시 끌려간 2개월 뒤, 10월 28
일에 아들을 낳았으니 그게 바로, 나, 서정길이라는 사람이다. 어
찌 이럴 수가 있었더라는 말인가. 그러니 어머니는 그때부터 남

편 없이 어린 딸 둘과 갓난아기인 나를 떠안고 먹여 가며 키워 가며 살아야 하였다.

해가 바뀌고 1945년이 되어서도 두 달 지나면 돌아온다던 남편은 돌아오기는커녕 종무소식이었다. 세상에, 세상에, 살다가 어찌 이런 일도 있을 수가 있다는 말인가. 하나님도 무심하시지, 어찌 사람 팔자, 이 지경으로 기박할 수가 있을 것인가.

그렇게 1945년 8월에 남화태도 일본 제국이 패망하면서 모처럼 해방이 되었다. 그러니 탄광 부락에 그대로 남아 있던 조선 사람들은 이제 고향으로 가게 되었다고 기뻐하였고, 이중징용 당했던 남편과 어머니들도 이제는 곧 남편이 혹은 아들이 돌아올 것이라고 기대하며 앞으로는 고향으로 돌아가서 잘살 수 있게 될 것이라는 희망을 갖게 되었다.

하지만 이듬해 1946년 봄부터 일본인 귀환이 시작되어 일본인들은 일본 땅으로 돌아가게 되었지만, 조선 사람들만은 그냥 그대로 남게 되었다.

고향으로 돌아가서 남편이랑 잘 살아 보려던 꿈은 어느새 한 해, 두 해 가면서 흐지부지 어렵게만 되고, 학교에 다니는 두 딸과 세 살짜리 정길이를 키워야 하는 일은 아낙네 혼자로서는 여간 버겁지가 않았다. 아예 직장이라는 것도 없었거니와, 농사짓는 일 밖에는 아무 일도 할 줄 몰랐다.

집 뒤의 자그마한 텃밭에 파, 마늘, 양념거리도 심고 배추, 무를 심어 살림에 보탰지만 그것만으로는 어림도 없었다. 그전 같으면 삯빨래나 삯바느질을 할 수도 있었지만, 너나없이 어려운 판국이어서 그런 일거리도 없었다. 남편의 소식은 날이 갈수록 더더 아득하고 멀어져갔다.

남편이 끌려간 뒤 1년 동안은 그런대로 굶지 않을 만큼은 돈이 나왔지만, 해방이라는 것이 된 뒤에는 돈 한 푼 안 주니, 어디다가 호소해 볼 것인가. 엄동설한 모질게 추운 방에서 어린것들 데리고 살아가자니 여간 힘들지가 않았다.

끝내는 너무 힘들어 이웃에서 보다보다 못한 할머니 한 분이 중간에 나서 어머니는 최민수라는 사람과 재혼을 하지 않을 수 없게 되었다. 그이도 하필이면 1945년 봄에 강제 징용으로 사할린 동쪽에 있는 와흐르쉐브 탄광으로 끌려왔던 조선 사람이었다.

참으로 기가 막히게도 그이도 그렇게 끌려와서 4개월 만에 8·15 해방을 맞았으니 말이다. 고향에는 아내와 딸에 아들 남매가 있고 부모님도 계신다고 하였다. 그 최 씨도 당장에라도 고향엘 가고 싶지만 어디 호소할 데도 딱히 없어 세월아, 네월아 하고 어영부영 그동안은 독신 생활로 지내다가 모처럼 그 할머니를 통해 어머니를 만나 새살림을 꾸리게 되었던 것이었다. 그리하여 우리 가족도 어머니를 따라 샤흐초르스크 탄광에서 그이가 사는 와흐르쉐브 탄광으로 이사를 오게 되었다.

그렇게 세월 따라 어영부영 살면서 어머니는 다시 내 밑으로 아버지 다른 아들 둘과 딸 셋을 우르르 낳아 불과 몇 년 사이에 우리는 8남매가 되었다. 이렇게 식솔이 열이나 되다 보니 하루하루 살아가기는 더더 힘이 들어 거의 헐벗고 굶는 것을 예사로 알게 되었다.

그 무렵 그곳은 이미 소련의 스탈린 체제이어서 배급제였다. 언젠가 한번은 어머니가 모처럼 배급으로 설탕 2킬로그램을 타 갖고 왔는데 어머니는 그걸 애들 몰래 감추어 두었었다. 그런데 어머니가 그렇게 감추어 둔 것을 동생 점순이가 눈치껏 알곤 동생들과 함께 그것에 손을 댔다. 그러니 어머니는 그 설탕이 반 이상 없어진 것도 모르고 이웃에서 감자 농사를 크게 하는 아저씨와 약속을 했다. 그 설탕을 감자 한 섬50킬로그램과 바꾸기로 했던 것이다. 그 뒤, 며칠이 지나 그 이웃집 아저씨는 약속했던 대로 감자 한 섬을 짊어지고 왔다. 어머니도 곧장 감추어 둔 설탕을 꺼내려고 숨겨 두었던 독 뚜껑을 열었다. 그러나 설탕은 반 넘어 없어져 1킬로그램도 안 남아 있었다. 어머니는 난처해하며 아저씨에게 급하게 둘러대었다.

"아저씨 미안해요. 내가 그만 정신이 나갔었나 보아요. 설탕을 엿을 달여 애들 먹이고는 깜박했구먼요. 이거 미안해서 어쩌나……."

아저씨는 짊어지고 온 감자 한 섬을 현관 벽 쪽에 그냥 그대로

기대 놓고 나가면서

"아주머니 이 감자, 애들하고 잡수세요"

하고 말했다.

어머니는 더더 몸 둘 바를 몰라 하면서,

"아니, 이러면 안 되는데, 이걸 어떻거나, 어떻거나……." 하자,

"괜찮아요. 그럴 수도 있지요 뭐. 그냥 이거 애들하고 잡수세요"

하고 아저씨는 빠른 걸음으로 급하게 돌아갔다.

어머니는 그 설탕을 양식으로 바꾸어 먹으려고 했다가 본의 아니게 일이 이렇게 되어 그 아저씨에게는 두고두고 여간 죄송해하질 않았다.

더구나 이런 일이 있은 다음 해 봄에도 그 아저씨는 어머니에게,

"아주머니, 감자를 한번 심어 보시라우요. 씨감자가 조금 남았으니 드리겠응이까."

하고 씨감자 한 함지를 가져다주었다.

그 길로 곧장 식구대로 모두 들에 나가 생땅을 일구어 감자를 심었다.

한데 전혀 밑거름을 하지 않았는데도 그해 감자 농사는 아주 잘되었다. 뒤에야 들어서 알았지만, 생땅을 일궈 감자를 심으면 첫해에는 거름을 전혀 안 주어도 된다는 것이다. 되레 거름을 하

게 되면 감자 넝쿨만 무성해지고 알은 별 볼일 없게 된다고 한다.

가을에 감자 추수를 하자, 어머니는 아주 굵고 좋은 것으로만 골라 한 섬을 손수레에 싣고 그 이웃 아저씨에게 가져다주었다.

"아저씨, 봄에 씨감자 주신 것으로 농사가 썩 잘되었어요 우리 감자 한번 잡숴 보세요" 하자, 그 아저씨도,

"아니, 이렇게 안 해도 되는데, 가져다가 애들하고 같이 잡수세요" 하여,

"아니오, 이게 다아 아저씨 덕이지요, 좋은 씨감자 주셔서, 이 은혜를 어떻게 갚아야 할른지 원."

어머니는 몇 번이나 허리 굽혀 인사를 하였다.

그 감자 덕분에 여덟 식구그새, 위로 누나들 둘은 시집을 가고가 그런대로 굶지는 않고 지낼 수 있었다. 이듬해도 그리고 다시 그 이듬해에도 해마다 감자를 늘려 많이 심었다. 종당에 먹고 남는 감자는 장에 내다 팔았다.

하지만 원체 팔자가 가구해선가, 어려움은 연이어 설상가상이었다.

의붓아버지 최 씨는 언제부턴가, 돈이 생기면 놀음판에 가는 버릇이 붙어 있었던 것이다. 그러니 어머니는 안달을 하며 걱정이었는데, 어느 날은 밤늦게 들어오자 다짜고짜,

"돈 내놔, 감자 판 돈 내놔." 하며 대어들었다.

"이 냥반이 별안간에 무슨 돈을 내놓으래요?" 하자

"감자 판 돈 있지 않는가." 하질 않는가.

"감자 얼마 못 팔았어요. 쬐께 판 것은 그 돈 갖고 정길이 장화 샀거든요. 근데 무슨 돈이 있다고 내놓으래."

"아니, 장화는 무슨 우라질 놈의 장화야."

하곤 더더 얼굴이 시뻘게지면서, 악을 악을 썼다.

"어디 그 장화 샀다는 거, 한번 내 눈으로 보자." 하여,

어머니도 설마 어쩌랴 싶어, 안방에서 그 새로 샀던 장화를 갖고 나와 보어 주었다. 그러자 아버지는 그 장화를 홱 잡아채고는 부엌으로 달려 나가더니 대번에 그걸 부엌칼로 찢어 놓는 것이 아닌가. 그렇게 찢어진 장화를 팽개치고는 냅다 문을 발길로 걷어차며 밖으로 다시 달려 나갔다. 어머니는 그 찢어진 장화를 그러안고 한바탕 흐느껴 울었다.

그 무렵은 장화 값이 엄청 비쌌고 장화 구하기도 여간 힘들지 않을 때였다. 그나마 장에서 여러 사람에게 부탁해서 겨우 구한 것이었다. 그리고 그때 나는 뒤축이 다 닳아빠진 가죽신을 신고 학교엘 다녔었다. 게다가 장화는 조금 큰 걸 사야지 발싸개를 두 껍게 해서 발이 따뜻하고 시리지 않는다. 그래서 어머니는 조금 큰 걸 샀고 나는 내일 아침 새 장화 신고 학교 갈 거라고 좋아했 었는데 이 모양이 되고 말았다. 그해따라 겨울 날씨는 예년에 없 이 무척 추웠다. 그래서 그 무렵 어느 하루는 학교에서 집으로 돌 아오다가 오른쪽 새끼발가락이 얼어서 한동안 고생한 일까지도

있었던 것이다.

이렇게 원체 하루하루 먹고 살기가 힘들어 큰누님, 작은누님도 일찌감치 시집을 보냈었다. 큰누님은 포로나이스크 시로, 작은누님은 탄광 부락에서 그닥 멀지 않은 위스토크 부락으로 시집을 갔는데, 여북하면 작은누님은 열일곱 살인 것을 열아홉 살로 속여서 시집을 보냈을 정도로 살림이 궁색했던 것이었다.

그리하여 나도 탄광 부락에서만 의무 교육제여서 돈이 전혀 안 들었던 소학교$^{1-4학년}$는 마치고, 7년제 학교$^{5-7학년}$는 위스토크 부락의 작은누님 댁에서 다녔다. 그 뒤, 10년제 학교$^{8-10학년}$는 포로나이스크에 있는 큰누님 댁에서 다니면서 1961년에 졸업을 하였다.

이 점도 지금에 와서 돌아보면 묘한 느낌도 없지는 않다. 하늘의 섭리랄지, 어느 누구의, 이를테면 저승에 계신 조상님네들의 딱히 눈에는 보이지 않는 은밀한 도움 같은 것은 아니었을까 하는 생각도 전혀 없지는 않은 것이다.

그렇게 10년제 학교를 막 졸업하고 나서 방학 때 어느 날이었다.

우리 집에 모처럼 큰누님, 작은누님네 식구들이 와서 어른 어린애 합쳐 모두 스무 명이 우글거렸다. 그렇게 두 개의 방이고 부엌이고 헛간이고 온통 시끌벅적하여 어느 명절날 같았다.

나는 자형들하고 남자끼리 이야기를 나누고 있었고 누님들은 어머니와 같이 여자들끼리 안방에서 수다들을 떨고 있었는데 마침 이때 아버지는 이 자리에 껴 있지를 않았었다.

나는 자형들과 한창 이야기를 나누고 있었는데, 문득 안방 쪽에서 작은누님이 조금 은밀하게 속삭이듯이 하는 말이 들려왔다.

"저 거시기, 엄마, 이젠 정길이한테도 얘기할 때가 됐지 않아요?"

"쉬잇 듣겠다."

나는 안방에서 하는 그 뒤의 낮은 목소리는 들을 수가 없었다. 그날 저녁에 큰누님네는 기차로, 작은누님네도 버스를 타고 제각기 집으로 돌아갔다.

그 뒤 며칠 지나서 작은누님이 또 가까운 이웃 부락에 볼일 보러 왔다가 잠깐 우리 집에 들렀다. 마침 집 안에는 애들도 죄다 놀러 나갔고 어머니와 나뿐이었다. 나는 조심조심하며 작은누님한테 슬쩍 물었다.

"누나. 저 먼저 큰누나랑, '이젠 얘기할 때가 됐지.' 하던데, 대체 그게 무슨 소리야?"

"무슨 소리야, 라니? 언제?"

"그때 말야. 큰누나하고 큰자형, 그러구 작은누나랑, 자형이랑 두 집 애들까지 모두 같이 왔을 때, 작은누나가 '이젠 정길이한테 얘기할 때가 됐지.' 했잖어. 그게 대체 뭐였어? 난 그 말이 오늘꺼정 주욱 궁금했어."

작은누님과 어머니는 서로 마주 쳐다보면서 잠깐 망설이는 듯 하더니, 작은누님이 어머니한테 말했다.

"엄마, 그 접때, 언니랑 같이 있을 때, 내가 했던 그 한마디 말을 저 애도 옆방에서 귀 곁으로 들었던가 보아요. 그러니 이참에 엄마가 딱 부러지게 얘길 허세요. 저 애도 이젠 핵교도 졸업했고, 저 애대로도 알건 제대로 알아야지요"

어머니도 어머니대로 벌써 두 눈에 눈물부터 그렁그렁해지며 눈에 흰 수건을 대고 있었다. 그러나 작은누님의 그 말에 어머니 대로도 정신을 차린 듯,

"그래 알았다. 이젠 제대로 말해 줘야지."

하곤 손수건으로 눈물을 닦으시며 말했다.

"실은, 정길아. 지금의 네 아버지는 너의 친아버지가 아니다."

하시질 않는가.

"네에! 그게 대체 무슨 소리지요?"

나는 기겁을 하도록 놀라며 한동안은 어안이 벙벙하고 어리둥 절했다.

"그래. 지금 아버지는 너한테는 의붓아버지다. 네 동생들의 아 버지일 뿐이야. 네 친아버지는 네가 태어나기 두 달 전에 일본 규 슈 탄광으로 일하러 가신 뒤, 종무소식이다. 살았는지, 죽었는지, 살았으면 대체 어디 있는지 도통 모른다. 이제 너도 제대로 알게 됐으니, 나도 이젠 개운하구나. 개운해. 네 친아버지는 성은 서씨

고 이름은 자근이다. 그렁이까 서자근이다."

세상에, 살다가 살다가 이럴 수가…… 그 순간에도 나는 언젠가 그 몹시 춥던 날 지금의 의붓아버지가 어머니께서 모처럼 감자 팔아 새로 사 주셨던 목 긴 장화를 부엌칼로 갈기갈기 찢어 놓았던 일부터 떠올리며. 바로 그때도 친아버지라는 게 어쩜 저럴 수도 있을까 하고 그 어렸던 나이임에도 비끗 생각했던 일까지 또렷하게 되떠올리며 울음부터 터뜨렸다. 그랬구나, 역시 그러했구나…….

이렇게 이날 비로소 내가 실은 최정길이가 아니라 서정길임을, 성이 달성 서씨, 서가였음을 알게 되었다.

그 뒤로 나는 저 바다 건너 일본 땅에 아버지가 계신다는 생각으로 포로나이스크 해변을 자주 거닐며 하염없이 먼먼 바다 너머를 건너다보곤 하였다. 그렇게 나는 바다를 좋아하게 되었고 상급 학교도 네웰스크 수산학교에 진학하려고 마음먹었다. 그런데 소련 당국은 내가 무국적자라며 시험 칠 자격조차 주지를 않았다.

그러니까 1945년 8월 15일 전쟁이 끝나면서 우리 민족은 비로소 일제의 사슬에서 풀려나며 광복을 맞이하였으나, 그 뒤에는 화태에서 저들 일본 사람들만 본토로 귀국시키고, 조선 사람들은 그냥 그대로 그곳에 쓰레기 버려두듯이 내팽개쳐 두었던 것이었다.

한국의 경상남도에서 그 먼 화태로 다시 규슈로 재징용이라며 끌고 갈 때에는 일본 사람 조선 사람 가리지 않고 후방 산업전사

라며 내선일체를 표방했던 놈들이, 전쟁이 끝나자 저희들 일본인
들만 쏘옥 빠져나가고, 우리 조선 사람들은 그냥저냥 범 아가리
에 처박아 두었던 것이었다.

소련은 사할린에 그대로 남은 그 조선 사람들을 우선은 무국적
자로 처리하였다. 소련 당국으로서는 일단은 그럴 수밖에 없기는
했을 것이다. 그리하여 10년제 중학교까지는 의무 교육이어서 국
적에 관계없이 누구나 학교에서 공부를 할 수 있었다. 하지만 고
등학교나 대학에 입학하려면 조선 사람들은 무국적자여서 그게
불가능하였다.

그 무렵, 서정길 나는, 어찌어찌 소개를 받아 큰 배 회사에 취
직이 되면서 견습생으로 일을 했고, 그렇게 그 2년 뒤에는 소련
국적을 취득할 수 있었다. 그해부터 나는 수산학교에서 공부를
하기 시작하였는데, 이 학교는 학비도 국가 부담이어서 어머니나
누님들에게도 부담을 덜어 드릴 수가 있었다.

나는, 이 학교를 졸업하고 포로나이스크 어업 꼴호즈^{협동조합}의
'드루즈바' 회사에 파견되어, 이곳에서 육지, 해상을 넘나들며 수
산 기술원으로 25년간을 고스란히 일하였다. 그 중의 10년간은
'드루즈바' 꼴호즈에서 기사장으로 있으면서 기업소 발전에도 힘
을 썼다.

하지만 나는 더 배워야 하겠다는 일념으로 블라디보스토크 원
동수산기술대학 통신과에 입학, 그 대학을 졸업하였다.

그렇게 공부를 하고 회사에 근무하며, 나름대로 한인 사회생활에도 적극 참가하면서도 나는 잠시도 아버지에 대한 생각을 잊어버릴 수는 없었다.

내가 그렇게 어머니를 통해 친아버지에 대해 처음 알게 된 뒤, 그 며칠 동안에 아버지가 경상도 땅에서 어떻게 징용을 당해 화태까지 끌려왔으며, 다시 또 일본 최남단인 규슈로 재징용이라며 끌려갔는지도 자세히 들었고, 그 뒤, 어머니 혼자서 우리 3남매를 어렵게 어렵게 키우다가 도저히 더는 견딜 수가 없어 어떻게 지금의 그이, 새 의붓아버지를 만나 다시 재혼을 하게 됐는지도 소상히 들을 수가 있었다. 그 한마디, 한마디, 눈물 없이는 들을 수가 없는 기막힌 사연들이었다. 그러니 어머니가 털어놓는 그 이상의 아버지에 대해서는, 그 신상에 대해 물어볼 수도 없었다. 심지어 사진 한 장조차 없다. 그러니 아버지의 얼굴도 어떻게 생겼는지조차 알 수가 없다.

하지만 나, 서정길은 자식으로서의 도리는 무슨 일이 있어도 최선을 다해야 하겠다는 일념으로 아버지의 생사, 그리고 행방을 알기 위해 그야말로 사력을 다 했고, 그렇게 비슷한 처지에 있는 한인 동료들과 함께 사회단체 하나까지 꾸려 내었다.

"왜 우리가 남편, 부형들을 영원히 일본 정부에 빼앗기고도 말 한마디 못 하고 침묵을 지켜야 하나. 아니다, 무슨 난관이 있어도 진실은 밝혀야 한다."

　이렇게 끝내는 '사할린 이중징용광부 피해자 유가족회'를 결성
하였고, 나, 서정길이 그 회장까지 떠맡았다.
　이 이중징용광부들의 가족들은, 남편, 부형들이 재징용됨으로
써 그 당시에 당했던 어떤 사람들보다도 심한 정신적 물질적 고
통을 견뎌내야 하였다. 이처럼 이중징용된 광부들의 가족들은 제
민족 제 나라가 해방이 되어 6, 70년이 지났는데도 아직 재회는
커녕 생사조차 확인하지 못한 채 이산가족으로 살아가고 있다.
남편이 어디에 있고 아버지가 어디에 계시고, 언제 어디에서 돌
아가셨는지조차 알 수 없고, 자식으로서 아버지 제사도 못 모시
고 있는 형편이다.
　끝내 우리는 4년 전에는 그 이중징용광부들이 징용되었던 일본
규슈 탄광까지도 만난을 무릅쓰고 어렵게 방문하여 그 현장까지
돌아보았다.
　그렇게 우리가 찾은 곳은 북 규슈 근처의 지쿠호 탄광 지역 마
을이었는데, 현지의 일본 '강제 징용 협의회'의 도움으로 아버지
가 재징용당해 일을 했던 탄광까지도 모처럼 찾게 되었다. 그 탄
광 자리는 오래 전부터 풀들만 무성하게 자라는 황무지 들판이
되어 있었다. 그래도 탄광의 옛 흔적이나마 찾아볼 수는 있었다.
　특히 그 먼 옛날에 아버지와 함께 화태에서 그곳 탄광으로 재
징용되었던 한 일본인 희생자의 유가족이 갖고 있던 물건에서 아
버지의 살아생전의 행적 하나까지 발견했던 것은 그나마 큰 소득

이었다. 그 유가족의 부친은 그곳 탄광에서 일하다가 매몰 사고로 사망을 했던 모양인데, 그때 그 장례식에서 부조를 했던 한국인 동료 광부들의 명단 속에 서자근이라는, 아아, 우리 아버지 이름도 들어 있었던 것이다.

나는 그때 그 방문 중에 북규슈의 한 보건소에 보관되어 있는 낡은 명부 속에서 아버지의 이 이름 세 글자를 찾아냈다. 그래서 아버지가 분명히 이곳의 탄광에서 일하셨음을 새삼 확인할 수 있었다.

하여, 잇대어서 그때 그 탄광에서 일했던 탄부들이 묻혀 있는 묘지까지도 자세히 둘러보았지만, 그 이상의 아버지의 자취는 보이지 않았다. 그 옆에는 깨끗하게 돌보고 있는 가축 공동묘지라는 것까지 하나 있었던 것이 꽤나 인상적이었다.

그리하여 지금에 와서 다시 차근차근 생각해 보면, 현재 한국과 일본, 러시아 어느 곳에도 이 '이중징용 희생자'들을 위한 위령비 하나도 없다는 것이 너무 억울하다. 그러니 유가족들이 제사라도 제대로 모실 수 있도록 이 사할린에라도 위령비 하나나마 세워 보자는 운동도 벌이고 있다.

그렇게 일본 방문 일정이 끝나던 날은, 화태에서 강제로 이중징용되어 갔던 그 북규슈 인근의 지쿠호 탄광 입구에서 우리는 모처럼 어렵게 이곳까지 왔던 길이어서 간단히 집단으로 고인들의 제사까지 모셨었다.

"아버지, 아버지, 아버지, 얼마나 불러 보고 싶었던 아버지입니까. 저는, 1942년경에 조선에서 화태로 강제 연행되어 '토로 학죠사'의 탄광 탄부로 일하시다가, 가족을 현지에 남겨 두고 재차 1944년 8월에 일본 남쪽 끝의 규슈 탄광으로 끌려가신 서자근 씨 당신의 아들 정길입니다. 이 불효자식을 용서하시고 편히 주무시오서."

하며 눈물 속에 성심을 모아 삼배를 하고 돌아섰다.

그렇게 일본을 방문하고 돌아온 나는 사할린에라도 반드시 '이중징용광부 피해 희생자' 위령비를 세워야 하겠다고 마음속으로 거듭 다짐을 했다.

실제로 나는 일본 규슈 현지에서 맨 흙까지 한 줌 담아 사할린에 가져와서 어머니 산소에 뿌려 드렸다.

"어머니, 일본 규슈에서 가져온 흙입니다. 아버지께서 이중징용되어 고생하시다 돌아가신 곳의 흙입니다. 일하시던 곳은 찾았지만 묘지는 찾지 못했습니다. 하긴, 아버지께서 꼭히 그곳에서 돌아가셨는지도 딱히는 모르지만요. 이 불효자식을 용서하세요 아버지를 찾지 못했습니다."

끝내는 우리의 노력으로 유즈노사할린스크에 위령비를 세우게 되었고, 7월 4일에 사할린 한인 문화센터 구내에 '사할린 한인 이중징용광부 피해 희생자 위령비'라는 긴 이름의 비석 하나까지 세워지기는 하였지만…….

　서정길 씨의 이와 같은 애타는 사연을 듣고, 나, 허남훈도 지난 세월 일본이라는 나라의 우리나라, 우리 민족에 대한 천인공노할 횡포에 대해 새삼스럽게 울분을 금치 못하였다.

　그 전쟁이 끝난 뒤 금년2007년으로 62여 년이라는 세월이 지났음에도 사할린에는 바로 서정길 씨와 같은 유가족들이 수다하게 널려 있다.

　그러니까 일본이라는 나라는 사할린에 강제로 끌고 와 갖가지로 부려 먹던 우리 한국인들을 전쟁이 끝났던 그때, 창졸간에 소련 영토가 되어 버린 그 땅에 그대로 내동댕이치듯이 팽개쳐 버리고, 저희들 일본인들만 본토 쪽으로 쏘옥 빠져나갔던 것이었다.

　그러니 그 뒤, 한국에서 강제로 끌려갔던 이 이중징용 광부들과 그 남은 가족들은, 어쩔 것인가. 그 일제 치하에서는 언필칭 '후방 산업전사'라는 감언이설로 일본 나라를 위하여 갖은 고초를 겪어 냈던 사람들이었는데, 1945년 그때 세상이 다시 한바탕 뒤집어지면서 하루아침 사이에 '무국적자'라는 신세로 떨어져 버렸던 것이었다. 일본이라는 나라가 저지른 이 천인공노할 죄과는 자손 대대로 이가 갈리고 용서할 수가 없다.

　이 엄중한 사실을 지금 일본 땅에서 일본인으로 살고 있는 젊은 세대들에게도 정확히 알려 주어, 60여 년 전 그때 별안간에 강제로 끌려갔던 이 조선인 광부들이 그때 과연 어떤 연유로 하여 사랑하는 아내와 자식들을 사할린에 남겨 둔 채 다시 규슈 탄광으로 재징용 되었었는지, 뒤늦게라도 소상하게 밝혀서 오늘까지도 살아 있는지 죽었는지, 그 행방은커녕 생사조차 모르고 있는 이 냉엄한 현실을 제대로 들여다보아야 한다.

그 당시의 일본 정부는 그렇게 우리 한국인들을 강제로 끌고 가면서 '후방 산업전사'라며 나라를 위하여 석탄을 캐야 한다고 갖은 감언이설로 꾀이면서, 남은 가족들은 정부가 책임을 지겠으니 아무쪼록 안심하고 떠나라고 하였었다. 뿐만 아니라 남은 가족들에게는 나라를 위하여 떠나는 전사들에게 눈물을 보여서는 안 된다며 하나같이 만세를 부르며 전송하도록 독려까지 했던 것이었다.

오늘 일본 나라를 짊어지고 가는 새 세대들도 자기들 선대들이 저질은 이 엄중한 죄과를 그냥저냥 그대로만 보아 넘겨서는 안 될 것이다.

지금은 나도 우리 삼천리강산 조국에서 멀리멀리 떠나와, 러시아 국적을 지닌 채 사할린의 토마라 학교에서 한국어 교사로 일하고 있지만, 실은 나도 한국어를 배워 가면서 어린 학생들을 가르치고 있는 형편인 것이다.

2.

　자, 이 글을 읽어 본 느낌들은 과연 어떻습니까.

　"한번 그 느낌들을 툭 터놓고 이야기를 나누어 봅시다. 우선은 지난번처럼 이 자리에서 가장 나이 어린 쪽부터 시작을 해 볼까요? 어때? 자네부터."

하고 70대 노인께서 비시시 웃으며 스무 남은 살 될까 말까 한 그 젊은이 쪽부터 쳐다보자,

　"글쎄요" 하고 그 젊은이는, 약간 주저주저하듯이 조금 꽁무니부터 빼고 싶어 하는 표정이더니 조심스럽게 이렇게 첫 운을 떼었다.

　"솔직히 저는 당혹스럽습니다. 어떻게 저럴 수가 있었을까? 저 사람들이 참말로 저와 똑같은 이 나라 사람들이었는가, 그 옛날에 살고 있던 우리나라 사람들이, 작금에 서울에서 살고 있는 오늘의 이 우리들과 어떻게 저렇게도 천지 차이로 다를 수가 있었을까, 싶어지고요. 하지만 저게 불과 6, 70년 전의 우리 선대들, 할아버지거나 할머니들의 실제 처지였다는 것을 거듭 곰곰 생각해 보면, 도무지 어리벙벙해지네요. 도대체 아무리 저어 남쪽 시골, 마산 근처의 깡촌에 살고 있었을망정, '징용'이라나 뭐라나, 한번 본때 있게 싸워 보지도 못하고 저렇게도 맥없이 끌려갈 수가 있었을까요. 기본적인 인권의식조차 저렇게도 없었다는 말입

니까. 그렇게 1년 남짓이나 아무 소식이 없다가 아내와 두 딸을 뒤늦게 그 머나먼 사할린 땅으로 보내졌을 때도, 본인들은 되레 그걸 요행으로 생각하며 고마워들 했다니, 정신들이 빠졌지, 도대체 말이나 됩니까. 옛날 그때가 바로 저랬었다는 걸 곰곰 생각해 볼수록, 요즘에 우리가 사는 지금의 이 나라는 참으로 지상천국이 따로 없다는 생각마저 듭니다. 암튼 이 글을 한번 읽고 나니까 충격이 이만저만 크지가 않습니다. 정말로 일본 군국주의라는 게, 그리고 스탈린의 소련이란 독재체제가 어찌 저 지경으로 무지막지했을까 싶기도 허고 참말로……."

"참말로 어이가 없다아, 그 말이지. 그렁이까 노상 '웃으면 복이 와요'만 좋아하지들 말고, 요새 젊은 사람들도 더러는 이런 글도 읽으면서 저렇게 우리 선대들께서 살아 온 일들도 자세히 챙겨보아야 해. 그래야만 미래를 향한 자기들 입지도 뿌리 깊게 튼튼히 세울 수 있지 않겠는가. 안 그래?"

이 자리에서는 가장 어른이신 70대 늙은이께서 그 젊은이를 마주 쳐다보면서 다시 이렇게 한마디 하고는, 다음 또 누구 나서서 이 글을 읽고 난 느낌을 토로해 보시지, 하듯이 비잉 자리를 둘러보았다.

그러자 중간쯤에 앉았던 60대 중늙은이가 나섰다.

"저는 바로 해방둥이로 45년에 태어났응이까. 그 당시의 그런 정황을 직접 보지는 못하였지만, 자라면서 어른들 하는 소리들을 엿들으면서 '징용'이니 '보국대'니, 혹은 '정신대'니, 하는 것들이 있었다는 건 익히 들었었지요 하지만 이 글에서처럼 요렇게 쪽 찝어서 자세히 엮어낸 글은 처음 읽었구먼요 그러구, 저로서도 충격인 것이, 이런 이야기들을 우리 국내에 살면서 국내에서 누군가 쓴 글로서가 아니라, 저어 머나먼 러시아 하고도 시베리아 오지 끝의 사할린이라는 곳에서 사는 허남훈이라는 사람과 서정길이라는, 러시아 나라 국적을 지닌 우리 민족 중의 두 사람의 글로 읽어서 비로소 알게 된 점, 세상에, 어쩌다가 이렇게 되었을꼬! 싶어지기부터 합니다. 그렁이까 대한민국 정부나 북쪽의 인민공화국 정부가 태어난 것이 1948년이었는데, 그 역대 정부들은 그동안에 뭘 하고 있었는가? 이런 사람들의 딱한 처지를 일찌감치 챙겨서 손을 썼어야지, 어찌 저 지경이 되도록 지난 60년 동안을 그냥저냥 내팽개쳐 두고만 있었을까요? 물론 저는 이 자리에서 그런 쪽으로 그간의 우리 행정 당국들에게 책임 추궁을 하자는 것은 결코 아니고요. 그 40년대 후반에서 50년대에 걸쳐 이 땅에서 벌어졌던 격한 좌우 싸움이라는 거며. 가물가물 폭풍 앞의 촛불 같았던 대한민국 국기國基며, 끝내는 6·25 전쟁이며, 생각해 보면, 그 무렵에야 그런 쪽으로 관심이나마 돌릴 여력인들 있었겠습니까요. 하지마안."

"그렇지, 그렇지, 하지마안……." 하고 바로 그 옆자리에 양 무릎을 세우고 두 팔로 그걸 싸안듯이 오그려 넣고 앉았던 50대 사람이 맞장구를 치며 나섰다.

"하지마안, 그려, 그려. 하지마안, 그간에 세상 변해 오는 것이 참으로 엄청나지를 않았는가요. 소련이라는 체제부터가 동구라파권을 포함해서 저렇게 송두리째 거덜이 나고, 중국이며 베트남이며 몽고며 천지개벽에 맞먹는 변혁을 해 오는 속에, 마지막 남은 초강대국이라는 미국도 저 지경으로 변해 가는데, 한데, 어찌 저 서정길이라는 저 사람네는, 지금까지도 죽었는지 여직 살아 있는지 생사 확인조차 안 되는 친아버지뿐만 아니라, 의붓아버지, 그 사람까지 포함해서 그 가족 통틀어 우리 조선 사람, 한국 사람으로서, 그때로부터 추호나마 변함이 없이 저 지경으로 딱한 처지에서 헤어 나오지를 못하고 있는가. 하느님이 계시다며는 어찌 저이들 가족들에게만은 저다지도 무심하실 수가 있었는가, 싶어진다는 말입니다. 그렁이까 우리 사람 사는 세상이라는 것이 본디부터 이렇게 엄청 변해 가는 국면이 있는 반면에, 어느 한쪽으로는 전혀 변해 가지 않는 그런 구석도 있는 것인 모양인데……."

그러자 이번에는 바로 그 곁에 앉았던 조금 체대가 큰 또 한 사람의 60대 중늙은이가 나섰다.

"이 글에서 제가 가장 인상적으로 느꼈던 점은 다른 것이 아니었어요. 이 글 주인공인 서정길의 그 의붓아버지 있지 않습니까. 투전판에 휩쓸려서 정신이 조금 회까닥 해설랑 감자 판 돈 내놓으라면서 모처럼 새로 샀던 의붓자식 어린애의 가죽 장화까지 찢어발겼던 그 최 씨 말입니다. 사람 생겨 먹은 것부터가 제가 보기에는 조금 저질이었어요. 어때요? 제 말이 틀립니까? 그렁이까 이 글의 주인공인 서정길도 그 사실은 뒤늦게야 알게 되지만요. 달성 서씨 친아버지에 비해, 이 사람 최 씨는 우선 타고난 인품부터가 몇 급 떨어진 저질이고, 천인, 천민 쪽이었어요. 제가 보기엔 우선 그랬어요. 그러구 그 점을 가장 직접적으로 느끼고 있었던 것은 그 여편네, 그렁이까 주인공 서정길의 엄마였겠지만, 그이도 그이대로 그 점은 혼자서만 깊이깊이 마음속에 숨겨둔 채 어느 한순간이나마 비끗 겉으로 내비친 일은 한 번도 없었겠지요. 안 그랬겠습니까. 이 점은, 그 전남편인 서 씨 소생의 큰딸과 둘째 딸 서정길의 두 누나를 보아도 대강 알 수 있는 부분이에요. 물론 이런 건 원체 섬세한 부분이어서 함부로 드러내 놓고 이야기될 성질도 애당초에 아니지만, 저의 이 짐작은 틀림없었을 거예요. 그 두 누나는, 원체 식술이 열이나 되어서 먹는 식구를 줄이기 위해 열일곱 살짜리를 열아홉 살로 속이면서까지 일찌감치 시집을 보내지 않습니까. 그렇게 두 누나는 누가 보드래도 친아버지 서 씨를 닮아서 인물생긴 것이며 인품이며 첫인상도 좋았을 것 같아요. 그래서 쉽게 시집도 보낼 수 있었겠지요만. 그렁이까 그 엄마 되는 사람은, 마음 깊은 속으로는 첫 남편을 그리워는 하면서도 일체 그걸 겉으로는 드러내지 않은 채, 당장은 두 딸과 임신 중인 태아, 서정길을 배 속에 담은 채 어쩔 수 없이, 아마도 이게 내

팔자인가부다, 하고 반은 체념 섞어, 원체 타고나기를 처음 맞선 볼 때부터 조금 천민으로 보이던 그 사람과 재혼을 했던 것이겠지요. 저의 이런 생각이 너무 지나친 천착일까요? 하지만 이런 국면은 사람들이 살아가면서 누구나가 깊은 마음속으로만 겪는 섬세한 국면이지만, 함부로 겉으로는 내보이지 않는, 그렇지만 종당에는 그 사람의 평생을 좌우하는 팔자, 운명이라는 것의 핵심을 이루는 대목이 아니겠는지요. 아닌 말로 그 달성 서씨, 서자근이라는 분의 인품은, 그 뒤 그 친아들, 서정길의 그 집요하고도 끈질긴 행태, 두 누나 댁에 머물면서 고등학교를 마치고, 더 나아가 대학까지 자력으로 나와 일류 기사로 출세할 뿐만 아니라, 그 친아버지의 생사 확인을 위해 왕년에 아버지가 일했던 그 규슈 탄광도 방문, 일본 본토 안의 그런 쪽의 관련 단체들과도 연계해서 그 운동을 시민운동 차원으로까지 뻗어 가게 하여, '사할린 한인 이중징용광부 피해 희생자 위령비'라는 긴 이름의 비석 하나까지 세우며 그런 협회 하나까지 꾸려 내어 그 우두머리 노릇도 하게 됩니다. 이것도 바로 그 서자근 씨의 자제였기에만 가능했을 것이고, 부전자전으로 이어 내려오던 타고난 인품 같은 것이 아니었겠는지요. 안 그렇습니까.

그리고 또 한 가지, 기왕 이런 정도까지 이야기를 하는 바에는 이 이야기도 마저 해야겠습니다. 무엇이냐 하면, 일본이 전쟁에서 연합국에 항복한 뒤에도, 우리 조선 사람만은 떠나온 고향 땅에는 돌아갈 엄두조차 못 낸 채 사할린에 그냥 그대로 내팽겨쳐져, 그 많은 식솔이 하루하루 살아가기가 거의 극도에 달했을 정도로 극히 어려웠던 겨울 어느 날 말입니다. 그때는 그곳 사회주의를 한다던 스탈린의 소련 체제 속에서 모처럼 오랜만에 설탕 2킬로 그램을 배급받아 타 오질 않습니까요 어머니는 그걸 애들 몰래 감추어 둡니다. 그런데 그걸 어린 딸 하나가 눈치껏 알아내곤 너무 배가 고파 그걸 훔쳐 먹습니다. 한데 어머니는 그 설탕이 그렇게 반 이상이나 축이 난 것을 모르고 이웃에서 감자 농사를 크게 하던 아저씨와 약속을 하지요 감자 한 섬과 그걸 바꾸기로요. 그 뒤, 며칠이 지나 그 아저씨는 감자 한 섬을 짊어지고 옵니다만 그 설탕을 꺼내려고 독 뚜껑을 열어본 어머니는 그 설탕이 반량도 안 남아 있어 기겁을 하곤 급한 김에, 내가 그만 정신이 깜박했었 네요 애들 엿을 달여 먹이고는 그걸 모르고 아저씨와 그런 약속 을 했었다고 둘러댑니다. 그러곤 '이거 미안해서 어쩌나, 어쩌나.' 하고 쩔쩔맵니다. 하지만 아저씨는 짊어지고 온 그 감자 한 섬을 현관 벽에 그대로 기대 놓고 나가면서 '아주머니, 이 감자 애들하 고 잡수세요.' 하고 말합니다. 아주머니는 더더 몸 둘 바를 몰라하 면서 '아니, 이러면 안 되는데, 안 되는데, 이걸 어떡하나, 어떡하 나.' 하고 거의 안달을 하지만, 아저씨는 '괜찮아요 그럴 수도 있 지요 뭐, 그냥 이거, 애들하고 잡수세요' 하곤 빠른 걸음으로 급 하게 돌아갑니다. 이 대목을 저는 이 자리에서 다시 한 번 그 글

고대로 재현까지 하였습니다만, 저 나름대로 이 장면은 깊은 뜻
이 있어 보였어요. 우선 그 아주머니의 선량한 성품, 매사에 경우
바름, 그런 것도 두드러지게 보였지만, 이쪽, 그 아저씨의 착하고
참한 성품, 이웃 간에 배려하는 지극한 마음씨도 살갗으로 따뜻
하게 다가들더군요. 생각하기에 따라서는 별것이 아니게 보일 수
도 있겠지만, 그때가 어떤 때입니까. 말 그대로 사선을 헤매던 그
런 때가 아니었습니까. 제가 이렇게까지 갖다 붙이는 것은 어쩜
견강부회牽强附會라고 할른지도 모르겠지만, 소련을 비롯한 사회
주의권이, 그 체제가, 저렇게 통째로 거덜이 나 버린 작금에 와서,
나는, 사회주의 체제라는 것은 본시 저렇게 가난한 사람들 이웃
끼리만 그렇게 좁은 테두리에서만 가능했던 체제가 아니었을까
하고 생각하고 있었소이다. 한데 그러면 그렇지, 바로 이 아저씨
와 이 아주머니의 이런 관계 같은 것이 대표적으로 그런 것이었
음이, 그 현장감 섞어 아주아주 강하게 입증시켜 주더이다. 바로
저것이 고르바초프라는 사람이 페레스토로이카라는 것을 내세울
때 주장했던 그 '따뜻한 인간적인 사회주의'라는 것의 실제 모습
이 아니었을까 하고 말이지요. 그 어머니는 그 설탕을 양식으로
아저씨네 감자와 바꾸어 먹으려 했다가 본의 아니게 그만 일이
그렇게 되어 두고두고 여간 죄송해 하질 않습니다. 하지만 이런
일이 있은 다음 해 봄에는 그 아저씨가 씨감자 한 함지까지 다시
가져다 주면서, 감자를 한번 심어 보라고 권면하질 않습니까. 그

길로 곧장 식구대로 모두 들에 나가 생땅을 일구어 감자를 심는데, 전혀 밑거름을 하지 않았는데도 그해 감자 농사는 아주아주 잘됩니다. 뒤에야 들어서 알았지만 생땅을 일구어 감자를 심으면 첫해에는 거름을 전혀 안 주어도 된다는 것이 아닙니까. 되레 거름을 하게 되면 감자 넝쿨만 무성해지지, 감자 알갱이는 별 볼일이 없게 된다나요. 그런 것도 알게 됩니다. 그해 가을에 감자 추수를 하자, 이쪽의 그 아주머니는 우선은 아주 굵고 좋은 것으로만 골라서 한 섬을 손수레에다 싣고 직접 그 이웃 아저씨에게 가져다 줍니다. 바로 이런 풍정風情, 이게 바로 인간적인 사회주의의 제대로 된 모습이었던 것이 아니었을른지요. 고작, 겨우, 요런 수준의, 요런 것이…… 그렁이까 사회주의라는 것은 대강 요런 규모로 본시 가난한 사람들끼리만 어쩌고저쩌고 해야지, 큰 체제 같은 것으로는 애당초부터 당치도 않은 체제가 아니었을까요. 저는 이 글을 읽으면서 이런 생각까지 새삼 해 보았습니다.”

자리는 잠시 숙연하게 조용해졌다. 그렇게 한참이 지나서야, 좀 전의 50대가 다시 슬그머니 나섰다.

“그렇지요. 저도 그 얘기엔 아주아주 공감이 됩니다. 요컨대 사회주의권이 어쩌다가 저 지경으로 홀라당 망해 버렸는가. 그들의 그 이념이나 이론 수준으로는 도저히 감당하지 못할 너무 큰 권력을 타고 앉았던 데서였어요. 애당초에 그 이념이나 이론에 맞는 수준은 바로 조금 전에 형님께서 언급하신, 바로 고만한 수준, 고만한 테두리에서만 가능했지요. 한 국가 단위로건, 지역 단위로건, 그 어떤 '체제'까지를 감당하기에는 어림 반 푼어치도 없는 일이 었어요. 다시 말해서 스탈린이라는 촌놈 하나가 러시아 제국을 통째로 타고 앉아 개인 독재로 좌지우지하고, 더 나아가, 온 세계를 제 손아귀 하나에 틀어쥐겠다고 엄두를 냈다는 것이 도대체 말이나 되는 소립니까. 독재, 개인 독재, 그건 어디서건 망해요. 망하게 되어 있어요. 그것이 전제가 되어 있는 한은, 어떤 잡소리도 어떤 명분도 애당초에 설 자리가 없는 겁니다. '사회주의의 권력화'에서 그 권圈은, 공산권은, 송두리째 거덜이 난 겁니다. 지금 바야흐로 떠오르는 중국도 여전히 공산당 간판은 달고는 있지만, 그건 그저 체면치레 같은 것이지, 그 속을 들여다보면 그 점은 뻐언한 겁니다. 앞날이 어떻게 갈 것이냐 하는 점도 뻐언히 보이고요.

요컨대, 일단은, 자본주의의 근대성이라는 것이, '계급주의'라는 개념, '사회계급'이라는 범 관념부터 파탄시키고 있어요. 물론 '사회계급'이라는 것이 아주아주 망막茫漠한 형태로는 아직도 존재하고 있다고는 생각되지만, 이렇게도 망막한 개념 하나만을 오직 신줏단지 모시듯이 삼는 정치 전략으로는, 고작 스탈린류의 독재 체제 밖에는 나올 것이 없어요. 그러니까 아직까지도 이런 류의 개념만을 신줏단지로 삼는 사람들은, 20세기 전반까지나 써먹던 지극히 화석화된 진부한 사회학적, 정치적 모델에 깊이 함몰되어 있는 사람들이지요. 그렇다면 이렇게 그야말로 초월론적 보증이 전혀 존재하지 못한다면 그런 쪽의 사고는 어떠해야 하는가.

이 점을 두고 어떤 논자는 이렇게 말하기도 하더군요. 철학자라는 사람들은 마악 달리고 있는 기차에 올라탄 듯이 사고할 밖에 없다, 그 열차가 어디에서 와서 어디로 가는지도 전혀 모르는 채……. 그렇게 모든 것은 우연의 연속이고, 애당초에 사회적 생활이란 그런 것이고, 사회 안에서의 정치적 실천이나 투쟁도 바로 그런 것이라고.

이런 언설에 비추어 보더라도, 조금 전에 형님께서 하신 그 소박하기 이를 데 없는 사회주의론은 매우 깊은 뜻을 담고 있는 것 같은데요.

그래서 또 어떤 논자는 그러더군요, 당장 가장 좋은, 혹은 비열하지 않은 정치는, 바로 정치를 넘어서는 무언가에 의해 뒷받침된, 그렇게 질서 지워진, 그런 정치라고요. 민주주의라는 것은 좋은 표현은 아니지만, 당장은 이 이상의 좋은 물건은 안 보인다고요."

그러자 이때까지 말 한마디 없던 40대 장년이 비시시 웃으면서 한마디 하였다.

"이야기가 이런 정도로까지 깊어지고 보니까, 뭔지 좀 뒤숭숭해지누만. 뭐가 뚜렷하게 알아지기보다는 사람 산다는 것이 더더 몰라지는 느낌이고, 더더 산란해진다고 할까, 그러네요. 그러구 보잉까. 그래, 맞어. 이 글에서도 그 사람 말이야. 서정길의 그 의붓아버지. 그러구 그 의붓아버지 소생의 그러니까 서정길의 의붓아버지 성을 가졌던 두 여동생들, 그쪽은 그 뒤에 어떻게 됐는지, 한마디도 없었던 것도 섭섭하네그려. 안 그래? 하긴, 그이네들도 그냥저냥 그렇게 러시아 땅 사할린에서 러시아 나라 사람으로 살았거나 살고 있을 터인데, 그 묘하지요. 난 그이네들 일이 자못 궁금해지는구먼. 그이네들이 이 자리에서는 뭔지 부당허게 홀대되고 있는 것은 아닌가 싶기까지 하고 그이네들도 진짜배기 우리네 백성이고 서민들일 터인데 말이지. 물론, 이런 것까지 죄다 들추어내면 그야말로 한도 끝도 없어지고, 종당에는 모든 것이 도로아미타불이 되기나 쉽겠지만. 자, 이 이상은 그만해 둡시다."

"그래 맞어. 자네 말대로 이 정도로 그만해 두지."

하고 이 자리에서는 최원로 격인 70대 늙은이도, 방금 한 그 말에 반은 동의하듯이 피시시 웃으면서 다시 나섰다. 그러나 얼굴에서 그 웃음을 금방 걷어 내곤 정색을 하며 오늘 모임의 총마무리를 지으려는 듯이 천천히 입을 열었다.

"오늘 모임도 일단은 기대했던 것 이상이야. 차라리 너무 수준이 높아서 되레 조금 계면쩍구먼. 내가 지금 수준이 높다고 하는 것은, 하는 소리들이 어려웠다는 뜻은 결코 아니야. 어려우면, 그런 건, 애당초에 못써. 안 되지. 좋은 문학평론이라는 것도 그렇질 않던가. 첫째, 어려우면 곤란해. 그런 건 통틀어서 죄다 수상한 것들이야. 사특한 욕심 같은 것이 있을 때 흔히 어려운 소리들을 하지. 문학평론이라는 게, 모름지기 우선은 일단은 누구나가 알아먹을 수 있게 첫째도 둘째도 쉬워야 해. 그 점에서도, 오늘 이 자리에서 몇몇이 털어놓은 말들은 수준 높은 문학평론이었어. 거듭 얘기지만, 문학평론이라는 게 별것인가. 좋은 작품을, 그 맛을, 보통 독자들이 미처 못 보아 냈던 국면을, 선렬하게 쉽게 보여 주는 것이지. 그렇게 바로 오늘 이 자리에서의 이야기들은, 이를테면 그런 문학평론 같은 거였어. 별것도 아닌 이런 수기 정도를 갖고, 그런 수준으로까지 언급이 됐다는 것은, 조금 놀랍구먼. 실제로 세계 고전의 반열에 드는 좋은 문학작품들이 공통적으로 지니고 있는 가장 큰 미덕은 뭐겠어. 바로 그 작품 속 인물, 주인공들의 형상에서, 끝내는 그들의 '운명'까지를 생생하게 보여 주고 있는 점이야. 사람의 성격을 속속들이 훑어 보이다가 끝내는, 그 운명까지를 그 어떤 상징으로써 느끼게 해 주는…… 그거야말로 고도의 작가적 역량이지. 그러구 그런 경지는, 흔한 사회과학 같은 거나, 철학 같은, 머리끝으로만, 개념 같은 것만 붙들고 얍삽하게 깔짝거리는 그런 종류의 차원을 훨씬 넘어서는 것이지. 사실은 이래서 진짜배기 문학은 사람살이에서 가장 귀한 것이거든. 사람살이의 저어 깊은 오저奧底의 국면까지를 그것 자체로 생생하게 보여 주고 느끼게 해 주는 것이야. 그러구, 그런 역량은 단순한 기량 어쩌고 하는 것 같은 차원으로만 되는 것은 결단코 아니지. 그거야 말로, 바로 그 작가의, 오로지 그 작가만이 지닌 천재성의 징표이지. 그러니까 좋은 문학평론이라는 것은, 그런 작품의 맛을 그 자체로서 맛보게 하는 것이어야 하거든, 그러니 일단은 어느 누가 읽어도 알아먹을 수 있게 쉬워야지. 안 그렇겠어.

한데, 별것도 아닌(이런 소리를 두 번씩이나 해서 이 글을 쓴 그이들에게는 미안한 생각도 없지는 않은데, 암튼 고도의 문학작품은 아니니까 그이들도 이해는 해주리라 믿거니와) 이런 수기 글 정도를 두고도, 그 인간상들, 가령 서정길이나, 그 어머니, 두 친누나들, 그리고 의붓아버지, 그쪽 소생의 누이동생들 등을, 가차 없이 깊은 비평 안목으로 보아 낸 점 같은 것은, 고도의 문학평론에 결코 못지않은 수준이야. 뿐만 아니라, 그 감자 농사짓던 아저씨와 서정길 엄마 관계의 그 별스럽지 않은 삽화 한 토막으로도 나름대로의 '사회주의론'까지 한 자락 펴질 않던가. 그 이야기도 만만치 않게 깊은 문학적 안목을 내보이고 있고, 그 너머로까지 이르러서는 끝내 더 이상은 '그만두자'고 자제까지 하질 않던가. 이 수준도 일단은 꽤 높은 수준임에는 틀림없지만, 그렇지만, 그렇지만 말일세.

오늘 이 자리에서는 우리가 이런 조촐한 모임을 시작했던 그 원점, 그 자리로 다시 돌아와야 할 것으로 보여. 그러니까 이 글을 써낸 그 주인공의 입장과 그이가 이 글을 이렇게 세상에다 낸 그 주지主旨로 돌아오는 것이, 허남훈 씨까지 포함한 그이들에 대한 우리로서의 최소한의 예의이기도 하겠다는 것이지. 안 그런가.

　그러니 오늘의 결론은, 그이들의 그 마당, 지난 70년 동안 살아왔던 그 험난했던 삶과 저들의 오늘의 처지로, 일단은 우리도 어서 돌아와서, 지금도 사할린이라는 러시아 땅에 본의 아니게 남아서 러시아 국민으로 살아가는 저이들의 그 아픔에 우리도 함께 동참, 비록 지금은 서로 국적은 다를망정 같은 조상을 타고난 같은 겨레, 같은 동포, 같은 민족으로서, 저들을 당장 도와줄 길은 없겠는지, 현재 저들의 어려움은 어떤 것인지. 늘 관심이라도 갖고 하루하루 따뜻하게 챙겨 드려야 할 것이 아니겠느냐 하는 것이지.

　그러니까 오늘은 그 얘기까지는 안 나왔었지만, 요즘 우리 젊은 아이들처럼 노상 '웃으면 복이 와요.'만 즐기면서 그런 쪽으로만 나가서야 쓰겠는가, 하는 것이지. 물론 웃는 것은 중요해. 건강에도 으뜸으로 치는 것이 매일 웃으라는 것이드먼. 요즘 어디선가 들었는데, 실제로 어린 애들이 가장 많이 웃는다누만. 어른들의 일곱 배인가, 그렇게 많이 웃는다나. 그래서 아이들이 오래 산다는 거야. 늙어질수록에 웃음은 덜어지고, 늘 찡찡해 있구, 그러니 얼마 못 살 밖에 없지. 그냥 웃자고 하는 소리가 아니라, 일리는 있어. 하지만 가나오나, 노상 웃자, 웃자, '웃으면 복이 온다.', '웃으면 복이 온다.' 하고 만사 젖혀 놓고 애오라지 웃음 일변도로만은 사람이 살 수가 없는 것이 아닌가. 그건 정신 빠진 짓이지. 바로 그래서 우리는 조촐한 대로 이런 글 읽는 모임도 갖는 것이겠고, 앞으로 우리 겨레가, 우리 민족이, 동북중국이며 러시아 땅 사할린이며 우즈베키스탄이며, 뿐만 아니라 미국이며 일본이며 그 밖에도 세계 곳곳에 흩어져 사는 우리 동포들까지, 되도록 모두가 서로 어울려 들어서 서로 연계되어서, 이 21세기 새 지구촌을 슬기롭게 잘 살아가야 하지 않겠는가, 이것이지. 자, 오늘은 이만 합시다."

우리네 '비손'과 저들네 '기도'

내가 김승운 목사를 처음 만난 것은 2006년 여름 '홍민통'의 조
찬회 모임에서였다. 그 당시 우리 적십자사 총재님의 소개로였다.
캐나다에서 활동하고 있는 장로교 목사로, 얼마 전에 새로 발족
된 '세계결핵 제로운동본부' 사무총장으로 북한 폐결핵 환자들의
어려운 처지를 도와 주려고 바로 어제 내한했다는 것이었다. 마
침 한 식탁의 바로 옆자리에 앉은 그이를 그렇게 소개받았는데,
웬일인가, 나 스스로도 문득 조금 기이하게 느꼈을 정도로, 목사
치고는 첫인상이 괜찮았다. 평소에 어떤 자리에서건 목사라고 하
면, 그 무슨 위선 덩어리 같은 것으로 역겹게 여겼었는데, 그 큰
허우대하며 풍기는 사람 분위기부터가 화듯하게 마음에 쏘옥 들
었다. 더구나 나는 북에서 나온 이산가족의 한 사람이라, 북의 폐

결핵 환자들을 도와주려고 일부러 왔다는 것으로 하여, 그렇게 처음부터 이 김 목사에게는 드물게 호감을 느꼈는지는 모르겠다. 그러기도 하려니와, 항용 사람 관계라는 것이 서로 인연이 닿는 사람끼리는 처음 만날 때부터 뭔지 그런 쪽의 조짐이 있게 마련이라는 항간에 떠돌던 소리까지 나는 살짝 혼자 떠올렸을 정도였으니까, 그때 그이와의 그 첫 만남은 조금 유난스럽기는 하였다. 그렇게 첫 악수를 나누면서 그 상대편 손의 따뜻한 온기까지 감촉으로 새삼 의식하면서, "아 그러세요? 정말, 정말 반갑습니다. 앞으로 자주 만나십시다. 꼭요, 꼭요" 하고 나는 잡은 손을 몇 번씩 흔들기까지 하면서 그 자리에서는 조금 어울리지 않게 주책없어 보일 정도로 거푸 다짐까지 하고 있었던 것이었다.

그리고 바로 그 이틀 뒤에는 그이의 전화 연락으로 점심 초대까지 받아 종로 한일관에서 갈비탕 한 그릇씩 먹고 다시 이웃 2층 다방에서 차 한 잔도 나누면서 두어 시간 정도 돈독한 우의를 나누었다.

우선 그이 쪽에서 이렇게 물었다.

"그럼, 선생님께서는 언제 월남하셨습니까?"

"저요, 1950년 12월 열아홉 살 때 단신으로……."

"그러셨군요, 저는 그때 홑 네 살이었습니다. 1947년생이니까요"

"그럼, 목사님께서는, 고향은?"

"아 네, 저는 본시 경상도 청송靑松 태생입니다."

"아 그러면 안동 옆, 양반 동네 출신이시군."

"웬걸요, 그렇지도 못합니다, 아버지께서는 머슴살이도 했었구요."

"그럼 캐나다에는 언제 가셨습니까요?"

"그런 것일랑 앞으로 차차 다아 알게 될 것이구요 그러니까 선생님께서는 열아홉 살까지 북한에서 살았으니까 그쪽 사람들 사는 사정은 아주 환히 아시겠네요, 아무쪼록 앞으로 여러 가지로 도움을 받아야겠습니다. 저는 덜컹 이 일을 맡긴 하였지만 그쪽 세상에 대해서는 전혀 깜깜이라, 앞으로 어떻게 대처해야 할는지 제대로 감도 안 잡힐 뿐만 아니라 도무지 뒤숭숭하고, 당최 뭐가 뭔지…… 암튼 선생님 같으신 분께 많이 도움을 받아야 할 것 같아서요"

"네, 목사님의 그 처지가 대강 짐작은 됩니다만 저도 원체 50여 년 전에 떠나온 몸이라, 작금의 그쪽 사람들 사는 사정을 잘 모르기는 피장파장일 겁니다."

"그래도 열아홉 살 때까지 그쪽에서 전쟁 전의 초기 체제지만 5년 정도라도 직접 겪으셨으니까, 그쪽 사회의 기본적인 분위기는 익숙해 있으실 테지요"

"하긴, 그런 점은 조금 있을는지는 모르겠군요 아닌 게 아니라 저어 1972년이던가요 그때 이후락 씨가 북으로 올라가서 '7·4

남북공동성명'이라는 게 나오고, 그 해 8월엔가 처음으로 북의 적십자사 대표들이 휴전선을 넘어 내려올 때 같은 때도, 저는 어느 신문의 자동차로 문산까지 올라가보며 그 견문기도 쓰고, 그 밖에 그 뒤에도 남북 간에 새로 무슨 일만 터지면 노상 신문이며 방송이며 좌담 같은 데 단골로 호출되곤 하였고, 끝내 1998년 여름에는 그 당시 현대그룹 정주영 회장께서 소 천 마리를 끌고 방북하던 바로 그 한 달 뒤에는 저도 어느 신문사의 방북 취재에 모처럼 껴들어 9박 10일간 북으로 들어가 보고 그 '방북 기행문' 등을 몇 자 써내기도 하였고, 그 2년 뒤 2000년에 첫 남북 이산가족 상봉 행사가 벌어졌을 때도, 우리 적십자사 '자문위원' 자격으로 평양으로 들어가, 비로소 누이동생을 50년 만에 만나보고 오기도 하며 그 기행문도 써내기도 하였지요만, 원체 상대가 북한이어서 그런 저의 체험들이, 당장 김 목사님의 그 일에 얼마나 도움이 될는지는 저도 썩 자신은 없네요. 하지만 아무튼 그간의 그런 두 번의 방북기라거나 그때그때 써냈던 글들은 목사님께서 참고하시도록 한 묶음 모아서 드릴 수는 있겠습니다."

"네, 감사합니다. 일단은 그렇게라도 도와주시면 저로서는 무척 요행이겠습니다."

그 이틀 뒤에는 나는, 바로 마침 그 달포 전에 새로 출간했던 『분단 60년의 남북한 사람살이』라는 책에 들어 있던 두 번에 걸친 '방북기'며, 그간에 여기저기 썼던 북한 관련의 글들이 실린 단행본을 비롯, 그 밖에도 자료로 쓰일만한 것들을 한 묶음이나 김 목사에게 가져다 드렸었다.

그 얼마 뒤 초가을로 접어든 어느 날, 김 목사께서는 약 일주일 예정하고 평양으로 들어간다는 것을 전화 통화로 알았으나, 그뿐, 나도 나대로 그날그날의 바쁜 일정에 휘말리며 그 일은 금방 그냥 잊어버리고 있었다. 아니, 통째로 잊었던 것만은 아니고, 그간의 오랜 내 경험에 비추어 크게 기대하지는 않고 있었다.

그야, 김 목사의 이 일은 그간의 남북 간에 있었던 그런저런 여러 일에 비한다면 조금 특별한 구석은 있다. 북한의 폐결핵 환자들을 돕겠다는 그 실제 덩어리가 엄연히 있는 만큼은, 북한 당국으로서도 우선은 고맙게 여길 것은 틀림없을 것이다. 그 고맙다는 뜻이 구체적으로 어떤 모습을 지닐 것인지는, 내가 알고 있는 기왕의 북한 행태로 보아서는 전혀 감조차 잡히지는 않지만, 다만, 이 점 한 가지는 차라리 다행이 아닐까 싶어지기는 하였다.

그간의 몇 번에 걸쳤던 만남에서나마 대강 나 나름대로 간취된 김 목사의 인품으로 보아서는, 그쪽 체제 논리랄까, 그런 것에는 원체 처음부터 백지 상태일 것이어서 차라리 그 점은 다행일 것 같았다. 이를테면 그쪽의 그런 체제 논리 같은 것이 그이에게는 애시 당초에 기별조차 가닿지 않을 것이라는 바로 그 점이, 북쪽 당국 사람들로서는 꽤나 답답하게 속 터질 것이긴 하겠지만, 당장 김 목사가 북한으로 들어가서 하려고 드는 그 일에만 한정시킨다면, 되레 요행이 아닐까 싶어지기도 하는 것이었다.

바로 이 점은, 나로 하여금 저도 모르게 혼자 비시시 웃음까지 유발시키는 것이었다. 그쪽의 이념, 사회주의나 공산주의 이념 쪽에는 전혀 관심조차 없다는 것, 그런 쪽으로는 처음부터 아예 바늘 끝도 들어갈 틈이 없을 것이라는 것, 더구나 그 점에 들어서는 저 김 목사라는 사람이 시종일관 당당하고 떳떳하게 처신할 것이라는 것은, 김 목사의 그런 모습은, 바로 눈앞에 보이듯이 훤히 보이는 것이었다. 그리고 바로 그 점인즉, 나로 하여금 뭔지 조금 우습게도 만드는 것이었다. 아무튼 그이는 철저한 장로교 목사로서, 이념면에서는 추호나마 빈틈이 없는 분이다. 그렇게 오직 기독교적으로만 철저하다. 바로 그런 그이대로의 종교적 열정으로 북한의 저 많은 폐결핵 환자들을 성심성의껏 도와 주려는 것으로만 오로지 뭉뚱그려져 있는 사람인 것이다. 이 점 한 가지는 틀림없다. 이런 사람이니 북한의 저이들이 아무리 사상적으로 포섭하려고 든다 한들, 손톱만큼이나마 끄떡이나 할 것인가. 이 점 한 가지로도 나는 처음부터 혼자서 썩 우습기부터 하였고, 그 귀추가 매우매우 주목되던 것이었다.

더구나 그이는, 그 어간에 나도 흘낏 한번 들었지만, 친아버지는 경상도 청송에서 머슴살이까지 했다고 하질 않았던가. 바로 이 점으로 북한 쪽에서는 그이의 그 출신 성분을 빌미로 하여 얼마나 열을 낼 것인가. 그 점은 내가 1946년의 그 북한 초기 때 어린 나이로 겪었던 경험으로 미루어서도 훤히 보이는 것이었다. 하지만 이런 것은 그 옛날의 내 경험만을 곧이곧대로 믿으려 들어, 그로부터 60여 년이 지난 오늘의 북한 현실을 너무 도외시한 나대로의 상상이기도 할 것이라는 생각도 어느 한구석 전혀 없지는 않았었다.

아니나 다를까, 그 열흘쯤 뒤에 북에서 돌아온 김승운 목사에게서는 그런 자취일랑 아예 눈 씻고 보자고 들어도 전혀 보이지가 않았다.

나는 그때도 우선 대뜸 이렇게 물었다.

"북한에 처음 들어가 보신 인상이 어떻습디까요?"

김 목사는 우선 비시시 웃기부터 하였다. 그 웃음만으로 보아서는 되레 내 쪽에서 무안을 당한 느낌이랄까, 한 것을 유발시켰다.

"글쎄요 그 점은, 이를테면 그 사회가 어떤 사회냐 하는 것은, 저도 캐나다에 살고 있으면서 숱하게 들어왔던 것이어서, '역시 이렇구나.' 싶은 것이 별로 놀랍지는 않습디다요 캐나다에서는 1970년대부터 우리 교포들이 벌써 많이들 북한으로 들어가고 했으니까요, 미국 교포보다도 먼저였지요 다만, '역시 이렇구나.' 싶으면서도, 정작 그 현실을 직접 대해보니까…… 그 뭡니까, 그 무슨 흔한 '말' 같은 것, 어쩌고저쩌고, 말 몇 마디 같은 것으로 표현한다는 것은 아예 통째로 엄두조차 나지 않은 채, 그저 입 쩌억 벌리고 싶다고 할까요, 사람 산다는 게, 말하자면, 정치라는 게,

저렇기도 할 수가 있구나, 사람살이라는 게 애당초에 여러 가지라고 늘 흔하게 들어왔고, 대강 그러려니 하고 알 수는 있었지만, 어찌 이럴 수도 있을까, 심지어 이렇기도 할 수가 있을까, 싶은 것이, 한마디로 어이가 없다고 할까요 솔직히 그저 입 쩌억 벌리고 싶을 뿐입디다요”

나는 내심 놀라웠다. 이렇게 지껄이는 김 목사의 나지막한 목소리며 억양, 그리고 자세가, 너무너무 차악 가라앉아 있고 침착하질 않는가. 잇대어 김 목사는 똑같은 분위기로 이야기를 이어 갔다.

“그간에 선생님께서도 1998년과 2000년, 두 번에 걸쳐 북한에 들어가 보셨지만. 그건 제가 보기에는 극히 ‘겉핥기’였어요 주로 평양이며 백두산의 일부, 그리고 묘향산이 아니었습니까. 저는 그나마 캐나다에서 살고 있는 목사인데다, 이번에도 폐결핵 약이며 각종 영양제를 다량 갖고 올라갔으니까, 저어 함경도 오지 중의 오지, 그곳에 있다는 폐결핵 환자들 요양소에까지 저를 데리고 가더라고요 그렇게 그곳에 가는 과정에 그쪽 일반 백성들의 사는 모습들도 흘낏흘낏이나마 대강 통째로 볼 수가 있었는데요 그러니까 그이네들도 일단은 폐결핵 약이며 영양제며 받아야 할 처지니까, 그런 저런 잔신경 안 쓰고 실제 형편대로 저한테만은 그 모든 참상들을 그대로 보여 주어도 좋다는 지시를 미리 상부로부터 받아 두었던 모양이더군요 저를 안내하는 사람도 일본에서 살던 재일교포 출신으로 사상적으로 여간내기가 아니었고요. 정말 함경도 오지 중의 그 오지의 요양소 현장에 가 보고는, 세상에나 세상에나, 사람이 살다가 어찌 저런 처참한 지경에까지 떨어질 수가 있을까, 기가 딱 막힙디다요. 저는 매일 아침 저녁 기도할 때도 그쪽 당국의 허락 밑에 기도를 드리면서도요, 노상 울기만 했습니다요. 아무리 참으려고 참으려고 해도 울음이 나오는 것을 어찌 막을 수가 있었겠습니까요. 주님이시여, 주님이시여, 굽어 살피시오소서. 어찌 이 지경으로 있는 걸 그냥 두고 계십니까요, 하고요. 정말정말, 사람들이 살다가 살다가 어찌 저 지경으로까지 떨어질 수가 있겠는지요.”

나는 거듭 놀랍기만 하였다. 김 목사의 그 목소리는 아주아주 나지막하였고 억양도 차악 가라앉아 있으면서도 그 두 눈에는 눈물만 그렁그렁하지가 않는가.

“그 요양소 의사라는 여자 분도 만났지요만, 그이의 그 옷차림이며 하루하루 사는 모습부터 목불인견이더라고요. 그이도 그저 울면서, 제발제발 도와달라고 애걸애걸할 뿐이었고요. 그나마 이 요양소에 들어 있는 사람은 나은 편이고, 이보다 더더 몇십 곱 되는 분들은 더더 처참한 처지에 떨어져 있다는 것 아닙니까.”

“평양의 고위직에 있는 사람들은······.”

“그야, 왜 모르겠습니까. 잘 알지요 알지만, 그이들로서도 어쩔 겁니까. 뾰족한 방법이 없기는 그이들도 마찬가지일 뿐만 아니라,

그이들부터 하루하루 살아가는 것이……"

결국 이 김 목사의 이런 반응을 접하면서 나도 나대로, 현재의 북한을 저어 60년 전 1940년대 말엽 옛날의 나 자신의 경험 정도만을 근거로 떠올리고 있었음을 새삼 절감하지 않을 수 없었다. 이를테면 나는 앞에서 보았듯이, 김 목사가 당장 북한으로 들어가서 부딪칠 것을 60년 전 그 무렵의 분위기를 전제로 깔고 생각하고 있었는데, 오늘의 북한이라는 현장은 그런 형편을 훨씬 넘어서 있는가 보았다.

"정말 저로서는 걱정입니다요 기왕 시작했으니 그 어떤 효험은 보아야 할 터인데 앞으로 어찌해야 할는지 막막하기만 하고, 자칫 저 자신부터 병이 날까 보아 걱정도 되고요 그쪽으로 들어가서 그 현장들을 대하면서는 계속 속으로 울음만 울어야 하고, 울음을 참자니 여간 힘들지 않고 밤에 혼자 잠자리에 들어서야 한바탕씩 서럽게 서럽게 그야말로 통곡 섞어 울곤 했으니…… 앞으로 어쩌면 좋지요? 암튼 막막하기가!"

여기서 김 목사의 이력을 잠깐이나마 살펴보기로 하자.

본시 경북 청송군 현수면에서 1947년에 태어났다. 아버지는 3형제 중의 둘째로, 형님과 동생이 있었다. 집안도 넉넉하지가 못하여, 둘째로 태어난 그 아버지는 20년 동안이나 남의 머슴살이를 하면서 형님과 동생의 뒷감당을 해야 하였다. 김승운도 그 아버지에게서 둘째로 태어나, 15년 연상의 형님 한 분이 있었지만, 학교라는 곳에는 문전에도 못 가보고, 동네 서당에서 남의 어깨 너머로 천자문을 비롯한 한문 수학을 독학으로나마 조금 익혔을 뿐이었다. 그러나 그 뒤에 뒤늦게 초등학교에를 들어갔을 때는 첫 학기에 한 반에서 3등을 하여 천재 소리를 듣기도 했었다고 한다.

그 뒤, 16세에 청송을 떠나 안동에 나와 어찌어찌 미국 선교사 한 분을 만나 '성서신학원'에를 들어가게 되었고, 1968년에는 계명대학 역사학과에까지 입학했으나 이듬해 1969년에는 군에 입대, 3년간 군 복무를 하였다. 1972년에 다시 복학, 그이 중심으로 열한 명 학생을 모아 '샘물회'라는 것을 꾸려내고, 또 그 1년 뒤에는 벌써 유신체제를 반대하는 유인물을 돌리는 등, 활동을 하다가 당국에 체포되기도 하였으나, 어느덧 그이는 대구 계성고등학교의 교목校牧으로 성경 교사를 2년간 하기도 한다. 그 뒤, 안동에서 만났던 그 미국 선교사의 주선으로 다시 서울 근교의 광나루에 있던 장로교 신학대학에 옮겨와서 미국 유학 준비 중에 결핵성 뇌막염에 걸려, 한때는 식물인간으로까지 떨어진다. 그렇게 5년간의 고투 끝에 하느님의 은총으로 기적적으로 소생, 그 뒤, 1987년에는 대구 제일교회에 속해 있으며 2년간 계명대학 강사로도 재직하다가 1988년 9월에 캐나다 토론토 대학에 유학을 떠나게 된다. 그렇게 루터교 신학교에서 석사과정을 마치고 잠깐

귀국했다가 다시 캐나다에 건너가 박사과정까지 마치고 1993년부터 캐나다 교회 목회에 참여, 캐나다 런던의 로열패밀리를 구성, 캐나다 장로회 선교사 자격으로 2006년 8월에 서울로 들어오게 된다. 그간에 이미 대구에서 1980년에 결혼을 하였는데, 그 결혼식 자리에는 하객으로 4백 명 정도를 예상했었으나, 뇌막염으로 다 죽었던 사람이 진짜로 완전히 치유되어 결혼식까지 하는가, 그 기적의 현장을 구경하기 위해 물경, 2천 명의 하객이 몰려들었다고 한다. 그리하여 1999년 '세계결핵 제로운동본부' 발기인대회를 열고 2004년 11월 22일에는 창립총회까지 열기에 이르며, 그 사무총장 자리를 맡게 되는 것이다.

김 목사는 자신의 걸어온 길을 이렇게 간단히 요약하면서 잇대어 다음과 같은 말도 잊지를 않았다.

"정말입니다. 저는 그때 5~6개월밖에 목숨이 안 남았다고 담당 의사들까지 굳게 믿고 있었지요. 앞으로 얼마 못 살고 반드시 죽는다고요. 한데, 그러던 어느 날 첫 기적이 일어났어요. 그때의 그 일은 지금까지도 선명하게 기억하고 있습니다. 그건 결코 꿈이 아니었어요. 말짱한 맨 정신이었는데, 다만 원체 중환자여서 정신이 몽롱하기는 했지요. 체온계 하나를 든 큰 희디흰 손 하나가 저에게 가까이 다가와 저의 생손에 그 체온계를 들이대어, 문득 제 엄지손톱 끝에 와 닿는 게 아니겠습니까. 그런데 그 수은주 눈금으로 난데없이 웬 새빨간 것이 주르르 내려가더니, 그것이 저의 엄지손톱 끝 뿌리의 하얀 부분에 가닿으면서, 이게 무슨 조화 속일까요, 갑자기 하늘의 기쁨이랄까요, 그런 것이 온몸에 왈칵 넘치듯 하면서, 나는 과연 하느님 앞에 무엇을 내놓을 수 있는가. 하고, 내 죄罪를 물으면서 로마서 8장 1절을 중얼중얼중얼하고 있지를 않겠습니까요 아무튼 온몸이 하늘의 기쁨 같은 것으로 꽉 차면서, 넘쳐나면서, 저는 성심성의 기도를 올리고 있었습니다. 참으로 이 순간의 그것을 어떻게 표현해낼 수 있을는지요 그건 진짜진짜 흔한 말 같은 것으로는 도저히 드러낼 수가 없는 그런 경지였어요 하지만 그 순간의 그 일은 지금 되떠올려도 아주아주 선명합니다. 참으로 하늘의 역사役事였음을 저는 지금도 굳게 믿고 있습니다만, 결혼하고 2년 뒤까지도 나는 그 독한 결핵 약을 계속해서 먹었는데, 6개월간 복역하면 정충도 다 죽는다는 그 약을 말이에요 그러니 참으로 과학이라는 것이 다 뭡니까, 과학의 저어 위에 바로 하늘이 계시더라구요 실제로 새삼 놀란 것은요, 캐나다 입국 심사 때도, 그다지나 까다롭기로 소문나 있던 신체검사에서도, 저의 폐는 결핵은커녕 갓 태어난 아기 폐처럼 깨끗하다고 하여서 저는 대단히 대단히 놀랐었지요 바로 그 날, 그 순간에, 저는 완전히 새 사람으로 새로 태어났던 겁니다. 그 로마서 8장 1절을 이 자리서도 다시 읽어볼게요 '그러므로 이제 그리스도 예수와 함께 사는 사람들은 결코 단죄받는 일은 없습니다. 그것은 그리스도 예수와 함께 생명을 누리게 되는 성령聖

靈의 법이 나를 죄와 죽음의 법에서 해방시켜주었기 때문입니다.' 이렇습니다.

그리구 두 번째로 겪은 기적은요. 이건 완전히 꿈이었습니다.

군대 연병장에 엄청 많은 동료 군인들이 모여 있는 속에 저도 같이 껴서 서 있었습니다. 사령관 사열이 있다면서 그렇게 전 부대원들이 모였는데, 전속부관이라는 자가 나오더니, 오늘의 이 모임은 그냥 사열이 아니다. 사령관께서 같이 일할 사람 하나를 찾기 위한 것이다, 라는 거였어요. 하지만 원체 많은 동료 군인들이 가뜩 모여 있어, 설마 내가 뽑히지는 않겠지, 하고 마음먹으며 전혀 딴청 피우듯이 그저 무심하게 머리를 숙이고 서 있었더니, 바로 저의 앞에서, '얼굴 들어보아.' 하여, 깜짝 놀라며 얼굴을 들었더니, 사령관께서는, 내 손을 잡으며, '일어서라.' 하시길래 다시 일어섰더니, '이제부터 자네는 나하고 같이 일하게 된다.'면서 그대로 나를 이끌며, 어느 깊은 산속 길로 들어갑디다. 그리고 거기에는 큰 성 하나가 무너져 있었는데, 사령관께서는 다시 '저 성을 본래대로 제대로 해 놓아야 한다, 그건 너 만이 할 수 있다, 우선 저어 앞의 저 큰 바위부터 네가 이리로 옮겨 오너라.' 하여, 그길로 저는 그 바위 밑으로 들어가 그걸 대번에 저의 등에 업어다가 사령관 지시대로 갖다 놓자마자, 저는 곧장 꿈에서 깨어났어요. 꿈이더라고요. 그런데 이 꿈인즉, 그로부터 몇 십 년이 지난 지금 이 순간까지도 이 이상 역력할 수가 없어요. 꿈속의 그 분위기까지도 너무너무 선명하다는 말입니다.

아무튼 이 두 가지 영적 세계의 경험은, 저로서는 그야말로 그 어떤 운명적인 계시로 받아들여지더라는 말입니다.

이 두 가지 영적 세계의 경험은, 저로 하여금 하느님께서는 대체 앞으로 무엇을 하라는 계시였을까. 다 죽어 가던 저의 목숨을 이렇게 살려 주신 하느님의 뜻은 과연 무엇이었을까. 그 뒤, 한동안 저는 오로지 그 점 한 가지만을 골똘하게 생각해 보곤 하였고, 그 해답인즉 바로 북한의 저 어려운, 말 그대로 극에 이른, 처참한 결핵 환자들을 보살펴 도와주는 일에 몰두해 보자는 것이었습니다."

그렇게 그이는 2006년 가을부터 2010년 오늘까지 15회에 걸쳐 북으로 들어갔고 그렇게 2007년부터 2009년까지 어간에 1천만 달러어치의 결핵 치료약을 비롯, 영양제며 일반 약이며, 모포, 신발, 그 밖에도 갖은 생활용품들을 북으로 가져다주는 일에 혼신으로 힘을 쏟아 왔다. 그렇게 북을 다녀올 적마다 기회가 닿는 대로 만나 그쪽 형편이며 김 목사의 어려운 사정과 함께 북한 오지의 구석구석 형편을 나도 나대로 자세히 들으며 같이 함께 울음을 나누기도 했지만……

김 목사께서 북으로 들어가 겪은 그 하나하나는 들으면 들을수록 참으로 너무너무 어이가 없었고, 이쪽 상식으로는 도저히 이

해가 안 되는 일만 천지로 많았다. 그것들을 죄다 이 자리서 털어 놓을 수는 없고, 다만, 김 목사에게서 그런 이야기들을 속속들이 듣는 내 쪽에서는 자연히 이런 의문이 안 생길 수 없었다.

도대체 김 목사로 하여금 그 두 가지 기적을 통해 북한을 돕도록 하는 그 길로 들어서게 역사하셨다는 그 하느님은, 그렇다면 지금 과연 어디에 계신가. 옛적 그때도 그렇게 그런 방법으로 김 목사를 시험하셨듯이, 이를테면 그렇게 한순간에 죽음에서 살려 놓으며 그런 길로 들어서도록 시험하셨듯이, 지금도 김 목사의 북한에 들어가서의 하나하나의 행태를 두고 저런 식으로 여전히 시험을 하고 계시는 건가. 하지만 그 시험인즉, 하루하루 평상을 살아가는 사람의 상식으로 볼 때는 너무 지나치고 가혹하지 아니한가. 어찌 저럴 수가 있을 것인가. 물론 그곳에서 김 목사가 상대하는 북한 당국 쪽의 한 사람, 한 사람은, 그지없이 착하고 공손할 뿐 아니라 김 목사에게도 진정으로 여간만 고마워하지를 않고, 지극정성으로 도와 드리려고는 한다. 하지만 그이들 한 사람 한 사람은 매사에 들어 완전히 상부 지시에 매어 있으며 추호나마 저들대로의 재량이 통하지 않는다. 그렇게 상부 지시는 절대적이다. 한데 그 상부에서는, 저들이 이 김 목사에게서 엄청난 도움을 받고 있다는 사실에 대해서는 너무너무 도외시하고, 되레 매사에 들어 고압적으로 군림하려고만 든다. 김 목사를 거의 저들의 졸개로 알고 있지나 않은가 싶어지기조차 하는 것이다. 참는 것도 어느 한도가 있을 것인데, 피차의 걸려 있는 경우나 처지로 보아서는 참으로 너무너무 해괴하고 황당할 정도로 무뢰한들이나 다름없는 행태들이었다. 김 목사는, 그럼에도 불구하고 이 일이 하느님께서 자기에게 떠맡기신 역사이겠거니만 여기며, 애오라지 정성을 다하고 있는 것이었다. 그 점은, 그간에 북한에서 김 목사가 겪은 그런 저런 이야기를 들으면 들을수록 여간 안쓰럽게 여겨지지가 않았다.

그리하여 심지어 여북하면 나도 나대로 언젠가 취미 삼아 주워 읽었던 성서의 창세기 속, 아브라함의 '이사크 봉헌奉獻' 일화 하나까지 떠올려 보았을 것인가. 그 내용인즉, 아브라함은 백 살에 이르러 모처럼 태어난 외아들 이사크를 불에 태워 바치라고 하는 하느님의 명령을 받고는, 모리야 산꼭대기에서 그 외아들에게 칼을 휘둘러 죽여서 불에 태워 바친다. 이 하느님 요구의 엄혹함, 그리고 아브라함의 시련의 가혹함을 강조하며, 현대의 한 철학자께서는 '하느님이란 그런 것이다.'라고 일갈하기까지 하고 있었다.

그러면서 그 철학자는, 우선 그 아브라함의 '비밀'에 주목한다. 아브라함은 그렇게 하느님의 명령에 순응하겠다는 자신의 결정을, 사랑하는 아내에게도, 가장 가까웠던 시종에게도, 그 본인인 외아들 이사크 자신에게도 한마디인들 내비치지 않는다. 불에 태워 바쳐야 하는 어린 양 한 마리는 어디에 있느냐고 묻는 이사크에게도, 그건 '하느님께서 주실 것이다.'라고밖에 대답하지 않는다. 그런 명령이 떨어지기까지의 진상은 실은 아브라함 자신도 전혀 모르고 있는 것이어서, 이 일 전체의 그 핵심에는 하느님의 침묵, 하느님의 '비밀'이 자리해 있을 것인데. 다만, 그 불가해, 부조리한 하느님의 명령을 그대로 받아들이겠다는 결정을 그는 어느 누구에게도 발설하지 않는다. 이 '비밀'은 바로 절대적 책임의 조건이다.

이 대목에서 앞의 그 철학자는 다음과 같이 또 설파한다.

아브라함은, 그런 결정의 순간에는 늘 오직 혼자서, 자기 자신의 단독성, 곧 특이성에 깊이 숨어들어 있어야 한다는 책임을 떠맡는다. 나를 대신해서 죽는다는 것이 어느 누구에게도 불가능하듯이, 나 대신에 그러기로 결정한다는 것, 결정이라고 일컬어지는 것을 행한다는 것은, 나 이외의 어느 누구에게도 불가능하다. 한데, 말로, 언어로 발설되자마자, 이를테면 언어라는 것의 경지에 들어서자마자 금방 그 순간에 단독성을 잃어버린다. 그리고 이렇게 되면, 결정해낼 가능성을 일거에 잃어버린다. 이리하여 모든 결정은, 그 근저에 있어서, 고독하고 비밀스러운, 그리고 침묵 속의 결정으로만 존재하고 있지 않으면 안 되는 것이다. 상식으로건, 혹은, 철학적 이성으로건, 가장 널리 받아들여지고 있는 명증사明證事들은, 책임이라는 것을, 공표성, 비밀이 아닌 것, 다른 사람들 앞에서 설명, 혹은 보고한다든지, 정당화시킨다든지, 몸짓이나 말로 떠맡는다든지 해서, 흔한 필연성에다 가져다 이어 놓곤 하는 것이다. 하지만 여기서는 그와는 반대로, 다음과 같은 사실도 매한가지로 필연적으로 밝혀진다. 즉, 나 자신의 여러 행동의 절대적 책임은, 그것이 나의 것으로, 전혀 단독으로, 어느 누구도 나 대신으로는 할 수 없는 것으로 있는 한은, 단순히 비밀을 함의할 뿐만 아니라, 다른 사람들에게 말하지 않고 설명이나 보고를 하지 않는다는 것을 통해, 아무런 책임도 지지 않는다는 것, 그 타자들에 대해서, 혹은, 타자들 앞에서 내가 아무런 대답도 하지 않는 일도 함의하고 있다는 것이다.

따라서 여기서 보면, 흔한 윤리적 책임, 인류공동체, 더 나아가 인류 전체에 대한 책임 같은 것이 대번에 모호해지기까지 한다. 하느님에 대한 절대적 책임과 사람들 간의 윤리적 책임이라는 것의 모순은, 그 정점에 가닿는다.

실제로 그런 종류의 흔한 세상살이에서의 윤리적 책임이라는 것은, 그 결정 이유나 행위의 동기에 관한 공적公的, 일반적인 설명이 응당 따라야 한다. 한데 그런 공적인 설명을 시작하자마자, 다시 말해서 언어, 말이라는 것으로 드러나면서는, 대번에 그 '나'는 자신의 단독성을 떠나, 흔한 개념, 세상살이의 일반성이라는 수준의 개념에 금방 굴러 떨어지게 된다. 다시 말해, 오직 유일하고 절대적인 하느님이신 타자에의 오직 '나'만이 해내야 할 어느 누구에게도 나를 대신해서 부탁할 수 없는 책임을, 스스로 포기하는 것이 된다. 그렇게 말이라는 것, 언어라는 것은 그 필연적인 반복 불가능성에 의해, '나'의 단독성이 한순간에 박탈당하면서, 나로 하여금 어쩔 수 없이 대체라는 연쇄 속에 끌어넣어지는 것이다. 말이라는 것, 언어라는 것은 그렇게 일반성 속에서 표현되기 때문에 우리들로 하여금 일단 안심은 시키지만, 그 일반성 속에서 나는, 나 자신에게 떠맡겨진 타자, 바로 하느님에의 절대적인 책임을 배반하지 않을 수 없게 된다.

이리하여 절대적으로 충실하기 위해서는 절대적인 침묵을 끝까지 지키지 않으면 안 된다. 그렇게 타자, 하느님에의 절대적 책임을 다하기 위해서는, 그 밖의 다른 타자들에게는 응답 같은 것을 하지 않아야 한다. 따라서 세상살이 면에서는, 윤리적으로 무책임하지 않을 수 없게 된다.

아브라함에게 내려진 하느님의 요구는, 명실공히 끔찍스러운 잔혹한 살인, 윤리적으로는 절대로 용납될 수 없는 것임에는 틀림없다. 이사크는, 아브라함이 백 살에 이르러 겨우 하느님과의 계약에 의해 태어난 그 무엇과도 바꿀 수 없는 외아들이다. 그 아끼는 외아들을 어린 양 새끼 한 마리 죽이듯이 죽여 태워서 자신에게 바치라고, 어찌 하필이면 하느님께서는 골라 골라 아브라함 '나'에게 엄명을 내리는가? 이러니, 하느님에의 의무라는 것으로 말미암아, 세상 속을 사는 윤리는 일거에 희생되지 않으면 안 된다.

바로 이 절대적 책임의 엄격함, 그리고 가차 없음, 이것은 저 모든 인간적 법에서의 초월을 요구한다.(실제로는 하느님께서도 그 명령은 아브라함을 시험했던 것이어서, 그 아들 이사크를 죽이려던 직전에, 그만 됐다, 라고 중도 포기하게 만든다.)

그리하여 여기에는 인류공동체라는 것도, 사람이 살아가는 도덕률이라는 확신도 존재해서는 안 되는 것이다.

어떤가. 심히 어렵지 아니한가. 김 목사가 하는 이 일을 두고 이런 수준으로까지 접근한다는 것은, 김 목사로서도 부담스럽게 여겨지지는 않을까. 그 점도 나는 물론 당연히 유념했었고, 그이께서 그만한 수준의 종교인이요, 실제로 앞에서 밝혔던 그 두 번에 걸쳐 영적 세계의 기적까지 직접 경험하신 분인 만큼, 이런 수준으로까지 혼자서 생각해 보긴 하셨겠지만. 김 목사께 감히 마주 대놓고 이런 이야기까지 꺼낼 수는 없었고 물어보거나 하지도 않았다.

다만 북한 사회 안에서 살아가는 그 어려운 사람들의 생명 살리기에 저렇게나 헌신을 하시는 데 비해서는, 정작 북한 쪽의 그이에 대한 대접이 너무너무 말이 아니게 소홀해 보이는 데서 생긴 나대로의 안쓰러움의 일환이었다.

하여 나는 일단 이렇게 한마디는 하였다.

"저는 원체 종교인이 아니니까 그런 쪽으로 함부로 목사님께 저대로의 의문 같은 것을 운운할 처지는 못 됩니다만, 저의 경우도 목사님 종교 쪽의 '기도'에 해당되는 것에는 나름대로 뜨거운 관심을 갖고는 있습니다. 우리네 토속 용어로는, 비손요 산신님께, 혹은 칠성님께 비손하는 것은 저도 어릴 적부터 아주아주 익숙해 있는 편입니다만, 목사님의 북한에 들어 가서의 그러저러한 이야기들을 듣자 하니까, 저도 문득 그런 생각은 납니다요 목사님께서도 북한에 계시는 동안 얼마나 얼마나 많이, 비손, 곧 기독교 쪽으로는 기도이겠습니다만, 비손을 하셨을까, 하는 점요 북한이라는 곳이 원체 저런 세상이니까, 어쩌고저쩌고 말 몇 마디로 해 보았자, 한도 끝도 없겠고요 엄청 기도는 많이 하셨겠구나, 하는 점은 환히 짐작됩니다요."라고 한마디 하자마자 목사님께서는 내 쪽에서 당황해마지 않을 정도로 금방 와락 반색을 하며 열렬하게 대답하였다.

"그럼요! 그럼요! 저도 비록 지금은 장로교 목사이기는 할망정, 기도 보다는 그 '비손'이라는 표현에 더 익숙해 있습니다. 실제로요 아주 어린애 때 청송에서 자랄 때부터요 어머니나 할머님의 그 비손은 노상 겪었던 터여서 말이지요 그나저나 선생께서는 그런 쪽으로는 제가 장로교 목사라는 직함이어서 미리부터 저에게는 필요 이상으로 조심을 하는 것 같은데요 되레 그 점, 저로서는 섭섭합니다요 제가 보기에, 선생은 내 주위의 여느 기독교 신자들 어느 누구보다도 그런 점에서는, 바로 하느님이 아니라, 범汎하늘을 믿으시는 쪽으로는 굳건해 보이십니다요, 저의 입장에서도 선생에게는 꼭 하느님, 예수님을 믿으라, 그렇게 기독교 같은 종교를 지니라고는 결코 권면 같은 것은 안 하겠어요 왜냐,

제가 보기로는 선생께서는 그 상대가 예수님만 아니다 뿐이지,
저어 위의 하늘, 하느님 세상을 느끼시는 데 들어서는 어느 누구
보다도 뜨거우시니까요 이 저만 하더라도, 흔히 '기도'라는 표현
은 쓰고 있습니다만, 더 깊이는 '비손'이라는 표현에 더 익숙해 있
다는 말입니다요 바로 그렇습니다. 저는 그간에 북한에 들어가서
도 가는 곳마다 끼니때마다, 물론 그쪽 사람들에게 사전 양해를
얻어서지만, 노상 비손을 하곤 했었지요. 그야, 저로서야, 저의 하
느님과 예수님에게도 빌었지만, 동시에, 제가 아주아주 어린 때
노상 겪었던 우리네 삼천리강산, 산천에게도, 우리네 산신님께도,
칠성님에게도, 이 땅에서 유구하게 살아왔던 우리네 조상신들에
게도, 빠짐없이 뜨겁게 뜨겁게 성심성의를 다해서 비손을 계속했
었지요. 그러면서 엄청 울었어요, 정말로 엄청요. 심지어 한번은
이런 일도 있었습니다. 함경도 어느 오지 중의 오지 요양소에서
점심을 먹는 자리에서 비손을 하는데. 그날따라 영하 30도를 오
르내리는 혹한 속의 그이네들 사는 모습을 대하면서 여느 때 없
이 격렬하게 울음이 터져 나와서 흑흑 흐느끼며 비손을 하였더니
옆에서 듣고 있던 우리를 실어 나르던 현지의 자동차 기사 한 분
도 한자리에 앉아 있다가 도저히 참을 수 없었던지, 그이도 갑자
기 크게 통곡을 하면서 바깥으로 달려 나가더군요 하긴 그때 그
곳은 바깥이나 안이나 영하 30도로 마찬가지 추위이긴 했습니다
만요 그렇게 그 북한 땅 안에서는 우리끼리도 서로 간에 통한다

는 것은 이렇게 이런 울음으로밖에는 달리 길이 없었소이다. 하지만 이렇게 이런 울음으로라도 우리 서로 간의 심성이 이렇게라도 통할 수는 있다는 것이 어쩌나 대견하던지요. 정말로 이런 경지에까지 와 보니까 피차간에 말이라는 것이 애당초에 필요가 없더라구요. 그때 그곳에서는, 북한 땅에서는, 말이라는 것, 언어라는 것은 차라리 얍삽하고 천박해 보이기까지 하더라는 말입니다."

아아, 역시 저런가, 저러한가, 나는 이때도 내심 앞에서 혼자서만 골똘하게 생각했던 그 경지를 되떠올리며, 마악 울음이 터져 나오는 것을 참아낼 수가 없었다. 그리고는 저 창세기 때 아브라함의 '이사크 일화'까지 혼자서만 되떠올리며, 참으로 이 세상 사람살이에서도 저어 어느 끝머리는 저 끔찍스러운 일화가 그대로 직통하는 것이기도 하는가 싶어지기도 하던 것이었다. 그냥 평상의 감각으로는 그 처참하기 짝이 없는 일화가 무척이나 어려워 보였지만, 이 김 목사에게 북한 안에서 직접 닥쳤던 그런 정황 속에서는 전혀 어려울 것 없이 응당 당연히 있었을 법한 일이기도 했을 것이라고까지 여겨지던 것이었다.

이 점으로 말한다면 바로 지금 이 순간에도 그러하다.

작금에 천안함 폭침 사건이다, 유엔 안보리 이사회의 결의안이다, 아니, 의장 성명이다, 뭐다, 뭐다, 러시아 입장이 저러하고, 중국의 경우가 저렇고, 여러 설들이 쏟아져 나오고, 남북 간에 전쟁이 일어난다면 통째로 서울 전체가 불바다가 되고, 남북이 몽땅 한순간에 잿더미가 되고 어쩌고 별별 소리들이 다 많지만, 우리 국민 태반은, 한 사람 한 사람은, 그런 쪽의 전문가라는 사람이 아니고는 그런 소리들일랑 귓등으로도 들리지가 않는다. 어느 개뼈다귀 같은 소리인가 싶을 뿐이다. 전쟁? 그런 것이 어느 동네의 잠꼬대인가, 하고 남의 이야기 듣듯이만 들리고 전혀 기별조차 와 닿지 않는다. 그런 온갖 소리들, 국제 정치적, 군사적, 사회적, 그러저러한 온갖 이론들이라는 것들일랑, 통틀어 지겹다 못해 전혀 아랑곳조차 안 하게 된다. 그런 것들 죄다가 그런 쪽의 저의들 끼리끼리만의 좌우 논쟁이라거나 혹은 보수, 진보 간의 시각차이라거나 그렇게 한가한 잡소리들로밖에 들리지가 않는 것이다.

그리고 그렇다, 알게 모르게 누구나가 저어 깊은 마음속 어느 구석으론가는 그런 듯 안 그런 듯, 가만 가만히들 혼자서만은 각자가 각자들대로 믿고들 있다. 이런 모든 사태인즉, 끝내, 구경적으로는, 이 땅, 우리 산천의 운세 같은 것으로 편하게들 받아들이며, 하루하루 이제까지 살아온 대로 모두가 아글타글하며 살아가고 있고, 그렇게 하나같이 저 하늘이 하는 짓으로 언젠가는 끝내는 하늘의 역사를 통해 슬그머니 간단하게 거짓말처럼 풀려지는 날이 올 것이겠거니, 하고 접어두고 있는 것은 아니겠는지……. 세상사 매사가 실은 큰 테두리로는 어느 국면이든 이렇게 이런 식으로 흘러온 것은 아닐까. 아주아주 머언 시야로 접근해 보면 세상사 모든 것이 실은 이런 식으로 흘러온 것이 아닐까.

사실로 나는 이 땅에서 우리 남북 간에 전쟁이라는 것은 결코 일어나지 않는다고, 일어날 수 없을 것이라고 굳건하게 믿고 있다. 무슨 근거로 그렇게 믿느냐고? 그런 근거를 따지고 드는 것부터가, 차라리 너무너무 한심한 사람들로 보인다. 근거? 그렇게 믿는 근거를 대라고? 차라리 그런 근거는 아예 없다, 애당초에 있을 수도 없다. 하지만 나는 그걸 절대로 믿는다. 모순이라고? 그렇다, 모순이다, 그렇게 모순으로 생각하고 싶거들랑, 자네 좋도록 그렇게 생각하거라. 하지만 자네가 어떻게 생각하건, 나는 믿는다, 어쩔래? 어쩔래? 이런 나를, 자네가 어쩔래? 이 땅에서 다시 전면전쟁이라는 것은 절대로 절대로 일어나지 않는다고 이렇게 확실하게 나는 자신만만하게 철석같이 믿고 있는 것을 당신 따위가 어쩔래? 어쩔래?……

그 며칠 뒤, 다시 만났을 때 나는 거두절미하고 김 목사에게 이렇게 물었다.

"그러니까 김 목사님께서는, 저의 그 점을 어떻게 아셨지요? 저의 그 '비손'에 대한 평소 의식이랄까, 그런 것을 어찌 그렇게도 쏘옥 집어내듯이 아셨는지, 저는 며칠 동안 혼자서 곰곰 생각해 보았다는 말입니다. 그런 쪽의 저의 성향이랄까 하는 것을, 대관절 김 목사님께서는 어떻게 아셨는지요?"

김 목사도 금방 비시시 웃으면서 받았다.

"그거야 처음부터 알았지요 몇 년 전 그때 조찬회에서 처음 만났을 때부터요 물론 그렇게 딱 집어서 물어오니까, 저도 맞대놓고 이런 식으로 즉답을 하기는 조금 망설여지고 그렇습니다만, 그건 틀림없었어요 그냥저냥, 그런 거, 처음부터 알게 되더라고 대답을 할밖에 없어요 그러니까 그런 걸 그렇게 똑부러지게 분명하게 '알았다'느니 보다는, 그냥 분위기로, 이심전심이랄까요, 알아졌어요 선생께서도 그랬으리라고 저는 확신을 하고 있습니다만, 언외言外의 국면이라는 게 있는 겁니다. 선생도 그때 저를 처음 만났을 때의 일을 한번 떠올려 보세요 그러면 딱 짐작이 될 겁니다. 실제로 이런 건, 사람들 사이에서 항용 있는 일임에도 실은 사람이라는 게 이런 건 딱히 의식을 하지 않기가 일쑤이지요 바로 그런 식으로 저는 선생의 성향이나 인품까지도 첫눈에 간취가 되었어요 선생도 저를 만나면서 그런 건 대번에 느꼈을 것으로 아는데요 아니 알고 자시고 없이, 제가 보기에는 그때 선생도 저를 만나시자마자 그러시던데요"

아닌 게 아니라 그 점은 틀림없었다. 나는 한 방 뒤통수를 맞은 듯한 느낌 섞어 그냥 머엉히 쳐다보았다.

김 목사는 그대로 자기 이야기를 이어갔다.

"사람들 간의 이런 종류의 번뜩임이랄까, 대번에 깊이 그리고 정확히 꿰뚫어 보는 눈이랄까 하는 것들도, 실은 선생이나 나라는 사람의 능력이기 보다는, 하늘의 역사役事라고 저는 믿는데요 하늘의 역사, 다시 말을 바꾸면, 선생과 저라는 사람의 이승 속에서의 인연, 바로 그렇게 하늘에 잇닿아 있는 그 어떤 것, 꼭 큰 문제뿐만 아니라, 아주아주 자질구레한 문제들에서도 사람들은 항용 이런 일을 숱하게 겪고 있으면서도, 그 뭡니까, 이성理性이라던가요, 혹은, 과학이라고 일컫던가요, 그런 쓸개 빠진 쪽으로만 기대어서, 엉뚱한 속에서만 맴돌며 정작 이런 쪽은 전혀 도외시하기가 일쑤에요. 안 그렇습니까."

"……."

나는 그냥 그대로 머엉히 김 목사를 쳐다보기만 하였다.

"그러니까 선생께서 '기도'라는 어귀보다 '비손'이라는 어귀에 더 익숙해 있으시다는 점 같은 것은 저는 거의 선험적으로 알고 있었다고 해야겠어요. 그러구 그런 게 뭐 그렇게까지 중요하다는 말입니까. 물론 저는 기독교 장로회 목사니까 당장은 '기도'라는 어귀에 더 익숙해 있고 그렇게 그런 어귀를 써먹으면서 살아가고는 있지만, 선생의 그 '비손'이라는 어귀에도 나 자신의 저어 어린 때 경험까지 떠올리면서 일말의 그리움마저 갖고 있다는 말입니다. 게다가, '기도'면 어떻고, '비손'이면 또 어떻다는 말입니까. 그런 어귀 하나에까지 그렇게나 아글타글 신경을 쓰고 매여 있어야 하겠습니까요. 이런 국면에서는 확 벗어져 나와야 하지 않겠습니까요.

기왕에 이런 이야기까지 나온 바에는 우리 아들 이야기 하나도

마저 털어놓아야 하겠는데요

　실은 지금 저의 아들은 스물여덟 살로 캐나다에 살고 있고, 저의 조국인 우리나라에는 아직 한 번도 와 본 일조차 없는 아이예요. 하지만 우리말과 글은 아주 잘 하는 편은 못 되지만, 저와 제 아내 극성으로 조금은 하는 편이에요. 작년에 몬트리올 대학 의과대학원을 수료, 박사학위까지 받은 상태인데요. 이 아이는 어린 때부터 미식축구에 흠뻑 빠져 있어. 한 때는 연봉 백만 달러를 내겠으니 저들 구단으로 들어오지 않겠느냐는 제의까지 받았으나, 그때도 제가 완곡하게 좀 더 보람 쪽으로 사는 길을 모색해 보아야 하지 않겠느냐고 해서 결국은 그쪽을 포기, 의과대학으로 들어갔었지요.

　한데, 이 아이도 조금 묘한 일을 겪었어요. 무엇이냐 하면, 한 번도 직접 뵌 일이라곤 없는 할머니 한 분이 꿈에 나타나서는, 눈짓과 표정으로만, '이 내가 네 친할미다.'라는 뜻만 내비치고는 스르르 없어지는 순간에 금방 꿈에서 깨어났는데, 특히 기이한 것은, 그 한 달 어간에 이 친할머니라는 분이 세 번씩이나 나타나더라는 거지요. 나타나서는 번번이 그냥 그렇게 지긋이 쳐다보시기만 하였는데, 생김새며 옷차림이며 단아한 인품이며 분위기며, 늘 똑같더라는 겁니다. 이게 대저 무슨 조짐일까, 몹시 궁금하였는데, 그 두 달 뒤, 아들은 그 의과대학 졸업식에서 졸업생 대표 연설자로 지명을 받았고, 그 연설에서, 자기는 의사로서의 첫 부임지를 캐나다의 오지 중에서도 가장 궁벽한 오지인 곳을 택하겠노라고 선언, 그 자리 전체를 놀라움과 충격으로 압도시키지를 않았겠습니까. 이런 일은 일찍이 한 번도 없었던 일이었다는 거지요, 새로 첫 출발하는 젊은 의사들 거개가 시골 벽지는 되도록 피하고, 하나같이 큰 도시 쪽으로만 몰리는 게 거의 관례처럼 되어 있어 캐나다 정부 당국도 당국대로 골치를 앓고는 있었지만, 별 뾰족한 수가 없어 속만 끓여왔었는데, 그러니 이 선언은 얼마나 충격이 컸겠습니까요 더구나 그 뒤를 잇대어 서른 명이나 되는 동창 졸업생들까지 같이 이 대열에 끼어들어, 캐나다 신문뿐만 아니라 방송들에도 크게 보도되는 등, 온통 와글와글, 치하하는 여론이 며칠이나 들끓었고, 저의 아들은 그렇게 일약 캐나다의 영웅으로 솟아올랐습니다요 그렇게 저의 아들은 지금 몬트리올이나 밴쿠버에서 자동차로 30시간 너머나 들어가야 하는 오지 중의 오지에 가 있습니다만, 아비 되는 사람으로서 가만가만 혼자서 생각해 보면, 이것도 그 무슨 인연인가 싶어지기도 한다는 말입니다. 제가 지금 북한이라는 지구촌의 오지 중의 오지와 연이 닿아 있듯이 아들도 아들대로 저렇게 비슷하게…… 이런 것이 대체 무슨 조화 속인지요? 더구나 여기에는 제가 어릴 때 그렇게나 숱하게 많이 겪었던 어머니까지 그 아들의 꿈속으로 일망정 껴들어 오셔서……. 정말입니다. 제가 어린 때 그 어머님의 '비손'을 얼마나 얼마나 숱하게 겪었는지, 대저 이런 것이 무엇일까요? 그냥 무시해도 좋은 우연 같은 것일까요? 그야, 그렇게 우연일 수도 있겠지요, 허지만 저로서는 결코결코 그렇게만 간단히 접어둘 수는 없다는 말입니다. 과학이라고요?! 과학이 어쨌다는 겁니까. 그런 건 간단히 무시해도 좋다고 과학이 가르치고 있다고요?! 실제로 몇만 년을 지나온 유구한 우리네 사람살이 속에서 때와 곳을 불문하고 이런 불가해한, 도저히 사람의 이성이라는 것만으로는 알 수 없는 기이한 일들이, 곳곳에 얼마나 얼마나 많았습니까요 하지만 우리 사람들은 그런 것들일랑 그냥 못 본 체, 모르는 체, 접어두고 지나오기만 했던 거지요 그야, 알려고 해 본들, 알아질 턱이 없었을 테니까요

하지만 현금 21세기에 들어서서는 어떻습니까요. 과학이라는 것도 날로 그 한계를 드러내면서 공산주의니 하는 이념이라는 것, 뿐만 아니라, 지난 몇백 년간 축적되어 왔던 지적 자산이라는 것들도 송두리째 거덜이 나면서, 모두가 사그리 향방을 잃고 우왕좌왕하지를 않습니까요

그러고 보면 그렇습니다, 저도 지난번에 치러진 월드컵은 거의 빠트리지 않고 텔레비전 화면으로 보았습니다만, 16강까지 진출하고는 아쉽게도 떨어졌습지요 그런데 그 밖의 여느 경기를 보드래도 물론 선수 하나하나의 기량이 엄청 중요하기는 합디다만, 끝머리에 가서 골이냐, 노골이냐, 하는 걸, 결정짓는 것은, 그 팀의, 혹은, 그 선수 하나하나의 운세이더라고요 다시 말해서 하늘

이더라고요. 특히나 마지막 스페인과 네덜란드의 결승전에서의 그것은, 양측이 몇 차례에 걸쳐 완전히 다 들어갔던 골을 놓치는 경우가 얼마나 많습디까요 그때도 저는, 역시 끝머리 결정은 하늘이구나, 하는 걸 새삼 절감했습지요 게다가, 참으로 웃기던 일은요 독일의 문어 한 마리는 그 결승전뿐만 아니라, 그전 4강전의 게임까지 포함해서 여섯 게임의 승패 결과를 하나도 빠짐없이 죄다 맞추지 않습디까요 저는 지금 이 사실도 전혀 농담 한마디처럼 하고는 있습니다만…… 그야, 그간에 매사를 오로지 진지 일변도로만 받아들이는 데 버릇 들어 있는 분들께서는, 여전히 그렇게 이런 소리도 제각기 편하게 반 농담으로 받아들이십시오만, 저는 지금 꼭 농담만은 아닙니다요

그건 그렇고, 암튼지, 우리 아들 꿈에, 직접 저의 어머니, 우리나라 경상도 오지, 청송에만 평생 사시다가 돌아가셔서 그곳에 묻힌 어머니께서 그 머언머언 캐나다까지 가셔서 우리 아들아이 꿈에 세 번씩이나 나타나셨었다는 이 엄연한 사실은, 일단 저 같은 그 어머님의 친자식이나, 저의 아들인 친손자로서는, 일단은 성심성의 귀히 챙겨 드려야 하지 않겠는지요”
하고 김 목사는 비시시 웃음으로 끝마무리를 맺었지만…….

그 얼마 뒤에 김 목사님과는 다시 일주일이나 열흘 정도 북한을 다녀오신다고 전화 통화를 한번 나눈 채 한동안 만나지 못하

다가 모처럼 점심이라도 한번 나누자고 연락이 와서 무심히 나갔다가, 나는 놀라운 소식을 들었다. 김 목사께서 그 일, 그러니까 북한의 결핵 환자들을 도와주는 일에서 손을 떼고, 캐나다 본국으로 돌아가게 되었다는 것이 아닌가.

순간 나는, 이게 웬일인가, 천지가 온통 무너져 내리기라도 한 듯이 와락 놀라며 물었다.

"아니, 뭣이라고요? 대체 그게 무슨 소립니까?! 그 일이야, 김 목사님 말고 해낼 사람이 누가 있다는 말입니까."

김 목사도 내가 이 정도로 강하게 반응을 하자, 한 손을 들어 만류하는 시늉부터 하면서,

"아니 뭐, 완전히 손을 뗀 것은 아니고요. 그 기관의 이사로는 그대로 있습니다. 그러니까 그 일을 어느 한 사람에게 일임하느니, 그때그때 사안별로 여러 사람이 번갈아 담당하기로, 전체 방침이 ……."

"그러니까 그간에 무슨 일이 있었군요, 틀림없이 그렇군요."

이렇게 되기까지의 자세한 내용은 아예 굳게 입을 다물겠다는 속셈인 듯이 보여서, 나는 더더 궁금하였지만, 김 목사 쪽의 그러저러한 입장도 나름대로 요해는 되었다. 그나저나 나로서는 여간 놀랍지가 않았다.

뒤에 가서는 스스로 생각해도, 이 일을 두고, 바로 김 목사가 이 일에서 거의 손을 놓게 되었다는 점을 두고, 나 자신이 그렇게

까지 놀라며 울화를 터뜨렸을 정도로 속상해하고, 그 지경으로 대단히 이를테면 공적으로 실망, 절망까지 하였었다는 점도, 혼자서 가만가만 생각할수록 조금 기이하게도 여겨졌다.

그러니까 나는 그간에, 이 일에 있어서는 현금 우리나라나, 그밖에 어느 나라를 통틀어서도, 이 김 목사 이상으로 적임자는 없을 것이라고 나 혼자 굳게 믿고 있었던 것이어서, 그 일에서 그이가 물러났다는 사실은 나로서는 거의 천지가 뒤집어지는 것과 맞먹는 충격이었던 것이다. 하지만 김 목사 쪽에서는 그뿐, 내 쪽의 그런 정도의 놀라움 같은 것은 일체 무시한 채, 그 이상 그 일에 대해서는 전혀 한마디도 발설하려고 들지를 않았다. 나도 일단은 그런 김 목사의 비역秘域이랄까 하는 입장은 나름대로 존중하며, 더 이상은 거론하기를 피했지만, 그이와 헤어지고 나서 집으로 돌아와서도 혼자서만 곰곰 생각을 해 보았다. 그러고 보면, 그렇게 집에 돌아 와서야 흘낏 되떠올려졌다. 김 목사는 어느 한 대목, 그 비슷한 이야기를 했던 것 같았다. 누군가가 그간에 김 목사의 북에 들어가서의 여러 행태에 대해 수상하게 여겨서, 은밀하게 대북 공식 루트를 교묘하게 활용하여 북쪽 고위층으로 하여금 김 목사를 곡해하도록 작용을 가하지 않았을까. 물론 김 목사는 이런 소리도, 꼭 분명하게 내가 알아듣도록 얘기했던 것은 아니고, 집에 돌아와서 곰곰 되짚어보면서야 바로 그게 그런 소리가 아니었을까 하고 뒤늦게 나도 짐작이 되는 정도의 것이긴 하

였지만, 더더 곰곰 그 앞뒤를 거슬러서까지 되떠올려 볼수록, 그
렇다, 그게 틀림없겠다, 하고 점점 더 확신이 되는 그런 수준의
것이었다. 그러고 보면, 충분히 그럴 수도 있었을 것이었다.

이를테면, 남북 관계의 전체 국면을 놓고도 사사건건 그런 일
이 얼마나 많았을 것인가. 보기에 따라서는 김 목사의 그런 행태
가 통틀어서 어떤 사람들 경우에는 간단히 친북 성향으로 비칠
수도 있었을 것이었을 터이니까.

그렇게 지난 몇십 년간, 남북 관계의 그 모든 것을, 애오라지
이기느냐, 지느냐, 먹느냐, 먹히느냐, 라는 쪽으로만 전심전력 골
몰해왔던 몇몇 그런 쪽의 전문가들의 그 냉혹 일변도의, 소위 왈,
철저한 현실적 안목에 입각한 저들대로의 가장 현실적인 공작工
作 차원으로만 보는 데에 깊이 길들여져 있는 사람들에게는, 지난
몇 년간, 김 목사의 입북 행태가 그런 쪽으로 수상하게 보일 수도
있었을 것이었다. 맞다, 맞다, 나는 금방 혼자 소리라도 지르고
싶어졌다.

그렇게 이런 남북 문제 일에만 수십 년 동안 관계해왔던 몇몇
전문인들 사이에서 며칠 동안 조용조용히 의견을 나눈 끝에, 이
것도 일종의 고도의 공작 차원으로 접근했던 것이 아닐까. 이를
테면 은밀하게 저 평양 쪽 고위층에 작용을 가하여, 김 목사로 하
여금 저쪽에서 먼저 '나쁜 놈'으로 결론을 내게 해서, 저 북쪽에서
먼저 김 목사를 내치도록 고도의 치밀성으로 모략중상을 했을 것

이라고

그렇게 남북 간의 고차원의 정보전의 일환이었을 것이라는 것, 끝내 오늘의 남북 관계는 이런 지경에까지 와 닿아 있다는 것 ……. 아아 이 지경인가, 오늘의 남북 관계는 끝내는 이 지경에까지 와 닿아 있는가, 하고 새삼 절망감에 휩싸이게 되던 것이었다.

그렇다면, 바로 이런 지점에서 나는? 과연 어떻게 대응하고 대처해야 하는가.

그 순간, 그 다음의 해답은 순발력 있게 간단명료하게 다음과 같이 나왔다.

나는 1950년 겨울에 홀몸으로 월남해 온 뒤, 이 남쪽에서 살아오면서 이때까지 일관하게 이것 한 가지만은 분명하였다. 즉, 월남해 오기를 잘했다, 그때 그 북쪽에 그대로 남았더라면 어쩔 뻔했는가. 생각만 해도 아찔하다. 나 같은 사람은 그곳에서는 못 산다. 결코 못 산다. 결코, 결코 그러니 그때 월남해 왔던 것은 요행, 요행이었다, 라고

그렇다면 지금까지도 통일 조국은 원하지 않는가. 그렇지는 않다. 뜨겁게 원한다. 그럼 앞뒤가 모순되지 않는가. 모순되지는 않는다. 왜? 나는 북쪽 같은 정치체제에서는 못 산다는 것이지, 북쪽 산천, 내가 태어난 고향 산천은 뜨겁게 그리워하고 있다.

그리하여 지금 이 국면에 와서, 다시 말해서, 그간의 김승운 목사와 관련해서 비록 간접적으로 나도 겪은 일이었을망정 당장 지

금과 같은 일에 당면해서, 지난 60년 동안의, 월남해 온 뒤의 나 자신을 다시 한 번 총체적으로 점검해 보자고 드니까, 이런 결론이 나온다.

첫째, 이북 체제가 그냥 저렇게 있는 한, 나는 결코 북으로 돌아가고 싶지는 않다.

둘째, 하지만 우리 남북은 절대로 통일되어야 한다.

셋째, 그 통일을 향한 길은, 남북 모두, 먹는다, 먹힌다, 이긴다, 진다, 라는 관점에서 확 벗어나야 한다.

넷째, 그렇게 벗어날 길은 없지 않다. 있다. 그것은 무엇이냐?

다섯째, 남북 양측 모든 성원이, 7천만이, 하나같이 매일매일 뜨겁게 지극 정성으로 '비손', 내지 '기도'를 하는데 버릇 들여야 한다. 바로 김승운 목사처럼, 캐나다에 살고 있는 그 아들처럼, '기도'와 우리네 전통적인 '비손'이 하나로 어우러지면서, 우리 산천에, 저 저승에 계신 우리 선조들에게, 우리 하늘에게, 칠성님에게, 그 밖에도 우리 삶을 감당해 오신 유구한 혼령들에게 비손을 하는 것, 그렇게 그 비손이 끝내 저어 하늘에 기별이 가닿을 때, 문득 아주아주 쉽게 자연스럽게 그 모든 매듭이 스르르 풀리면서 거짓말처럼 해결이 날 것이다, 라고 나는 믿는다.

어떤가. 나의 이런 소리들이 기별이라도 가닿는가.

1920년대 전후의
만주, 러시아, 독립투사들

　　다음은 1920년대 현 동북중국, 러시아 일대에서 독립 운동
하던 우리 동포들의 실태를 일부분이나마 드러낸 기록 몇 가
지이다.

우선 1868년생이던 홍범도가 남긴 글부터 살펴보자.

만주 일대에서 왜놈들 세력이 점점 퍼져 가던 정사년^{1917년} 3월
어느 날이었소이다. 동료 여남은 명을 데리고 이만 쪽으로 가서
수십 자루의 오연발 총과 탄환들을 사 갖고 돌아온 내 휘하의 부
하 하나가 그쪽의 희한한 소식을 전해 주더이다. 지금 아라사에
서는 혁명이 일어나서 쯔아 황제 정부를 뒤집어엎고 임시정부라

는 새 정부를 세웠다는 겁니다. 그래서 지금 아라사 백성들은 혁명이 승리했다고 야단들이라는 거지요. 이 소식을 듣고 나는 그 몇 해 전에 의암 유인석 선생님으로부터 들었던 이야기 하나를 되떠올리면서 혼자 가만히 생각했습지요. '저 아라사도 군주 정치를 그냥 이어 가려다가 끝내 망하게 될 판이니까, 아마도 황제를 뒤엎고 공화 정치라는 것을 해 보자고 드는가 보군.' 하고 말입니다. 그러니까 공화 정치라는 것이 군주 정치보다는 나은 것이 확실한 모양이라고요.

그렇다면 저 새 정부는 먼저의 황제정부와는 다른 새 정책을 쓰겠군. 이를테면 조선 독립 운동에 대해서도 그 전보다는 호의적으로 나올른지도 모르겠군, 하고 말입니다.

이래저래 나는 선생님과 만나, 이렇게 돌변한 정세에 대한 견해도 듣고 싶었는데, 3년 전, 갑인년 음력 정월에 선생님께서는 이미 해삼위를 떠나 남만주 관전현에 나가 계시다가 애석하게도 세상을 떠나셨다지 않습니까.

하여 나는 차선책으로 그때 선생님과 만날 때 한자리에 같이 있었던 이동휘 동지를 만나 보려고 작정하였지요. 듣자하니 이때 이동휘는 만주의 흑하黑河 시에 있다고 합디다. 나는 곧장 부하 하나를 다시 그곳으로 파견해서 수소문해 보게 했어요. 그러나 그렇게 떠난 지 보름만에야 돌아와서 그 부하는 더욱 놀라운 소식을 전해주더이다. 이동휘는 아라사 땅 블라고브쉔스크 시에 옮겨가 있다가 그쪽 당국에 잡혀서 감금되어 있다는 것이 아닙니까.
일본의 거듭되는 압력에 견디다 못한 아라사 당국의 간섭이 심해
서 이동휘는 부득이 중령지로 넘어와 있던 것으로 아는데, 2월
혁명인가 뭔가로 아라사 황제정부가 망하고 새로 케렌스키 정부
가 들어섰다는 소식을 접하곤, 이제는 새 정부의 조선 독립 운동
에 대한 태도도 달라졌으려니 하고 도로 아라사 땅으로 건너 갔
었다는 겁니다. 하지만 새 임시정부도 대 내외정책에서 그전의
정부와 별로 다르지 않아, 일본 정부의 압력에 못 견뎌 조선 독립
운동의 저명한 지도자들 중의 한 사람인 이동휘를 현지 헌병대로
하여금 체포하게 하여 지금 유치장에 갇혀 있다는 겁니다.

　시국이 급격하게 변해 가면서 이렇게 별안간에 벌어지는 일들
에 대해 나는 어떻게 대처해야 할른지 미처 갈피를 잡을 수가 없
드면요. 다만, 휘하 부대를 거느리고 아라사 쪽으로 넘어 가려는
것만은 단념하고 밀산농장에 그대로 남아서 그해 농사나 마저 지
으려고 마음먹고 있었는데 바로 그해 5월이었소이다.

　송왕령에서 소위 '전 러시아 한족총회' 라는 것이 열린다는 기별
이 오더군요. 주최자는 문창범, 희랍정교의 채 신부, 러시아 사회
혁명당원인 한면세, 함남 영흥이 고향이라는 윤해 등등이었지요.

　사실은 이 한족총회라는 것이 이렇게나 빨리 열리게 된 데에는
2월 혁명 이후 연해주 지방에서도 다른 곳과 매한가지로 이중 정
권이 서서, 케렌스키 정부를 지지하는 쪽과 소비에트를 지지하는

쪽 사이에 맹렬한 싸움이 벌어지고 있었고, 소비에트 안에서조차 임시정부를 지지하는 멘셰비키와 사회혁명을 지지하는 볼셰비키가 갈라져서 역시 날카로운 권력 투쟁이 야기되어 조선 독립 운동자들 사이까지도 두 패거리로 나뉘어져 있었던 겁니다.

문창범이 이렇게 나를 초청한 것도 나를 그 조직 새 지도부의 일원으로 뽑아서 군사부 부장 겸 사령관으로 임명하여 내 휘하의 독립군 부대를 몽땅 자신의 휘하에 끼워 넣으려는 속셈이었어요. 한데 내가 그 회의에 가지를 않아 문창범 일파는 그 목적을 이룰 수가 없었지요.

그런데 같은 해 섣달에는 부하 하나가 모종 연락 일로 아라사 땅 추풍 당어재 골의 한의사이며 내 오랜 막역지우인 최병준 집엘 갔다 오더니 또 다시 놀라운 소식을 전해 주더이다. 아라사에서는 레닌이라는 분이 새 당을 일궈 가지고 케렌스키를 우두머리로 한 낡은 당을 무너뜨리고는 신당 정권을 새로 세웠다고 야단들이라는 거예요. 이건 또 별안간에 무슨 소리인가 싶어 나는 그 부하를 머엉하게 쳐다보면서 물었습니다. '도대체 그 레닌이라는 양반은 전력이 어떤 분이고, 신당 정권이라는 것은 어떤 것이라고 하던가, 그 이야긴 못 들었는가?' 하고

케렌스키 정부가 나선지 겨우 여섯 달이 될까 말까 한데 그걸 못 쓸 것이라고 뒤집어엎고 또 다시 새 정권을 세웠다니, 도대체 무슨 쎅쎅이 판인지 종잡을 수가 없었고 그 신당 정권이 내세우

는 것은 무엇이며 그 새 정권을 이끄는 레닌이라는 양반은 어떤 사람인지 궁금한 것 천지더군요, 공화 정치에서 더 앞선 정치가 또 있다는 것인지도 아직 들어 본 바가 없었고요. 그는 그저 현지에서 들은 대로 전하더군요.

'최병준 선생 말로는, 레닌이라는 분은 어떤 사람인지 자세히는 알 수 없지만 그이가 이끄는 신당은 빈천자들의 당이라고 합디다. 그러구 그 신당 정권을 소비에트라고 하는가 봅디다.' 하고요

'뭐? 빈천자들의 당? 빈천자라니……?' 하고 내가 튕기듯이 되물었더니,

'가난한 자들, 없는 사람들이라는 말입지요. 우리말로는 빈한한 사람이라고 하는 편이 알기가 쉽지요'

하는데, 나는 다시 그저 머엉히 쳐다보기만 했어요. 도대체 세상 살다가 이런 해괴한 소리는 처음 들어 보는 것이니까요 <공화 정치>까지는 나름대로 알 것도 같지만 <빈천자들의 정치>라니, 빈천자들이 온통 나라를 가로타고 앉는다는 말인가. 무슨 말인지 도통 알 수가 없어서 혼자서만 푸념하듯이 꿍얼꿍얼거렸어요

'도대체 임금이 하는 군주 정치, 대통령이 하는 공화 정치라는 것들은 여러 번 들은 일도 있어서 대강 알 것도 같지만, 소비에트 니, 빈천자들이니 하는 것들은 무슨 소린지 도무지 알 수가 없군 그래.'

그랬더니 그 부하도 다시 들은 대로 일러주더군요

'전들 압니까요 아무튼지 케렌스키가 두목 노릇을 하던 임시정부는 부자들 정권이어서 그걸 다시 두드려 엎고, 빈천자들 중심의 정권을 새로 세웠다나봅디다.'

나는 그냥저냥 도무지 이해할 수가 없었습지요. 대체 빈천자들의 정권이라는 것이 세상에 있을 수가 있는 것일까? 빈천자들이면 태반이 무식한 사람들일 터인데, 그네들이 어떻게 나라를 가로타고 앉아 꾸려간다는 것인지……

그러나 그 부하는 그저 히죽히죽 웃으면서 더욱 구름 잡는 소리만 하더이다.

'최병준 선생이 또 말하는데, 하바롭스크에도 원동 소비에트 인민정부가 섰다고 하면서, 거기서는 김 알렉사드르라는 우리 조선 여자 하나가 그 정부의 외무위원으로 일한다고 합디다. 그러니 소비에트 정권이라는 건 정말로 희한한 물건인가 보아요.'

이것도 나로서는 청천벽력 같은 소식이었지요. 조선 여자가 원동 소비에트라는 정부에서 외무위원 노릇을 하고 있다니, 도대체 어떻게 그런 일이 있을 수가 있다는 것인지, 이리하여 자연히 이날부터 나는 새로 조성된 러시아의 국내 정세와 김 알렉사드르에 대해서도 그러저러한 볼일들로 아라사 땅으로 넘나드는 사람들을 통해 알아볼 대로 알아보려고 애썼습니다요

그러던 중에 해가 또 바뀌어 무오년^{1918년} 3월 말에 나는 최병준 씨 편으로 하바롭스크에서 김 알렉사드르와 이동휘 두 사람이 나

란히 서명해서 보낸 편지 한 장을 받았습니다. 그 내용인즉, 4월 하순에 조선인 해외망명자회의를 하바롭스크에서 소집하기로 했으니 참가해달라는 이를테면 통지서더군요. 이 통지서를 받고 우선 다행인 것이 어느 사이에 이동휘가 풀려났다는 사실이었어요. 그리고 보면 아라사에 새로 선 정부는 저번의 케렌스키 정부보다는 나을런지 모르겠다고 일단은 생각되더군요.

나는 그날 밤으로 무기들과 식량까지 몽땅 챙겨 휘하 부대를 거느리고 추풍 당어재 골을 향해 길을 떠났습니다. 그곳에 닿자마자, 대원들을 그곳 민가에 골고루 나누어 유숙시키고, 곧바로 부하 김성무만을 대동하고 하바롭스크로 향했습니다.

초봄이라곤 하지만 영하 30도의 모진 추위 속에서도 현지에서는 불초 저를 뜨겁게 맞이해주더군요.

김 알렉산드르는 그야말로 여장부입니다. 미리 잡아 두었던 여관에 우리를 유숙시키곤, 두툼한 손가방에서 우표지 비슷한 것을 한 웅큼 꺼내 주면서, '이것은 여기서 돈 대신 통용되는 겁니다. 이걸 가지고 식사는 어느 음식점에서건 마음에 드는 곳에 가서 하십시오. 회의는 아직 올 사람이 다아 못 왔으니, 죄송하지만 며칠만 더 기다리셔야 하겠습니다. 그러니 그동안 슬슬 시내 구경이나 하시지요.' 하더군요.

나는 나와 같이 온 김성무와 그 밖에도 회의에 참가하기 위해 온 몇몇들과 작반하여 중국 음식점에서 식사를 하고, 온종일 거리 구경을 다녔는데, 거리에는 가지각색 군복을 입은 사람들이 떠들썩하게 싸다니고, 쓰는 말도 제각기 다릅디다. 조선 사람, 중국 사람, 심지어 생전 처음 보는 오지리 사람, 헝가리 사람까지 있었으니까요 이들은 적위병 병사들이었어요 오지리, 헝가리 병사들은 지난번 세계대전 때 전쟁 포로로 잡혔다가 소비에트 편으로 넘어와서 적위군 부대에 입대했다는 겁니다. 거리에는 상점들도 널려 있었는데, 주로 중국인 상점들이더군요

'밀가루 포대들이 점포들마다 저렇게 많이 쌓여 있는 걸 보면 이곳은 식량 사정이 꽤 괜찮나보군.' 하고 내가 혼잣소리 비슷하게 말 하자 일행 중, 한 젊은 사람이 받습디다.

'그 밀가루들은 원동 소비에트에서 김 알렉산드르 여사를 내세워 중국 쪽 상무회 대표들과 교섭해서 통상조약을 체결하곤, 돈이 없어서 돈 대신에 수입인지를 주고 사 온 것이라더군요'

'그런 걸 보면 김 알렉사드르의 외교 수완이 대단한가 보군요'

그 옆의 한 사람이 또 이렇게 받고, 그러자 블라고브쉔스크에서 왔다는 한 중년남자가 돌아가는 현지사정에 대해 조금 안다는 듯이 의젓하게 말합디다.

'사실 말이 났으니 말이오만, 저런 여자는 드물거외다. 요즘 원동지방 주민들이 모두 식량난을 겪고 있는 속에서 이곳만은 바로 저이가 나서서 정력적으로 해결해 놓았다는 말씀입니다. 망국민족 출신의 우리 조선 여자를 외교위원으로 뽑았다는 것부터 희한

하지 않습니까. 왜놈들을 위시해서 영국, 미국, 프랑스 제국주의 무력 간섭자들과 러시아 국내의 백위군 도당들은 어떻게 해서든지 소비에트 정권을 기근 속에 처넣으려는 판국이거든요 놈들은 이 원동 지방에다가 기근을 조성해 놓고 동시에 저들은 식료품 값을 양껏 높여서 폭리를 노리고 있는 투기꾼들이라는 말입니다.'

이튿날 저녁에는, 바로 장본인인 김 알랙산드르 여사가 눈코 뜰 사이도 없이 바쁜 틈에도 일부러 나를 찾아와 두어 시간이나 담화를 나누었습니다. 그이는 현지 정세를 자세히 설명하면서, 조선의 독립 운동자들이 앞으로 어떤 방향으로 싸워나가야 할 것이냐 하는 점을 간략하게 알려 주더군요. 그러군 나에게서 그동안의 의병운동 경험담을 주의 깊게 듣습디다. 이 자리에는 이동휘도 같이 있었습니다. 나는 이때 비로소 소련의 10월 혁명이라는 것이 어떤 것이며, 소비에트 정권이 어떠하고 레닌이라는 분이 어떤 분이라는 것을 대강 짐작은 갔으나, 솔직하게 말해서 조금 황당한 생각도 없지는 않았어요 이때까지 내가 길들여져 살아왔던 것들과는 너무나도 천양지차로 생소한 이야기들뿐이었기 때문입니다. 무산자의 정권이라는 것이 과연 있을 수가 있는 것인지 너무너무 꿈속만 같았습니다.

하지만 그동안 이동휘는 블라고브쉔스크에서 그곳 유치장에 갇혀 있다가 자유시 감옥으로 이감되었었는데, 케렌스키 임시정부 지방 당국과 일본의 정보기관 대표들이 이동휘에게 엉뚱하게도 독일 간첩이라는 죄명을 씌워서 사할린을 경유하여 일본으로 넘기려는 흉계를 꾸미고 있었다는 겁니다. 그런데 때마침 10월 혁명으로 아라사 땅 저어 서쪽 끝에서부터 세상이 또 한 번 뒤집어지면서 원동 소비에트가 수립되어, 외무위원으로 뽑힌 김 알렉산드르가 재빨리 손을 써서 풀려나게 됐다지 뭡니까. 그 이동휘가 지금 이렇게 바로 옆에 앉아 있는 것입니다. 이 사실만은 전혀 황당하지가 않고, 엄연히 눈앞에 있는 현실이었습니다. '그렇다면' 하고 나는 가만가만히 혼자 생각을 했지요 '먼저 정부보다 이 정부가 우리에게는 나은 것이 아닌가.' 하고 말입니다.

이틀쯤 더 지나자 올 사람들이 거의 다 온 모양인데, 그 면면을 대충 꼽아 보면 중령지에서 활동하던 저명한 사회 활동가 김립과 그 일행이 왔고, 곧 뒤를 잇대어 중국의 북경, 하얼빈, 몽고 쪽을 근거 삼아 독립 운동을 하던 유동렬 일행, 남만주 통화현에서 신흥학교를 설립해서 청년들의 교육에 심혈을 기울이던 이동녕, 이회영과 그 일행, 또한 중국의 현실산 깊은 골짜기에 백산농장을 장만해서 사관학교를 설립하고 청년 수백 명을 모집하여 독립군 사관을 양성하던 양기탁과 그 일행도 속속 와 닿았습니다.

이 모든 사실은, 일단 김 알렉산드르 여사의 인기와 신망이 얼마나 두텁고 높은가 하는 것을 증명해 주는 것이었어요

드디어 그해, 무오년^{1918년} 4월 28일, 하바롭스크 시내 포포브 거리 15번지의 조선인민회관 2층 회의실에서 해외조선인 정치망명

자회의가 정식으로 열렸습니다. 참가자들은 이럭저럭 30명쯤 되었는데, 그 중에는 앞에 거론된 사람 말고도, 박애, 오 와실리, 오하묵, 안중근의 아우 안홍근도 있었습니다.

박애는 그때 원동 소비에트 인민위원회 서기장이었고, 오 와실리 와실리예프는 바로 김 알렉산드르의 남편으로서 2월 혁명 전까지는 아라사 희립정교 신부로 있으면서 지하 비밀공작을 하다가 2월 혁명이 승리하자 곧장 교회에서 나와 하바롭스크 조선 인민회 회장으로 일하고 있었습니다. 바로 내가 계축년^{1913년} 가을, 해삼위 신한촌으로 의암 선생님을 뵈러 갔다가 만났던 오 신부, 놀랍게도 바로 그이였어요. 그때 의암 선생께서는 그 댁에 유숙하고 계셨습니다. 아아, 이게 어인 인연이겠는지요. 또한 오하묵은 그 오 와실리의 조카로, 제1차 구라파 세계 대전에 아라사 군대 장교로 참전했다가 얼마 전에 제대하고 와서 그곳 민회의 서기 노릇을 하고 있었습니다.

한데 이동녕과 이회영 일파들은 저들대로의 엄두가 따로 있었던 듯합니다. 그이들이 이미 설립해서 어렵게 운영하고 있던 경학사와 신흥무관학교 운영에 실질적인 원조를 얻을 수나 없을까 하는 생각이었던 듯합니다. 그러나 김 알렉산드르는 일언지하, 말했던 모양이구요.

'선생께서 지도하는 그 조직에서 따로 사관을 양성할 필요가 뭐 있겠습니까. 지금 여기 계시는 이동휘, 유동렬, 그 밖의 여러 선생들이 소비에트 기관들과 벌써 협의를 끝내고, 조선인 사관학교를 설립하기로 되어 있습니다. 그러니 선생께서도 앞으로 청년을 모집해서 이리로 보내십시오. 그러면 우리가 기꺼이 받아들이겠습니다.'

그러나 이동녕은 시큰둥한 낯색으로 가타부타 한마디 없이 탐탁지 않게 여기더라는 것입니다. 아마도 내심으로 이렇게 생각을 했겠지요.

이건 조선 사람의 모임이기보다는 소비에트라나 하는 것의 콧김이 과하게 쐰 모양이구나, 그러니 앞날이 뻐언하다, 라고 말입니다.

아닌 게 아니라 이동녕 일행은 그 길로 그 회의를 보이콧, 얼마 뒤에 소왕령에서 소집된 한족총회 제2차 회의에 참가하려고 즉시 떠나갔습니다.

그런저런 곡절은 조금 있었지만, 드디어 회의가 열렸고, 중요의안으로는 당의 중앙기관을 뽑는 문제, 조선 사관학교 설립에 관한 문제들이 토의됐습니다.

회의의 사회는 이동휘가 맡았는데, 그는 개회사를 통해서 작금의 내외정세와 특히 왜놈들이 원동과 시베리아에 수십만 대군을 출병시킬 획책을 하고 있다는 믿을만한 정보도 있다고 강조하면서, 벌써 해삼위 항구에는 지난 정월부터 일본 군함들이 들어와 정박해 있는 것이 매우 수상하니, 십분 경각심들을 높여야 할 것

이라고 주장하더군요. 만일 일본 군대가 소비에트에 대한 무장간
섭을 개시한다면, 우리 독립 운동자들은 아라사 혁명군들과 손잡
고 공동의 적인 왜놈들과 결사적으로 싸워야 할 것이고, 바로 이
것은 조선 독립을 촉진시키는 길이라고도 하면서요. 그러자면 유
격 부대, 의용군 부대, 그 밖에도 무장대들을 대대적으로 조직해
야 하며, 그전처럼 제각기 흩어져서 싸울 것이 아니라 단일한 당
의 총지도 밑에서 하나로 뭉쳐서 싸워야만 제대로 성과를 올릴
수 있고, 마지막 승리를 담보할 수 있을 것이다, 따라서 오늘 이
회의에서는 제1차적으로 그런 당 하나를 창건하려는 것이다. 특
히 이 당은 아라사 볼셰비키당처럼 노동자와 근로 농민대중의 선
봉이 되어 강철 같은 규율로 무장해야만 하고, 또 이 당은 휘하
당원들과 근로대중을 마르크스 레닌주의 및 국제주의 정신으로
교양하여, 선진 아라사 볼셰비키당과 서로 손 잡고 사업하게 되
리라고 강조하였습니다.

　이렇게 이동휘의 개회사가 진행되는 동안, 회의장은 물을 끼얹
은 듯이 조용하더군요. 태반의 참가자들은 무척 낯설어 하며 생
소한 얼굴로 귀를 기울였지만, 감히 이의를 제기하는 사람은 없
었습니다. 그러기에는 그런 쪽으로 너무 길들이지가 않았고, 그런
쪽으로는 하나같이 너무너무 무식했기 때문이었지요. 하나의 체
계로 뭉쳐야 하고 강철 같은 규율을 세워야 한다는 말은 나름대
로 이해가 되었지만, 마르크스 레닌주의니, 국제주의 정신이니 하

는 말은 꽤나 생소했지요. 나만 해도, 무언지 조금 떨떠름한 느낌이기까지 했습니다요. 그렇다고 이 자리에서 자기 의견을 따로 개진할 만한 것이 있었느냐 하면, 꼭 그렇지도 못했고요. 단지, 이동녕 일행이 이 회의를 보이콧하고 돌아간 것이 어느 구석인가 아슴아슴 이해가 되는 듯한 느낌이긴 하였습니다.

그렇게 회의 진행은 처음부터 일사천리입디다. 벌써 첫째 항목의 의안 토의에 들어가, 당의 이름을 무엇으로 할 것이냐 하는 걸 두고, 구구한 의견들이 나오고 있었습니다. 누군가는 레닌 선생이 창건했다는 아라사 볼셰비키당의 정확한 이름이 무엇이냐고 묻기도 하였습니다.

'러시아 사회민주당 다수파라고 불려오다가 약 한 달 전부터 러시아 공산당 다수파라고 개칭하였습니다. 볼셰비키라는 말은 본시 아라사 말로 다수파라는 뜻입니다. 편의상 그렇게 부르는 것이지요. 왜냐하면. 같은 당 안에 멘셰비키라는 소수파 분파가 있는데서 이런 호칭이 생겨난 것입니다.'

하고, 김 알렉사드르가 나서서 요령 있게 설명까지 해 주었습니다.

첫 발언자로 김립이 나서더군요.

'내 생각엔 당의 이름을 <한인사회민주노동당>이라고 하는 것이 좋음즉 합니다. 우리 경우엔 다수파라는 걸 붙일 필요가 없겠고요, 물론 당 노선은 러시아 당의 볼셰비키 노선을 따르겠지만

말입니다.'

이를 받아, 유동렬이 일어서서 말하더군요.

'김립 동지의 의견에 기본적으로 찬성합니다만, 다만 거기에다 농민의 '농' 자를 덧붙여서 〈한인사회민주노농당〉이라고 하면 어떻겠습니까. 왜냐 허니, 조선은 절대 다수가 농민이니까 노동당이라고 허면 농민들이 우리 당을 지지하지 않을런지도 모르니까요.'

그러자 김립이 재차 언권을 얻어 말하더군요.

'물론 유동렬 씨의 말에 일리는 있습니다. 그럴 바엔 차라리 이러는 게 어떻겠습니까. 노동당이니 농민당이니 할 것 없이 근로 대중을 큰 테두리로 포괄허는 〈한인사회민주당〉이라고 하면 어떨를지요.'

회의장은 조금 웅성웅성 거리며, 태반이 그러는 게 좋겠다고 찬성을 하는데, 김 알렉산드르가 발언권을 얻어 자신의 의견을 다음과 같이 내놓았습니다.

'사회민주당이라는 것은 서구라파 여러 나라들에 있는 정당들인데, 그 사회민주당들은 사회주의와 민주주의를 배반하고, 개량주의와 배타주의의 길로 나가고 있습니다. 그러니 한인사회만주당이라고 하면 그 당들과 한 패거리로 취급될 우려가 있습니다. 사실 러시아의 볼셰비키당이 작년에 이름을 바꾼 것도 그런 이유에서였던 것입니다. 그래서 이동휘 선생과 이미 사적으로도 이 명칭 문제로 이야기를 나누기도 했었습니다만, 〈한인사회주의자

동맹>이라고 하는 것이 좋을 것 같은데 여러분들의 생각은 어떠신지요?'

회의 참가자들은 김 알렉산드르의 말을 하나같이 경청하였으나, 태반이 무슨 이야기인지 정확히 알아듣는 것 같지는 않았습니다. 그러나 그러면서도 좋소, 좋습니다, 그럽시다, 하고 찬성해 나서서 명칭문제는 일사천리로 가결이 되더군요.

다음, 두 번째 문제로는, 중앙 간부를 뽑는 일이었습니다. 이 문제도 거의 주최 측의 뜻대로 말썽 없이 넘어가, 한인사회주의자동맹 중앙위원회 위원장에 이동휘, 부위원장에 오 와실리 와실리에프, 군사부장에 유동렬, 중앙 기관지 주필 겸 선전부장에 김 립이 뽑혔습니다. 그리고 기관지 이름은 『자유종』으로 신문이 아닌 잡지였습니다.

김 알렉산드르는 그때 아라사 공산당 하바롭스크 지구위원회 비서직을 맡고 있어, 타 당, 즉 한인사회주의자동맹의 당원은 물론이고 더구나 중앙위원 같은 요직은 맡을 수가 없었습니다. 그리고 사관학교 설립문제도 이미 원동 소비에트 당국과 협의하여 승낙을 받아둔 문제여서 그 책임자로 유동렬을 뽑고, 남만주의 심산유곡에 있던 독립군 사관학교를 이 하바롭스크로 옮겨오기로 결정하였습니다.

이에 따라 내가 이끄는 의병대도 이곳으로 옮겨 오도록 결정되었는데, 여기서 나는, 우리 부대는 아직 인원으로나 무장으로나

보잘 것이 없은즉, 적어도 2개 대대의 병력을 만들어서 무장시킨 뒤에야 데려오겠노라고 하면서, 그 결정에는 일단 제동을 걸었습니다. 이 하바롭스크에다가 조선인 사관학교를 설립한다는 것은 썩 마음에 들었지만, 벌써 현지의 소비에트 당국이 교사校舍로 사용할 건물까지 두 채나 마련해 놓고 있다는 점은 어째 찜찜하여 좀 더 두고 보아야겠습디다요

더구나 이 모임을 사실상 주최한 김 알렉산드르가 아라사 공산당 하바롭스크 지구위원회 비서로 있기 때문에 이 한인사회주의 자동맹의 당원으로, 특히나 중앙위원으로는 될 수 없다는 점도 도무지 홍범도 저로서는 떨떠름하였습니다. 사실은 앞으로도 그이가 이 회의를 좌지우지해 갈 것으로 보였기 때문입니다. 그렇다면, 그이는 진짜배기 조선 독립 운동가라기보다는 아라사 국적을 갖고 현 아라사 정권에 깊이 몸담은 사람일 터이었고, 따라서 우리 독립 문제도 현 아라사 정권의 이익에 부합한 한도 안에서만 지지 성원할 것이 아닌가 하는 의심이 부쩍 들었습니다. 그러니 마음이 썩 개운하지는 않더군요. 하지만 애당초에 참가하지 않았다면 모르되 일단 이 자리에 참가한 이상은, 그런 의구심을 겉으로 발설할 수도 없는 형편이었습니다. 그럴 분위기도 아니었구요. 그러하여서 대강 그런 정도의 내 입장을 저편에서도 대강 눈치로 알 수 있도록만 드러냈던 것이지요. 사실은 그때 내 휘하 부대의 형편이 그런 정도의 수준이기도 했었고요

회의가 끝나자, 대회 결정에 따라 중앙간부들만 현지에 남고 그 밖의 대표들은 당 세포들을 조직하기 위하여 각 지방으로 제각기 떠나갔습니다. 죽령지에서 온 분들은 저들이 활동하던 고장으로 돌아 나가고, 노령지에 몸담고 있는 사람들도 조선 사람들이 많이 거주하는 연해주와 시베리아 지방으로 제각기 흩어져 갔습니다.

나도 김성무와 같이 우리 부대가 있는 추풍으로 돌아 나왔는데, 둘이서만 남게 되자, 우리는 은밀하게 이런 말을 주고받았습니다.

'성무는 이번 회의에 대해 어떻게 생각하오?'

'글쎄 한마디로 이렇다, 저렇다 하기는 힘드오만. 저번에 문창범 패거리가 소왕령에다 소집했던 한족 총회하고는 엄청 다른 것 같군요.'

'나도 그런 것 같아서 묻는 거요. 물론 나는 기유년1909년에 문창범한테 잡혀서 하마터면 죽을 뻔했다가 살아난 일도 있어서 사사로운 입장에서도 그이를 믿을 수가 없을 뿐 아니라. 공적으로 보더라도 그쪽은 돈푼깨나 있다고 거들먹거리는 사기꾼 패거리로 알고는 있지만, 이번 모임은 그렇지는 않은 것 같은데, 허나, 썩 개운하지는 않군.'

'아라사의 혁명단체인지 순수헌 우리 독립 운동단체인지 알송달송허다, 그런 생각이시겠지요 사실은 나도 그 점이 떨떠름해

요.'

'바로 그 점이오. 말허는 것이며, 행태들이며, 회의 진행방식이며, 어느 것 한 가지도 우리 조선 사람들 식이 아니라……'

'너무 너무 아라사 혁명식이다, 그런 말씀이지요.'

'글쎄, 아라사 혁명식이라는 게 딱이 어떤 것인지 아직 나는 모르지만, 모두가 하나 같이 저 잘난 척, 우쭐거리는 사람으로만 보일 뿐이지, 정말로 가슴에 와 닿지는 않는다는 말이오. 와실리니 알렉산드르니 허는 아라사 이름들도 생소허고, 조선 여자가 아라사 정권 기관에 깊이 몸담고 있다는 점은 매우 기특하기는 하지만, 뭐가 뭔지 잘 모르겠다는 말이오. 그러니까 조금 심하게 말하자면, 지금 우리나라를 가로타고 앉아서 요리 허고 있는 친일파들은 그럴 거 아닌가. 좋다, 당신들 말대로 우리는 친일파다, 그럼 너희들은 뭐냐, 너희들은 친로파가 아니냐, 라고 말이오. 또 미국에 있는 이승만인가 하는 사람은, 이쪽을 건너다보고 역시 아라사 파당이라고 할 것이 아닌가. 그 점이 어쩨 두루두루 마음이 개운치 않고 찜찜하군.'

'그렇다면 진정헌 조선파는 이범윤이나 이상설 같은 왕정복고파 밖에 안 남지요.'

'아니, 그렇지는 않소. 연전에 하얼빈에서 거사했던 안중근이나 의암 유인석 선생, 그리고 주제넘게 말한다면 지금의 나, 홍범도가 있소. 이 맥락이 진정헌 조선 사람들일 것일 터이오. 나는 미

국에 있는 도산 안창호도 우리 허고는 조금 다르더라도, 종당에
는 그렇게 생각하오. 진정헌 조선 사람이라고 생각하오.'
　'그렇다면 이번에 위원장으로 뽑힌 이동휘는 어떻게 보아야 할
까요?'
　'그이도 허우대며, 말솜씨며, 인물임에는 틀림없고, 더구나 지
난번에 케렌스키 임시정부를 지지허고 믿다가 적반하장으로 놈들
한테 잡혀서 감옥에까지 갇혔었고, 하마터면 왜놈들에게 넘겨질
뻔하다가 요행이 원동 소비에트 당국이 손을 써서 석방되었으니 그
일을 해냈던 주역도 바로 그 김 알렉산드르였으니, 감정적으로도 소비에트 편에
설 밖에 도리가 없지요. 그건 일단 이해가 되오만, 그렇다고 완전
히 아라사 당국의 주구가 될 수는 없는 문제 아니오?'
　'혹시 추호나마 그렇게 보입디까요?'
　'아니, 이건 과헌 말인지 모르오. 당신하고 단 둘이니까 털어놓
고 허는 소리인데, 주구까지는 아니드래도 소비에트 혁명가냐, 조
선 독립 운동가냐, 애매모호하고 아물아물하다는 말이오.'
　'그건 그렇고, 내달 5월에는 송왕령에서 다시 2차로 한족총회가
열린다는데, 나는 몰라도, 홍 대장님에게는 꼭 통지를 할 것이외
다. 이번의 이 모임에 맞불을 피워서 대항하기 위해서도 극성을
부릴 것이외다.'
　'거긴 더구나 싫소 문창범이야, 돈 푼깨나 있다고 거들먹거리
는 일종의 사기꾼인데, 거길 어떻게 갈 것이오 암튼 나는 좀 더

두고 보려오. 일단은 이쪽 모임에다 몸을 담았으니, 그 중앙간부들이 앞으로 일해 나가는 것을 지켜보려오.'

이런 말들을 주고받았던 것입니다.

하지만 그렇게 한인사회주의자동맹 창당대회에서 돌아오자, 나는 곧장 중국 장백현 왕가둔에 남겨 두었던 의병들을 데려오려고 믿을만한 연락원 셋을 골라 파견했습니다. 그렇게 그곳의 보총들을 몽땅 갖고 오며, 또 그들을 데리고 올 적에는 한꺼번에 오지 말고 몇 명씩만 패거리를 지어 따로따로 오도록 지시하였습니다. 그 한편으로 추풍 당어재 끝에 와 있는 한의사 최병준 선생을 내세워 추풍 일대에서, 그리고 김성무를 내세워 밀산 쪽에서 독립군 지원자들도 모집하게 하고, 무기도 구득하게 손을 써 두었습니다.

그런데 이 무렵에 정세는 갑자기 찬바람이 닥치며 사나워지기 시작했습니다. 해삼위 항에 들어와 오랫동안 정박해 있던 일본 군함 속의 일본군 군대들이 드디어 4월 초 닷새에 행동을 개시하여 상륙하였고, 뒤를 잇대어 영국 군대들도 상륙하였습니다. 결국 얼마 안 가서는 연해주는 물론이고, 만주 일대까지도 몽땅 백위군 세력의 천지로 변해 버렸습니다. 그리하여 벤자로부터 해삼위에 이르기까지의 시베리아 및 연해주의 철도 간선과 그 주변지대는 몽땅 체코슬로바키아 간섭군이 차지해 버리고, 오직 원동 중심지인 하바롭스크만이 아슬아슬하게 소비에트 정권하에 남아 있게 되었습니다. 이러니 자연, 한인사회주의자동맹 중앙간부들도 아라사 볼셰비키와 손잡고 소비에트 정권을 지키는 싸움에 나설 수밖에 없었습니다. 그런 중에서도 중앙 기관지인 『자유종』은 발간되었고, 보문사라는 출판사도 차려, 아라사 글로 된 단행본들과 소비에트 정부에서 채택한 법령들과 선언들도 번역해서 출판하기 시작했습니다.

바로 그해, 무오년[1918년] 하순이었습니다.

백위군 칼미코프 부대가 일본군, 미국군, 체코 군대의 지원을 받아 드디어 하바롭스크에 대한 침공을 개시하였습니다. 그리하여 9월 초에 접어들자, 아라사인, 조선인, 중국인, 헝가리인으로 구성된 합동 적위군 부대들은 숫자상으로 몇 곱이나 우세한 백위군 공격에 맞서 위셈스크 방면에서 결사적으로 대항하다가 부득이 크라스나야 레츠카 정거장까지 후퇴하였고, 하바롭스크는 이제 풍전등화에 놓여졌습니다.

하바롭스크 소비에트와 당 기관은 비상회의를 소집, 응급조치로써 몇몇 간부들은 일부 적위군 부대를 거느리고 아르군 금광지구로 가서 그곳을 근거지 삼아 유격전을 전개하며, 김 알렉산드르를 비롯한 일부 간부들은 적위군 나머지 부대를 이끌고 당 및 소비에트 기관의 문건들도 챙겨 가지고 기선으로 블라고브쉔스크로 후퇴하기로 결정하였습니다. 그렇게 그해 9월 초 이튿날, 김 알렉산드르 일행은 사회주의자동맹 간부들인 김립, 유동렬, 이인섭 등 열두 명과 마침 이때 이동휘는 우수리 강변 조선인 부락으로 출장을 가서 없었습

니다. 아라사 적위군 수백 명을 인솔하고 기선 바론 코르프 호로
블라고브쉔스크를 항해 떠났습니다.

이틀 뒤인 9월 4일 오전 열 시 경에 기선은 아무르 강변, 카자
흐 둔병들이 사는 한 농촌 앞을 지나게 되었습니다. 이 마을의 카
자흐들은 강변에다 기다란 참호를 파 놓고 강으로 내왕하는 기선
들을 강제로 세워 약탈하는 짓을 일삼고 있었는데, 이 날도 역시
카자흐들은 기선을 강제로 정박시키려고 대어들었으나 갑판 위에
기관총들을 걸어 놓고 미리 전투태세를 취하고 있는걸 보곤, 자
진해서 물러가더랍니다.

이 지점을 이렇게 무사히 통과한 바론 코르프 호는 계속 예정
된 항로를 따라 나갔는데, 에까쩨리노 니꼴스크라는 카자흐 부대
가 주둔해 있는 곳을 그다지 멀지 않게 두고, 아무르 함대의 군함
두 척과 마주치게 되었습니다. 하나는 큰 함선이고 다른 하나는
작은 함선이었습니다.

그들이 제지하는데 따라 바론 코르프 호는 그곳에다 닻을 내렸
습니다. 큰 군함의 함장이 작은 배로 갈아타고 바론 코르프 호의
갑판 위로 올라, 다짜고짜 이쪽 선장에게 묻더랍니다.

'어디로 가오?'

'블라고브쉔스크로 가는 길이오'

'헌데 웬 군인들이오? 상관은 누구요?'

'적위군들이고, 내가 바로 코미사르요'

하고 마침 선장 곁에 있던 김 알렉산드르가 나섰습니다.

'블라고브쉔스크로는 뭣 허러 가오?'

'원동 소비에트의 결정으로 당과 소비에트 기관들이 그쪽으로 후퇴하는 길이오.'

하고 김 알렉산드르는 여전히 고개를 빳빳하게 세운 채 대답했습니다.

'그런데 어째서 우리에게는 통지가 없이 떠났소?'

나오는 본세가 점점 수상쩍더랍니다.

'분주히 서둘다 보니 그럴 틈도 없었을 뿐더러 소비에트 기관들과 당 기관들이 몽땅 떠나가고 있었소이다.'

김 알렉산드르가 다시 이렇게 받자, 저편 함장은 나지막하게 말하더랍니다.

'우리가 하바롭스크에다 전보를 쳐서 알아볼 테니, 그때까지는 에까쩨리노 니콜스크 촌에 배를 정박시킨 채 기다려야겠소.'

'지금 이미 하바롭스크는 백파들의 세상이 되어 있을 거고, 소비에트 기관들도 이렇게 떠나고 있는 판국이니 당신들이 어디다가 알아본다는 말이오? 괜히 공연한 짓은 안 하는 게 좋을 거요.'

하고 김 알렉산드르가 다시 말하자, 같은 일행들인 찌신, 네표도프, 벨로쏘프들도 나서며, '이 일로 장차 당신에게 책임을 추궁할 거요.' 하고 은근히 겁을 주기도 했던 모양입니다.

'어쨌든 우리가 알아볼 방법은 따로 있으니까 지시가 있을 때까지 기다리쇼' 하고 함장은 그대로 고집을 피워, 부득이 배는 에까쩨리노 니콜스크 촌에 정박하게 되었습니다.

해가 져서 어두워질 무렵에야 함장은 하바롭스크에서 답신이 왔다며 떠나라고 하더랍니다. 그럴 리는 없는데, 도대체 어떤 기관에서 그런 답신을 했다는 말인가, 심히 수상하였지만, 바른 코르프 호는 그대로 갈 길을 재촉하였습니다. 선장은 배를 중국 땅 쪽에다 정박시키고 화목을 싣느라고 또 여러 시간을 지체했습니다. 밤이 어지간히 깊어서야 다시 떠났는데, 작은 군함은 조금 앞서 가고 큰 군함은 뒤쳐져서 따라갔습니다.

이렇게 앞뒤로 호위 군함을 둔 채 바론 코르프 호 속의 사람들은 보초병 두엇만 남기곤 모두가 깊이 잠들어 버렸습니다. 차츰 동이 틀 무렵인데 난데없는 대포 소리에 놀라 모두들 잠에서 깨어났습니다.

그런데 이게 웬 일인가, 앞뒤로 있던 호위 군함들은 감쪽같이 간 곳이 없고, 기선은 어찌 된 영문인지 에까쩨리노 니콜스크 부두에 정박되어 있고, 선장도 온데간데없이 도망쳐 버린 뒤였습니다. 그리고 그 부락에는 백위군 수백 명이 강변 참호에서 우리 기선 쪽에다 총구를 들이대고 있는 가운데, 육십여 명의 무장대가 우리 배로 올라와 적위군을 무장 해제시켜 버렸습니다.

창졸간에 일을 당하자, 김 알렉산드르는 김립, 유동렬, 이인섭 등과 함께 포로가 된 한인사회주의자동맹 간부들에게 이렇게 소곤거리더랍니다.

'만일 심사할 때에 우리를 아는가고 묻거든 모른다고 대답하시고, 당신들은 돈벌이 다니는 사람으로 사말리 촌으로 가는 중이라고들 하세요. 그러면 십중팔구 풀어 줄 거요. 그러구 어떤 길로든 한인사회주의동맹을 살리세요.'

이리하여 백위군은 김 알렉산드르 등, 간부들은 어느 토호집 사랑방에다 가두고, 한인사회주의자동맹 간부 열두 명은 그 댁 창고에다 가두었습니다. 그 밖에 일반 적위군 병사들은 학교 건물에다 몽땅 쓸어 넣고, 수십 명의 카자흐 군인들로 하여금 지키게 하였습니다.

이 소문은 금방 하바롭스크에 좌악 퍼졌고, 수많은 시민들은 하바롭스크 선창가에들 모여 와서 김 알렉산드르 일행이 압송되어 오는 배를 벌써 기다리고 있었습니다.

드디어 일행을 태운 배가 먼저 선창에 닿았고, 잇대어 이십분쯤 지나서 적위군 병사들과 열두 명의 조선 사람들을 태운 기선이 그 곁에 와서 나란히 닻을 내렸습니다.

백위군 부대 두 소대와 왜병 한 소대가 기선들을 삼면에서 에워 싼 가운데 두 기선을 호송해 온 백위군 카자흐 부대 대장은 의기양양하게 내려와서, 마중 나온 상관 앞에 멋진 걸음으로 다가가, 멋진 거수경례를 하고 보고를 하더랍니다.

그 상관은 데리고 나온 부하 장교에게 우선 김 알렉산드르를

236

위시한 간부들부터 먼저 인수받아 처리하라고 명령하였습니다. 명령을 받은 부하들은 김 알렉산드르, 찌신, 네표도프, 벨로쏘프 등 네 사람을 먼저 인수받아 선창에서 그다지 멀지 않은 창고 같은 벽돌집으로 압송해 갔습니다. 그리고 뒤에 닿은 기선에는 일본 군대 한 소대가 올라와서 적위군 포로들을 일일이 호명하며 넘겨받는 것을 감시하고 있었습니다. 그렇게 적위군 포로들은 곧바로 시내로 압송되어 갔습니다.

결국은 기선 밑창에 갇혀 있던 조선 사람 열두 명이 남게 되었는데, 카자흐 군은 한인사회주의자동맹 간부들인 그 조선 사람들도 그쪽으로 넘기면서 그들의 신분까지도 더 조사해 보려고 하더랍니다. 그리하여 약간의 우여곡절 끝에 그들도 일단 군사재판소에까지 갔다가 전원이 장사꾼으로 인정되어 쉽게 풀려났습니다.

그해 9월 13일, 바른 코르프 호 갑판 위에서 김 알렉산드르, 찌신, 네표도프, 벨로쏘프 들에 대한 군사재판이 열려, 전원 총살형이 언도되었습니다. 김 알렉산드르는 마지막 최후 진술에서 다음과 같이 말했다고 하더이다.

'너희들은 우리헌테 사형 언도를 내렸다. 이것은 우리가 이미 각오한 것이었기에 그 판결에 대해서는 구차하게 너저분한 소리 안 하겠다. 단지 너희들에게 말하려는 것은, 지금 너희들이 우리를 죽일 수는 있지만 우리가 목숨으로 지켜온 혁명 위업은 결코 죽이지 못하며, 너희들이 혁명의 전사를 이렇게 죽이면 죽일수록 그 대오는 더 커져가고 혁명의 불길은 더욱 세차게 타올라서 위대한 혁명이 이 원동에서까지 승리할 날이 더 가까이 다가오게 될 것이다. 때문에 나는 마지막으로 사회주의 10월 혁명 만세, 소비에트 정권 만세, 전 세계 근로자들의 수령이며 스승이신 레닌 동무 만세를 부른다.'

뒤를 잇대어, 찌신, 네표도프, 벨로쏘프도 차례차례 비슷한 말로 최후 진술을 하더랍니다.

이튿날 그 네 사람을 비롯한 여남은 명의 볼세비키들에 대한 총살형은 공개적으로 집행되었습니다.

아무르 강의 검푸른 물이 사납게 감돌아 흐르는 하바롭스크 시 공원 바로 옆의 강변을 처형장으로 정하여, 집행 삼십 분 전에 백위군 사령부 장교단과 하바롭스크 주둔 일본군 사령부 장교단까지 참관하였다고 합니다.

연달아 총성이 울리면서 김 알렉산드르를 비롯한 원동 소비에트 간부들은 차례차례 쓰러져 갔는데. 쓰러지면서도 그들은 노래를 멈추지 않더랍니다.

우리의 피 끓어 넘쳐
결사전을 하게 하네
압제의 세상 뿌리 채 뽑고
새 세계를 세우자

짓밟혀 천대받는 자
새로 주인이 되리
이는 마지막 판갈이 싸움이니
인터내셔널로 인류가 떨치리…….

이상, 홍범도라는 사람의 긴 진술이 끝나자, 잇대어 곧 우렁찬 목소리 하나가 돋아 올랐다.

"내가 말년에 바로 그 김 알렉산드르의 남편이었던 오 바실리, 오 신부 댁에 유숙했었다는 것도 그러하군. 홍범도, 그대를 임자년, 1912년에 처음 내가 만났던 것도 그 댁에서였지 않는가. 그러니 그이들과는 나도 전혀 맥락이 안 닿는다고는 할 수가 없어. 조선의 초기 의병대장이요, 첫 독립군 사령관이었던 이 의암 유인석^{1868년생}이가 말씀이야. 어쩌다가 우리 인연이라는 게 그렇게 걸렸었더구먼."

다음은 1881년생이었던 서일이라는 분의 다음과 같은 경우를 봅시다.

나는 서일이오, 함경북도 경흥 사람이오 신사년^{1881년}에 태어나 경성鏡城 함일咸一사범에 들어가, 계묘년 스물두 살에 졸업, 고향에서 교육 사업에 헌신하다가 경술국치, 이듬해 1911년에 왕청현으로 망명해서 명동학교를 설립하였소, 나철님의 대종교에 귀의, 국조 단군님을 떠받드오. 애오라지 그러하오. 서른한 살 되던 그 해 신해년1911년에 중광단重光團을 조직, 그 단장이 되었소. 기미 독립선언의 전주곡이 된 무오년1918년의 39인 독립 선언서에 여준, 박찬익, 유동렬, 김동삼, 현천묵, 김좌진 등과 같이 서명하여 당시의 재在만주 독립 운동에 새 불을 지폈소이다. 동시에 중광단을 정의단正義團으로 바꾸었다가 다시 북로 군정서北路軍政署로 바꾸며 총재직을 맡았소. 그 군 총사령관은 김좌진, 참모장은 이동녕이었소, 나는 무장 투쟁을 독립을 쟁취해 낼 오로지 유일한 투쟁 노선으로 생각하고 있었음으로, 무기 구입을 가장 중요한 과제로 여겼고, 경신년1920년에는 길림성 왕청현 십리평에 사관 연성소를 설립, 중견 사관을 육성하고, 사령관 김좌진으로 하여금 정규병 1천 5백 명으로 지방 치안을 유지하면서 신병 모집과 무기 수입을 담당케 하였소. 이때 연성소에서 배출된 사관들이 바로 청산리 전투, 천수평 전투를 치러낸 주역들이었소이다.

그에 앞서 기미년 3월 13일에는 용정에서 만세운동이 일어난 것을 빌미로 북간도 전역의 기독교, 천주교, 유교 신자들과 함께 적안평에서 조선 독립 기성총회를 조직, 그 닷새 뒤에는 왕청현 삼도구 청산리에서, 그리고 다시 여드레 뒤인 26일에는 백초구 북쪽의 한 전야에서 대대적인 만세 운동을 벌였었소.

하지만 중도에 기독교인과 단군님을 모시는 우리 대종교인 사이에 갈등이 생겨, 공자님을 모시는 유인儒人들과 함께 그곳에서 탈퇴, 그해 5월에 대한정의단을 새로 조직하였소 이때 본부는 왕청현에 두고 단원은 대략 1천 6백 명이었소이다.

효과적인 대 일본 무장투쟁을 전개하기 위해 나는 다음과 같은 4대 강령을 내놓았소

정대正大한 의리의 천앙闡揚.
정당한 의무의 이행.
정직한 의무의 장려.
정순한 의거의 찬동.

이어서 7대 약장約章을 천명하였는데, 나는 정의로운 무장 독립 운동을 전개하기 위해서는 허튼 망언을 하지 말 것과 양민을 해치지 말 것을 강조하였고, 또한 무장단체로서 군기를 강화하기 위하여 서약의 실천, 명령의 준수, 규율의 준수 등을 주장하였소 아울러 다른 단체와의 알력으로 효과적인 독립투쟁이 방해받는 것을 미리 예방하기 위하여 노력하였소

한편으로 『인민보』와 『신국보』 등 신문을 발행하여 오직 무장 투쟁만이 독립을 쟁취하는 길임을 강조하였소 특히 보다 효과적인 투쟁노선의 대중화를 위하여 신문을 순 한글로 발행하였소이다. 이것은 한문 대신에 우리 한글을 사용한다는 대종교 정신에

입각한 것이었소

허나 내가 이끈 대한정의단은 그해 기미년 8월에 다시 위기를 맞소 유인들을 대표한 김성국이 반기를 들었기 때문이오 기독교인과 갈라서고 불과 다섯 달 뒤였소 그들이 반기를 든 이유는 우리가 보황주의를 채택하지 않고 공산주의를 채택했다는 것이었는데, 그건 얼토당토 않는 소리였소 우리는 공산주의를 채택한 일이 전혀 없었소

나는, 그리고 나를 따르는 우리 대종교인은 오로지 우리의 민족정신, 단군님 중심으로 한 민족정신을 배양하여, 일제를 물리치고 이상 국가 배달나라를 재건하고자 하는 것이었소 또 백두산을 나라를 일으킨 단군님의 영지로 모시고, 지상천국의 낙원 건설을 백두산을 중심으로 이룩해 내자는 것이었소 또 간도를 단군 부여족의 옛 고지로 삼고 이 강토를 회복함을 우리의 의무로 여겼었소

그리하여 나는, 예수는 서양의 성인이고, 단군은 우리의 조상이다. 서양의 성인을 제사 지냄은 우리 조선 사람의 정신을 상실하는 것이라고 생각하였소

또한 나는, 이상국가 배달나라의 정치로는, 공화주의를 생각하였소 그럼으로써만이 재만 동포들의 적극적인 지지하에 독립 운동을 제대로 전개할 수 있고, 독립을 달성할 수 있다고 믿었소

이런 내가 어떻게 공산주의를 지향할 수가 있었겠소이까.

나는 그해, 기미년 8월 16일자로 김성극 등을 축출하였소. 그렇게 다시 대종교 중심으로 조직을 재정비, 아울러 군사 경험이 풍부한 인사들을 영입하기로 하고, 길림 군정사軍政司의 김좌진, 조성환, 박찬익, 박상태 등을 안아 들여 모시었소. 이분들은 대종교인들이었으며, 특히 김좌진과 조성환은 구한말에 육군 무관학교를 졸업하였소.

이렇게 이분들을 영입하면서 북로 군정서로 이름을 바꾸어, 이듬해1920년 9월의 청산리 대첩을 이끌어냈소. 그 전투에 직접 참가했던 연성대장 이범석이, 그의 회고록 『우등불』에서 마을 아낙네들이 치마폭에 밥을 싸 가지고 올라와 한 덩이 두 덩이 동지들의 입에 넣어 주었다, 라고 쓴 대목은 지금도 가슴을 찌잉하게 하오.

청산리에서 패배한 일제는 길길이 날뛰며 재만 동포들을 학살하고 학교와 교회 등을 불태우는 등 갖은 만행을 저질렀소. 이에 나는, 군정서원들을 이끌고 소만 국경지역 밀산으로 들어가, 우리 말고도 그쪽으로 들어온 여러 독립군단을 통합, 대한독립군단을 조직하여 체제를 새로 정비하오. 거기서 나는 다시 총재로 뽑히었소이다.

이때의 주요 면면을 보면, 북로 군정서를 대표한 것이 본인이었고, 대한독립군단의 지청천, 의군부의 이범윤, 도독부의 최진동, 정의군정사의 이규, 대한국민회의 이명순, 역시 기독교 쪽 대한국민회의 구춘선, 신민회의 김성해, 혈성단의 김국모 등이었소.

나는 일찍이 임자년, 1912년 10월에 대종교에 귀의, 늘 도복을 입고 있었고, 목에는 박달나무로 깎은 삼백예순여섯 알의 염주, 단주를 달고 큰 지팡이를 짚고 있었소이다. 군무軍務 틈틈이 수도와 교리 연구, 그리고 저술에도 힘을 써, 경전으로 「5대 종진강연」, 「3·1선고강의」, 「회삼경」 등의 글이 있소

포악한 일제의 추격에 못 견뎌 대한독립군단 대부분은 러시아 땅으로 이동해 갔는데, 나는 내 휘하 부대원들을 이끌고 밀산, 당벽진으로 이동, 다시 기회를 기다리기로 하던 중에, 신유년 1921년 8월 스무엿새, 별안간에 토비 수백 명이 야간에 기습하여 살인, 방화와 약탈 파괴를 자행, 온 마을이 황폐해지고, 부하들과 동료들 다수가 죽임을 당하는 참극을 겪었소

다음날 나는, 숲 속에 정좌하고 앉았다가, 돌베개를 한 채, 대종교 수양법의 하나인 조식법으로 폐기廢氣, 조용히 세상을 하직하였소이다. 그때 내 나이 마흔한 살이었소

게재에 이것까지 밝히겠거니와, 그해에 우리 독립군의 출동은 602회, 출동한 인원 3,184명, 왜군과의 교전 횟수는 만주 쪽 73건, 국내 87건, 왜놈 경찰관서 습격 91건, 17명을 사살하였소 이렇게 치열하였소이다.

그나저나 이런 나는, 현금 21세기에 들어섰다는 요즘, 저어 아래 세상, 우리나라가 남북으로 갈라져서 하는 짓들 하나하나가, 오로지 괘씸하고 통분을 금할 수 없소이다. 어찌 현금의 우리 남

북 관계가 저 지경까지 되어 있습니까요

　그야, 그간에 북쪽에서는 김일성 주석을 중심으로 '주체사상'이
라고 하던가요, 그것 하나로 딱 묶어서, 이를테면 스스로 잘났다
고 자처하는 자들이 여러 갈래로 갈라져서 서로 으르렁대던 작태
들을 철통으로 막아낸 것은 기특하기는 하옵디다만, 그것도 세월
이 지나면서 끝내는 어찌 저 지경으로까지 가닿습니까요 일컬어
사상교육이래나 뭐래나 김일성 연구소라는 게 3만 8천 개나 되고,
온 나라 산천을 오직 그 사람 동상으로 온통 뒤발을 하고, 하루하
루 평생을 살아가는 백성들은 제대로 살아낼 수 없는, 천상천하,
오직 그 부자와 그 일족만의 괴이한 세상으로 떨어져 있지 않습
니까요. 말은 바른대로 온 나라가 저렇게 되자고 우리 모두가 그
옛날 그때 목숨까지 기꺼이 내던져 왜놈들과 싸웠던 것은 아니지
않습니까.

　한편 그 아래 남쪽은 도무지 정신 사나워서 내려다볼 수가 없
소이다. 몽땅 다아 잘났고, 몽땅 죄다 나서서 흥청망청 배뚱뚱이
들만 사방으로 돌아가는 세상이 아닙니까. 그렇게 죄다 깡그리
기괴한 천민으로들 떨어져 가고 있지를 않습니까.

　아아, 저런 판국에 그 옛날 그때 피 흘리며 싸웠던 우리는 도
대체 어느 쪽에다 맥락을 대어야 합니까. 오직 억울하고 분할 뿐
이오이다.

"자, 어떤가. 이제는 어언 1백 년 가까이 지났네만, 그 옛날의 저 분네들, 이름이라도 알겠는가, 자네들."
하고, 또 이 모임을 2010년의 서울 한가운데서 주최한 70대 중반의 노인께서 빙긋이 웃으며 물었다.
그러자 이 자리에서 두 번째로 연장자인 60대 중늙은이도 비슷하게 따라 웃으며 받았다.
"저야, 그 분네들 성함이라도 알고는 있습니다만, 저보다 나이들이 아래인 이 아이들은……."
하는데, 그 말에 잇대어서 바로 그 옆에 붙어 앉았던 50대도 이렇게 받았다.
"저 같은 사람도 고등학교나 대학 다닐 적에 우리 근, 현대사 역사 시간에 더러 들어보긴 했습지요만…… 요즘 들어서는, 그 뭡니까, 대학 입시에서도 선택 과목이라 하던가요, 그래서, 고등학교 역사 과목으로도 정식으로는 우리네 역사를 잘 배워주지 않는 모양이드먼요. 바로 그런 점을 두고 엄청 울분을 토하는 분들도 없지는 않은가 보아요. 중, 고등학교 역사 교육에서부터 문제가 있다고들 하던데."
하자, 잇대어서 다시 원로 분께서 흐음, 하고 깊은 한숨 섞어 조심스럽게 나섰다.
"암튼 그건 그렇고, 이 자리서 그런 중 ,고등학교 역사 교육문제까지 들추어 낼 것은 없겠고오, 그 어간에 나도 나대로 오늘 이 문제를 두고 이것저것 들추어 보았더니 말이지.

그러니까 그 이듬해 임술년 1922년 7월에 광복군 제2차 총회라는 것이 열리드먼. 그러구 바로 이 해에도 왜적과의 교전 횟수는 총 378회로, 총 출동 인원이 2,127명, 왜군과의 교전 횟수는 만주 59건, 국내 89건, 주재소 습격 58건, 경찰 사살이 95명에 이르더군.

이듬해 계해년에도 우리 독립군의 총출동 횟수는 454회, 인원은 2,797명, 경찰관서 습격 12회에 19명을 사살해.

이듬해 갑자년, 1924년 11월에는 대한통의부를 중심으로 정의부라는 게 조직되고 그러구 그 1년 남짓 뒤, 병인년 1926년 초에는 국민대표회의란 것을 열어 새 헌장을 제정, 공표하지.

그 이듬해 정묘년, 27년 8월에는, 조국의 광복을 위해서는 전 민족의 대동단결만이 최선의 길이다, 따라서 우리 독립 운동 단체들은 일체의 파벌을 타파하기로 하고 정의부 중앙회의를 개최, 신민부, 참의부와의 연합을 적극적으로 도모할 것과, 그렇게 유일당 창건을 준비하기로 하지.

그리하여 무신년, 1928년 5월 중순에서 하순. 15일간에 지청천 등이 중심이 되어 재만 독립 운동 단체들로 민족주의, 공산주의를 총망라한 18개 단체 대표 서른아홉 명과 방청자 서른 명이 모여 토의를 거듭하였으나, 끝내는 기성 조직 모두를 총 부정하는 전 민족 유일당 촉성회파와 기성 조직이 주축을 이룰 것을 주장하는 전 민족 유일당 협의회파로 분열되고 말드먼. 그래서 그해 9월에 정의부가 중심이 되어 추진하였던 3부 통일회의라는 것 역시 제각기 의견이 달라 혁신의회와 국민부로 분열되며 끝내는 흐지부지되고 말어.

그 이듬해 기사년, 1929년 4월 1일에는 새로 국민부라는 이름의 군 정부를 조직, 민족 유일당의 꿈은 계속 살려나가면서 이 기관은 5월 말경에 중앙집행위원회를 구성하여 위원장에 현익철, 경제위원장에 장승언, 외교위원장에 최동오^{광복 후 한때는 남쪽 이승만 정부에서 지리산 유격대 토벌대장과 5·16 뒤 박정희 휘하에서는 외무부 장관, 천도교 우두머리도 지내다가 월북했던 최덕신의 아버지}에 기타 각 부서까지 정하였고, 한때는 그 소속 군인만도 1만 2천 명에 이르더먼.

같은 해 9월 하순에는 국민부 근거지였던 신빈현 왕청문에서 제1차 중앙의회를 열어 종래의 방침을 바꾸는 새 강령과 헌장을 채택하였고, 11월에는 상무기관으로 중앙집행위원부와 조선 혁명군 요령지도부까지 설치하기에 이르지. 그러구 같은 해 1929년 12월에 국민부는 민족 유일당 조직까지 처음으로 설치하기에 이르지. 그러구 같은 해 1929년 12월에 국민부는 민족 유일당 조직까지 개편하여 처음으로 <조선 혁명당>을 조직하였으며 또한 조선 혁명군은 그 지도 기관으로 군사위원회를 조직하더군. 이때 그 부사령 자리는 1896년에 평북 철산에서 태어났던 양세봉이라는 사람이 맡고 있었는데, 이분도 그 얼마 뒤에 왜군에게 피살당

하지. 바로 초기의 김일성은 이분의 부하로 있었던 것 같드먼.

아무튼 이렇게 1930년대의 싸움이 열리는데, 그 양세봉 사령관도 죽고 불과 2년 뒤 1936년에는 일본 사람들이 내건 현상금이 중국 의용군 사령관 양정우의 목이 20만 엔인데 비해 김일성은 고작 2만 엔에 지나지 않았으나 다시 3년 뒤인 1939년에는 둘의 목값이 비슷한 액수가 되더구먼. 아무튼 이런 이야기, 요즘의 자네들은 전혀 재미라곤 없겠지. 저게 대체 무슨 이야기인가 싶고 단군 할아버지 쩍 이야기처럼도 들릴 것이야. 안 그런가.”

그러자 그 옆의 60대 중늙은이가 다시 나섰다.

“그 훨씬 전 신유년, 1921년 6월, 이만 시에서 개죽음 당했던 우리 독립군 270명은 어떻고요. 그때 9백여 명은 일군의 포로가 됐다더군요, 일명 ‘흑해사변’이라고도 하고, ‘자유시사변’이라고도 합디다만. 그때 겨우 열아홉 살이었던 김영열이라는 청년 하나는 총을 끌어안은 채 그대로 시커먼 강물에 뛰어들어 죽더랍니다.

차마, 같은 동족끼리 총질을 할 수도 없고, 그들에게 죽임을 당하기도 억울하니 아예 스스로 목숨을 끊겠다고……. 그 분란의 책임은 최고려, 오하묵 일파와 박 일리야 일파의 갈등으로 빚어진 것이었다드먼요. 상해 쪽 공산당과 이르쿠츠크 공산당으로 두 개의 공산당이 생기면서 현지 독립군 전선은 일거에 그런 싸움판으로 이어졌답디다. 상해의 한인 공산당 주최로 당 대표자회의를 치따에서 소집하려고 상해에서 현지로 온 안변찬 씨 일행은 형편이 여차여차해서 장소를 이르쿠츠크로 옮겼었는데, 당 대표자회의가 그대로 고려 공산당 창당대회로 둔갑하는 것을 보고는 슬그머니 그 회의장을 떠나 상해로 되돌아가려고 만주 국경까지는 무사히 왔으나 거기서 그이는 그대로 행방불명이 되었고, 몽고 수도 구륜에서 개인병원을 하던 한인사회당의 비밀연락원 이태준은 감쪽같이 암살을 당하더군요. 이게 도대체 무슨 짓들이었습니까. 그뿐입니까. 상해 임시정부에서 국무총리 이동휘의 비서였던 김립은 이르쿠츠크 공산당이 생겨나 종파 싸움이 시작되자, 「참斬 이르쿠츠크 공산당수」라는 글까지 써서 규탄하였는데, 그 뒤 얼마 안 되어서 임술년 1922년 2월에 상해에서 암살당하고 맙디다. 앞에서 보았듯이 한인사회주의자동맹이 김 알렉산드르 주도하에 처음 창당될 때는 그다지나 잘난 척 설쳐대던 김립도 그렇게 어이없게 일생을 마감합디다요. 암튼 그 훨씬 뒤 20세기 말에 오면 대한민국의 초대 문교장관이었던 안호상이란 자도 단군교라나 뭐라나, 최덕신의 초청인 것 같던데 북한으로 찾아 들어가고, 무엇이 무엇인지 도무지 그 다음은……."
하고 한참은 말이 없다가,
"다만, 끝으로 한마디만은 해야겠구먼. 그로부터 어언 8, 90년이라는 세월이 지나고 나서 이렇게 현금 2010년에 와 보니까, 원 세상이 달라지다 달라지다 이렇게까지 달라질 수가 있겠는가. 이건 현재의 이 남쪽, 대한민국 기준으로 하는 이야기지만, 지금 보라구, 저렇게 세계 주요 20개국 정상회의라는 걸 우리나라가 주도하고 있을 정도로 국격도 엄청 높아지고, 큰 나라들과 맞먹으며 좌지우지하고 있지를 않은가. 도대체 이게 무슨 꿈속 같은 이야기냔 말이야.

그러고 보면, 그 참 묘해, 내가 지금 70대 후반으로 이 나이가 되어보니까, 1910년부터 1945년까지 일제 식민지로 떨어졌던 지난 36년이라는 세월도, 그전 같지 않고 아주아주 짧아 보이기도 한다는 말이네. 아닌 말로, 지금 2010년에서 36년 전이면, 고작 1974년이 아닌가. 바로 어제처럼 가까워 보이고, 그해에 박정희 정권 때 '민청학련 사건'이며, '조치법' 발동이며, 그뿐인가, '문인 사건'이라는 거며. 온통 난리법석을 피웠었는데, 바로 어제 일처럼 생각되기도 하는 그때로부터 오늘까지가, 일제 식민지 36년과 꼭 맞먹는 세월이었다는 것이. 자네들, 실감이 나는가. 아주아주 어이없게 느껴지지는 않는가.

어때? 그나저나 그런 속에서도 우리 남북 관계로 말한다면 전혀 끄떡도 안 하고 있으니 답답하달 밖에……."*

---

* 이 작품은 그전(1989년)에 발간됐던 장편소설 『개화와 적선』에서 일부분을 그대로 인용했음을 밝혀둔다.

50년대 초, 북한 피난민들 이야기

1.

　1950년 6 · 25 전쟁이 터진 직후, 2, 3년간, 그 무렵에는 이 땅에서 사는 어느 누구건 통틀어서 그때 그 하루하루의 희비와 명암, 희망과 절망은 양극단의 눈금을 끝에서 끝으로 크게 흔들리며 오락가락 했었다. 민족과 나라가 송두리째 백척간두에 서 있었듯이, 그 속의 개개인의 운명도 시퍼렇게 서슬선 칼날 끝에 선 것처럼 극에서 극으로 눈금자의 요동이 심했던 것이다. 가령 지금 이 글의 주인공만 해도 바로 그랬다.

　1950년 7월, 북쪽에서 고3으로 인민군에 동원되어 울진까지 나가, 그 같은 달 31일에는 박격포 중대에 배속되어 따발총 한 자루까지 둘러메고 있었는데, 그로부터 정확하게 1년 뒤인 1951년 7월 31일에는 그 당시 동래 온천장에 있던 대표적인 미군 정보기

관, <극동고문단사령부>라는 이름의 '재크JACK' 경비원으로 들어
가, 미 군복에 카빈총을 둘러메고 그 기관의 사령관실 경비근무
를 서고 있었으니, 바로 이게 극에서 극이 아니고 무엇이겠는가.
그리고 그때는 그것을 추호나마 어색하게 느끼지도 못했었다.

더구나 그 정보기관이라는 것도, 바로 그 1년 전에는 인민군에
몸담고 있던 그를 일정한 신원조회라거나 기초적인 심사과정 한
번 거치지 않고 이 기관의 경비원으로 대번에 채용해 주었다는
점도 여간 신통방통하지 않았다. "과연 미국이라는 나라는 통이
큰 나라인가 보구나." 싶기도 하였지만, 한편으론, 밑창이 홀렁
빠진 "망할 놈의 나라가 아닌가." 싶기도 하던 것이다.

실제로 그 당시 1951년 봄, 한창 전쟁 중인 임시 수도 부산에
서도 벌써 대한민국 정치는 여·야로 갈라져, 조병옥 박사는 야
당인 <민국당>의 맹렬 주역으로 여당인 이승만 대통령과 정면으
로 맞섰는데, 그 무렵 소위 1·4후퇴 전후에 북쪽 함흥에서 택시
회사 하나를 경영하다가 마악 갓 월남해 왔던 방이석이라는 분의
출자出資로, 『자유세계』라는 종합잡지 하나를 그 조 박사 이름으
로 발행을 하게 되는 것이다.

그때 그 잡지의 주간은 임긍재, 편집국장은 역시 북쪽 함흥에
서 불과 2년 전에 남쪽으로 내려왔던 박연희, 편집위원은 주요섭,
신도성, 함상훈, 신태환 등으로, 대한민국이 수립되고 겨우 3년이
지난 그 임시 수도 부산에서 오직 하나였던 종합잡지였는데, 이

것도 그때 마악 함흥에서 피난 내려왔던 그 방 씨가 운영 자금을 댔다는 것도 자못 웃기는 이야기가 아닌가.

이를테면 1948년의 대한민국 정부 수립으로 광복 직후의 극렬했던 그 좌·우 싸움이 사실상 끝장이 나고, 좌익들 태반이 월북을 한 뒤에, 남한 정국은 일종의 허탈 상태에 빠지면서 세포 분열을 일으키게 되는데, 그때 미군정하에서 경무부장이라는 경찰 우두머리에 있던 조병옥 박사는 바로 미국에 있을 때부터 이승만 박사와 매우 가까이 지내던 사이였다. 이 박사와 조 박사의 선친이 그 미국 체류 때부터 아주아주 가까운 친구 사이였다던가. 그러니까 광복 직후 좌·우 싸움이 기승했을 때는 두 사람이 똘똘 뭉쳐서 같은 우익에 속해 있던 이승만 박사와 조병옥 박사는, 좌익이 통틀어 북상해 버리자 저희들 끼리끼리 다시 싸움을 벌이는 것이다. 그렇게 민국당에 몸담은 조 박사는 이 대통령에 반기를 들며 하필이면 이북 피난민의 돈으로 『자유세계』라는 야당 잡지 하나까지 창간하기에 이르는 것이다.

그 무렵 어느 날 저녁에는 조 박사가 단골 요릿집으로 마악 들어서다가, 마침 서울 경무대에서 이 박사의 공보비서를 지냈던 시인 김광섭^{이분도 고향이 함경도였다.}과 그 밖에 몇몇이 거나하게 취한 상태로 나오는 현장과 정면으로 맞닥뜨렸다. 그러자 조 박사는 대뜸 "야 이놈아, 네가 그 주책 늙은이에게 노상 할 소리 못할 소리 고자질을 일삼는다며? 어잉, 이 못된 놈." 하고 들고 있던 단장으로 후려갈겨 김광섭의 한쪽 안경알이 박살났다. 그 무렵 조 박사에게는 이승만 대통령을 가리켜 '주책 늙은이'라고 하는 호칭이 최고의 욕설이었다고 한다.

그러나 이튿날, 조 박사는 자신의 호위 경관이었던 먼 친척뻘 되는 조카를 시켜 안경알 갈아 끼우라면서 돈 몇 푼이 든 봉투 하나를 보낸다.

그 뒤 조 박사는 1953년 환도 뒤에는 돈암동에 거처했는데, 어느 날은 정치 깡패 집단인 '땃벌 떼'가 동원되어 그 댁을 온통 작살낸다. 유리창이며 문짝이며 엉망으로 뚜드려 부수는데, 그 이튿날 이승만 대통령은 또 집 수선비 명목으로 적지 않은 돈을 보냈었다고 한다. 대강 이런 식으로…… 그러니까 이승만 대통령과 조병옥 박사는 여·야로 갈려 있었다고는 하지만, 왕년의 좌·우 싸움 같은 사생결단 하는 투쟁이 아니라, 마치 심심파적으로 일부러 편을 갈라서 싸우는 것 같은 그런 모양새였다. 전혀 싸울 일이 없으면 심심할 터이니 "이런 식으로라도 우리 싸워 봅시다." 하고 이심전심으로 서로 약속이라도 한 것 같은 모습이었다.

부산에서의 소위 정치파동이라는 것도 그랬다. 조 박사는 야당의 우두머리로 그 무렵 연금 상태에 처해져 있었다고는 하지만 여전히 호위 경찰이 두셋씩이나 붙어 있었고, 그 호위 경찰 중의 하나가 먼 친척뻘 조카였다고 하니 사뭇 웃기는 이야기가 아닌가. 사실은 그날 조 박사가 시인 김광섭과 그 요릿집 문 앞에서 부딪

했던 것도 그렇게 연금 상태로 있으면서도 그냥 무턱대고 제 오기껏 거리로 나왔던 길이었던 것이다.

바로 그 부산 정치 파동 때 조 박사는 외신기자들에게 배포할 문건 하나를 작성하여, 『자유세계』 편집국장이었던 박연희더러 이걸 편집위원인 주요섭에게 갖고 가서 번역해 오라고 일렀다. 그러나 주요섭은 겁이 나서였는지, 번역을 못하겠노라고 거부하였다. 박연희가 돌아와서 그대로 보고한즉, 조 박사는 잔뜩 화난 뚜웅한 얼굴로 에헴, 에헴 하고 헛기침만 하더라는 것이다.

바로 이런 점이야말로, 북한의 무시무시했던 권력 투쟁과 이 남쪽의 다른 점이 아니었을까. 이 남쪽은 처음부터 애들 소꿉장난처럼 유치해 보이고, 형님, 동생 간의 그 무슨 투정이나 응석받이 어리광 놀음처럼도 보이는 것이다.

이 남쪽의 정치 싸움이라는 건 그 뒤로도 연면하게 이 전통을 지켜 왔다. 박정희 대통령 시절 70년대가 아무리 무시무시해 보였더라도, 북한의 김일성 유일체제 권력으로 일원화되기까지의 진짜로 무시무시했던 정치 행태에 비하면 애들 소꿉장난밖에 안 되었다. 끝내 오늘에 와서는 왕년의 그 야당 투사들인 김영삼, 김대중 등이 대통령으로까지 올라서질 않던가. 실은 그이들이 그렇게 올라서기까지의 야당 투쟁이라는 것, 정치권의 알맹이라는 것도, 그 안을 자세히 들여다 볼라치면, 낮에는 여당, 밤에는 야당이라는 식으로, 돈을 둘러싼 별별 목불인견의 행태들마저 수두룩

했던 것이었다.

하지만 통틀어서 요컨대 정치란, 일언이폐지하여 긴 눈으로 볼 때는 말랑말랑 할수록 끝내는 제대로 돌아가게 마련인 것이다.

피난 시절의 임시 수도 부산에서의 이 나라는 정치와 군사와 문화가 이렇듯 광복동 거리를 중심으로 마구 뒤섞여 있어 매우매우 유치하고 조잡스러워 보이기까지 했던 것이다.

바로 이런 속에서도 그 무렵 전방에서는 한 치 땅을 두고 유엔군과 한국군은 북의 중공군과 인민군을 상대로 매일매일 극렬한 전투가 이어지고 있었던 것이었다.

다시 말해서 그렇게 1950년 6월부터 1953년 7월까지 만 3년 남짓의 치열했던 한국전쟁은 2009년으로 접어든 현 시점에서 돌아보더라도, 그때가 바로 남북 극한 대치상황의 원점이었는데, 다시 그 내밀한 실체들을 자세히 들여다보면 대목대목 어처구니없을 뿐만 아니라 더러는 하도 싱겁고 실없어 실실 웃음을 자아내기도 한다.

실제로 3·1 운동 이후 중국 상해에서 처음 출범했던 임시정부의 의정원국회 부의장을 역임했던 손정도 목사와 김일성의 선친 김형직은 그 뒤 1920년대 말에는 지금의 동북중국그 무렵의 만주 땅 길림吉林에서 한 이웃 간에 집안끼리도 무척 가깝게 지냈던 모양인데, 불과 그 20여년 뒤인 6·25 전쟁 때에는 손정도 목사의 맏아들 손원일은 남쪽의 해군 참모총장, 국방장관을 역임하였고, 김

형직의 맏아들 김일성은 익히 아는 대로 북한 정권의 수령으로 올라서 있었던 것이었다.

일단 이런 식으로 함축되는 것이 바로 6·25전쟁이었다. 그리하여 극렬한 전투에 으레 따르기 마련인 극렬한 증오, 적개심도 더러 없지는 않았지만, 남북 피아간에 '적'과 '내 편'이 분명하게 갈려져 있었던 것이 아니라, '적 편'과 '내 편'이 마구잡이로 뒤섞여 있는 면도 예사로 없지는 않았다.

이런 면으로 본다면, 차라리 그 극렬했던 전쟁 와중보다도 그 무렵으로부터 60년 가까이 지난 오늘의 우리 남북 관계가 몇십 곱절 더 험악해져서 휴전선 북쪽에 사는 사람들과 남쪽에 사는 사람들이 아예 완전히 남남처럼 되어 있다.

가령 1950년 10월 말에 중국 의용군이 대거 압록강과 두만강을 넘어 쳐들어올 때, 북에서 남쪽으로 사생결단하듯이 내빼온 소위 왈 '이북 피난민' 경우만 보더라도, 그 당시의 부산 시민들은 서울, 연천, 강릉, 대전 등지에서 피난 내려온 사람들이나, 평양, 함흥, 청진, 원산, 해주, 흥남, 심지어 최북단 회령 등지에서까지 피난 내려온 사람들에 대해서 전혀 차별을 두지 않았던 것이었다. 응당 그랬을 일이었다. 1945년에 일제의 사슬에서 광복되고 불과 5년 밖에 지나지 않았으니, 그때의 부산 사람들로서야 서울 사람이나 평양 사람이나 대전 사람이나 원산 사람이나 심지어 회령 사람들까지도 같은 핏줄의 조선 사람, 한국 사람이기는 매한가지였던 것이다.

60년 전의 그때를 북한 피난민 입장에서 다시 곰곰 되돌아보면 당시의 '경남도청'과 '부산시 사회과'가 참으로 고맙기 그지없다.

1950년 12월 9일, 북한 피난민 제1진으로 원산에서 미군 LST 배를 타고 마악 넘어온 수천 명에 이르는 인원을 급히 마련한 부산 시내 곳곳의 피난민 수용소에 넣어 주었었고, 그렇게 닷새쯤 지났을까, 뒤이어 연성 이북 피난민들이 쏟아져 내려오자, 부산시 당국에서도 어쩔 수 없이 피난민 한 사람당 현금 얼마씩과 쌀 다섯 되와 '피난민증' 한 장씩을 교부해 주며, 부산 사회에 섞여들어 각자 능력껏 살아가도록 조처해 주었던 것이었다.

중국에서 의용군이 새로 참전해 들어왔다지만, 최일선의 전투 자체도 그 세세한 국면을 들여다보면 그러저러하게 웃기는 구석이 없지 않았다. 남쪽 국방군의 수색대원 몇이 어찌어찌 7일 동안 적지 속에서 직접 겪었다던 다음과 같은 정황도 바로 그 중의 하나였다.

인민군 하나가 어깨에 총을 맨 채 쏟아지는 잠을 이기지 못하는지 꾸벅꾸벅 졸면서 용케도 비탈진 산속 길을 내려오고 있었다. 작달막한 키에 어린 티가 물씬 나는데 긴 장총을 질질 끌다시피 어깨에 메고 있었다. 이쪽에서는 총구만 그쪽으로 향해 놓고 숨 죽이고 있는데, 하필 그 아이는 바로 앞에서 번쩍 눈을 떠 서로가 딱 눈이 마주쳤다. 그러니 양쪽이 다 후닥닥 놀랐을 수밖에.

그냥 모르는 체하고 지나쳐 주기를 바랐던 우리는 별수 없이 그를 체포하고, 총은 빼앗아 숲 속에 던져 버렸다. 그리고는 줄줄이 비슷한 방식으로 일곱 명이나 그 인민군 한 또래들을 붙잡을 수가 있었다. 적들이 우글거리는 적진 속에서 적을 포로로 잡는다는 것도 묘하거니와, 노상 옮겨 다녀야 하는 수색대로서는 여간 큰 전과가 아니었다.

하지만 맨 몸으로도 뚫고 나가기 버거운 이 적지 속에서 이 포로들을 끌고 다닐 일이 여간 난감하지가 않았다. 그 일곱 명의 포로 모두가 북에서 고등학교 학생이었던 것이어서 17, 8세밖에 안 된 어린 병사들이었다. 우선 적정敵情부터 물었으나 원체 어린 쫄자들이라, 쓸모 있는 정보는 하나도 없었고, 다만, 현 위치가 적진 깊숙이까지 들어와 있다는 것만은 대강 확인할 수 있었다.

고향이 어디냐, 어느 학교에 다녔느냐, 라고 물으면서, 그 학교는 축구가 강했지, 남녀공학이지, 하고 그런 저런 대화를 나누면서, 실은 우리도 이북 사람으로 피난 대열 속에서 이렇게 한국군에 현지 입대했노라고 말하자, 그들도 한결 마음을 놓는 얼굴들이었다.

피아간에 처음부터 전혀 적의라곤 없었고, 비록 학교도 다르고, 북에서 같은 고등학교 학생이었다는 점으로, 당장 입고 있는 군복은 달랐지만 야금야금 친밀감이 일었다. 이렇게 닷새쯤 지나는

사이에도 사방에서 전투는 계속되고 요란한 포성은 그치지 않았
다. 어쩌다가 얼떨결에 잡은 포로들이고, 서로 간에 하나같이 전
혀 적의는 없었지만, 원체 적들이 우글거리는 적진 속 한가운데
라, 계속 이들을 끌고 다니기는 도무지 난처하였다. 피아간에 모
두 합쳐서 열 명이나 되고 보니, 어차피 그 어떤 단안은 내려야
하였다.

그렇게 어느 하루는 열 명이 산 자드락 조그마한 평지에 띄엄
띄엄 앉아 먼 하늘을 쳐다보며 무심히 쉬고 있는데, 문득 누군가
가 낮은 목소리로 무심히 <따오기>노래를 흥얼거렸다. 그러자
하나 둘씩 따라 부르더니, 이윽고 모두들 콧노래로 나지막하게
부르는 바람에, 때 아닌 숲 속의 합창으로 변했다. 말하자면 적진
한가운데서의 남북 합창 코러스가 되었다. 한병익 씨의 저서 『지워지지 않는
그림자』에서 인용.

당시의 수도사단 1연대 7중대 수색대원으로서 7일간 겪은 해
괴한 적진 속에서의 경험인데, 마땅히 자기들 쪽이 포로로 잡혀
야 하는 정황 속에서 엉뚱하게도 되레 그쪽의 여러 명을 포로로
잡아 같이 행군했던 동안의 이 기록은, 도대체 남북 간에 무엇 때
문에 이런 전쟁을 했어야 하는 건지 새삼 어처구니가 없지만, 이
것이 바로 그 6·25 전쟁이라는 것의 실제 정황의 생생한 한 단
면이기도 했던 것이다.

264

그리고 또 하나의 기막힌 삽화 하나를 보자.

6·25전쟁 초기 국방군이 일패도지로 지리멸렬하게 남쪽으로 밀리고 있을 때, 국군 장교 하나가 평택 근방에서 인민군에게 붙잡혔다. 그 장교도 본시 북에서 남으로 넘어 왔던 사람이어서 그 사실이 드러나면 영락없이 처형당할 것이었다. 그런데 공교롭게도 그를 포로로 잡은 인민군부대의 상급자 군관이라는 자도 하필이면 북한에 있을 때의 중학교 동창생이었다. 그 인민군 군관은 학교 다닐 적에도 벌써부터 '민청' 간부로 노상 설쳐대던 열성분자였던 것이어서, 이쪽 포로로 잡힌 국군 장교는 "이젠 별수 없이 황천행이로구나." 하고 아예 체념을 하고 있었다.

아니나 다를까, 그 인민군 군관은, 오냐 너 잘 만났다는 듯이 '악질 반동 새끼'라느니, '미 제국주의의 앞잡이'라느니, '민족반역자'라느니, 갖은 욕설을 퍼부은 끝에 이런 악질은 살려 둘 수 없다며 당장 총살시킬 것으로 결론을 내렸다. 더구나 이런 '반동 악질'은 자신이 직접 처리해야 직성이 풀리겠노라며 왕년의 그 동창생에게 삽 하나를 들리어 산 쪽으로 데리고 올라갔다. 그렇게 어디만큼 올라가자, 그 인민군 군관은 이미 모든 걸 사그리 체념한 이쪽 한국군 장교에게 자신이 묻힐 구덩이를 스스로 파게 했다.

그렇게 얼마나 시간이 지났을까. 인민군 군관은 피우던 담배꽁다리를 군화 뒤축으로 비벼 끄며 일어서더니 나지막한 목소리로 말했다.

"그만 파고, 그 구덩이 도로 메꾸라."

여느 때 노상 악악거리던 그 목소리가 아니었다. 이쪽 국군 장교는 의아해 하며 돌아다보았다. 다시 구덩이를 메꾸라고……?!

"시간 없으니 어서 빨랑빨랑 그 구덩이 되 메꾸라니까."

그러고는 저 아래 자기 부대 쪽 기척을 휘익 한번 살피더니, 다시 더 나지막한 소리로 일렀다.

"자, 빨리 어서 너 갈 데로 가라. 어서 가랑이까."

도대체 무슨 영문인지 몰라 어리둥절해 하는 이쪽 국군 장교에게 그 인민군 군관은 다시 와락 짜증을 내며 소리를 질렀다.

"남의 눈에 뜨이지 않게 어서 후딱 가랑이까. 야아가 왜 이리 꾸물거리지? 암튼, 몸조심해라, 이 새끼야."

그때서야 와락 제정신을 챙긴 국군 장교는 재빠른 걸음으로 산 등성이를 기어오르기 시작했다. 물론 살려주어서 고맙다는 인사 말 한마디도 못 남긴 채…….

그 얼마 뒤 두어 발의 총성이 뒤쪽에서 울렸으니, 그것은 그 동창생 인민군이 허공에다 대고 쏜 것임은 알 수 있었다. 그러니까 그들은 그때 인민군 군관과 국방군 장교이기 이전에, 여전히 같은 학급의 개구쟁이 동창생들이었던 것이다.

짐작컨대, 그 인민군 군관은 당장은 승승장구로 신바람 나게 남하 중이지만, 이미 그때는 인민군이 평택 근처에 닿았을 무렵에는 미군이 개입해 들어오는 정보를 알았던 터여서, 전세가 언제 어떻게 뒤바

꿰게 될는지 모를 판국이라, 내심 그때를 대비한 적선쯤으로 쳤던 것이 아니었을까. 인민군 군관의 그 순간의 그 모습이야말로, 사상이니 이념이니 보다 앞서, 지난 수천 년 동안 이 땅에서 살아온 우리네 본래 민초들의 모습이었을 터이었다. 그러니까 그 인민군 군관의 경우 이념이니 사상이니 하는 것은, 여럿이 있는 공적인 자리에서 자신의 '열성도'를 확인받기 위한 일종의 연극이었을 뿐이지, 그 극한 상황 속에서의 그 행태야말로 가장 깊숙이 자리해 있던 조선 사람으로서의 그의 본 모습이었을 것이었다. '악질 반동 새끼'니 '민족반역자'니 '미 제국주의의 앞잡이'니 하고 악악거리던 소리는 그자로서는 일종의 '체제 순응 용어', 계속 '열성분자'로 보여 져야 하는 걸 포옴이었을 뿐, 그때 그 순간 "몸조심해라 이 새끼야."가 그의 본 모습이었을 터이다.

1950년의 6·25 전쟁이라는 건 우리 민족 개개적으로는 남북을 통틀어 바로 이런 수준이었다.

남북 양측 맨 웃대가리인 김일성과 손원일의 관계가 선친 때부터 그러저러 했듯이, 말단 병사들의 최일선에서의 행태며, 양측 장교들의 행태들도 바로 저러했던 것이다.

그러니 김일성의 선친 김형직과 손원일의 선친 손정도 목사가 지금 이 시점에 저승에서도 살아생전처럼 막역지간으로 마주 앉아 오늘의 우리 삼천리강산 하계를 내려다본다면 얼마나, 얼마나 절통할 일일 것인가.

2.

　　그렇게 1951년 여름에 그 동래 온천장의 미군 재크 기관에 경
비원으로 취직이 되어 1년 반 정도 호의호식으로 잘 지냈던 그는
1952년 겨울에는 또 날벼락을 만나게 된다. 그동안 그 '재크' 기
관에서는 미군 해병대 대령이던 사령관이 더 고위직으로 전출을
하고, 문관 출신 새 기관장이 부임해 오면서, 원체 행정에 밝은
그이는 '재크' 기관 경비원들이 실은 별것들이 아님을 간파, 한국
정부 국방부 측과 의논 끝에 징집, 소집 해당자들에게는 전원 영
장을 발부하도록 조치했던 것이었다. 그러니 난세 속의 명실공히
천당 같던 분에 겨운 하루하루도 일거에 끝장을 보게 되었다.
　　결국 그는 징집영장이 나오기 전에 아예 행방이 묘연하게 내뺄
길 밖에 없었다. 며칠 뒤, 그는 가까운 몇몇 분과 의논 끝에 그
기관 엠플로이 오피스^{한인 고용원 사무실}에 근무하던 타이피스트 여직
원에게 은밀하게 부탁, 그 기관의 출장명령서 한 통을 가짜로 얻
어 챙기고, 여전히 그 '재크' 기관의 미군 군복 차림에 그 당시는
그다지나 무시무시해 보이던 낙하산 부대원 머플러까지 떠억하니
목에 맨 채, 덮어놓고 서울행 기차에 올라탔던 것이었다. 그렇게
아침 여덟시에 부산역을 출발한 기차는 오후 늦게야 영등포역에
도착, 한 시간 남짓이나 또 걸리며 '도강증'이라는 것을 일일이 검
사하는 것이 아닌가. 물론 그는 도강증이 있을 턱이 없었다. 여간

조마조마하지 않았으나, ‘출장증’이 가짜라는 것이 들통이 나 본들, 종당에는 일선으로 끌려 나가는 것 밖에 더 있겠느냐고 마음먹고 의젓하게 기다렸다. 마침 곱다랗게 생긴 헌병 둘이 다가오더니, ‘도강증’을 내놓으라고 하였다. 그는 열차 안에서 읽는 체하며 갖고 있던 일본어 문고본 하나를 잠시 밀어 놓으며, 미군 군복 윗포켓을 뒤져 영어로 적혀 있는 그 ‘출장증’을 내보였다. 상대 헌병은 우선 그의 얼굴과 금방 옆 자리에 밀어놓은 그 톨스토이의 『청년시대』 일어 문고본 표지 제목부터 날렵한 눈길로 한번 훑어보곤, 비로소 타이프 용지 한 장에 적힌 ‘출장증’ 문면을 자세히 읽어 보았다. 그리곤 다시 한 번 이쪽 얼굴을 정면으로 마주보며, 알았어, 하곤 그대로 지나갔다. 순간 그는 살그머니 가슴을 내리 쓸며 혼자 생각했다. “사람은 이런 경우에 일단 잘생기고 보아야 한단 말야. 그나저나 톨스토이가 날 살렸어. 이런 책을 읽고 있는 나라는 사람의 수준을, 저 자도 나름대로의 낌새로 한눈에 금방 알아주었거든. 저 자도 톨스토이 정도는 알고 있었어. 결국은 문학이 날 살린 거지.”

그렇게 부산서 꼭 열두 시간이나 걸려서 오후 여덟 시에야 서울역에 난생 처음 와 닿았다. 이미 새까맣게 어두워져 있었고, 서북쪽의 최전선 하늘 끝은 발갛게 물들어 있는 게 마치 석양 낙조 같았고, 지축을 흔들듯이 우르르릉 하는 소리가 연성 들려왔다. 저렇게 파주, 문산 넘어 가까운 일선에서는 밤을 낮 삼아 포 소리

가 끊이지 않으며 한 치 땅을 두고도 결코 양보할 수 없는 격전
이 벌어지고 있는 속에서 불과 백리 바깥의 이 서울에서의 하루
하루 살아가는 사람들의 어기찬 삶은 저렇게 여전히 이어지고 있
었다. 카바이트 불 밑의 손달구지 앞에서 고래고래 질러대는 저
호객呼客 소리, 아기 업은 아줌마들의 은밀한 접근, 그 밖에도 갖
가지 모습으로 삶의 현장은 여실하게 이어지고 있었다.

그때 그는 스물한 살이었고, 실은 서울에 닿아서 찾아갈 목표지
라는 것도 애매하기 짝이 없었다. 바로 2년 전인 1950년 12월 9일
에 이북 피난민으로 부산에 닿아, 이 남쪽 세상에 친족이라곤 10
촌 안팎으로 한두 사람 있을까 말까인데다, 그이들인들 하나같이
부산 피난지에서 하루하루가 말 그대로 목구멍이 포도청 격이었
던 것이다. 그러니 어쩔 것인가. 일단은 부산서는 떠나보자는 생
각이었고, 아무튼 그런 저런 행정의 손길이 제대로 닿지 못할 일
선 쪽 서울로 일단은 올라가 보자, 이북 고향도 육로로는 한 발이
라도 가까운 곳이니까, 하고 마음먹은 터이지만, 하지만 그로서
당장 목표했던 곳이 없지는 않았다. 바로 충정로의 도요다 아파트
라는 곳이었다. 미군 '재크' 기관의 서울 지부가 작년에 새로 생겼
는데, 그곳의 경비대장으로는 이북 평북의 선천서 피난 나온 계
씨라는 독실한 장로교 신자가 경비대장으로 부임해 있었던 것이
었다. 그보다 여덟 살 위 인가였던 그이와는, 동래 온천장 '재크'에
서 같은 조에 속해 있어, 경비대원 막사에서 잠자리부터 바로 옆

침대였을 뿐만 아니라, 근무 시간이 아닌 때에는 종교며 철학이며 문학이며 제반 문제를 두고 노상 토론을 일삼곤 했던 것이어서, 별안간에 이렇게 찾아가도 나, 몰라라하고 모르는 체 하지는 못할 것이라는 계산이었다. 그리고 그때 스물한 살의 그로서 당장 살 길은 이 길밖에 달리 없었던 것이다. 서울에는 닿았지만, 아홉 시 반이 통행금지라, 아기 업은 한 아주머니의 안내를 받아 큰 길 건너 급한 언덕바지를 올라 여관에 들어 하룻밤을 잤다.

이튿날 아침 일찍 여관에서 나온 그는 물어물어 충정로 쪽으로 가는 지상전차에 올라탔다. 1952년 겨울이라, 손님이래야 통틀어 대 여섯이나 될까, 텅텅 비어 있었다. 그는 타자마자 맨 앞의 운전키를 잡은 제복차림 옆으로 다가가, 충정로까지 기자면 시간이 얼마나 걸리겠느냐고 물어 보았다. "충정로요? 금방이죠 뭐. 서대문 다음 아닙니까. 두 번째 설 때 내리세요" 하질 않는가. 다시 '도요다 아파트'를 아느냐고 물었더니 "가만 계세요 이제 금방 보일 테니까." 하며 비시시 웃곤, 다시 또 왼쪽 편을 가리키며 "저기 덩실하게 서 있는 건물 보이지요 저게 '도요다 아파트'에요" 하였다.

지금은 치안본부 건물이며 그 밖에도 고층 건물들이 줄줄이 즐비하게 들어서 있어 보일 턱이 없지만 옛날 그때는 그냥 허허벌판 같은 황폐한 속의 저 앞에 4층짜리 그 빌딩이 우람한 모습을 내보였던 것이다. 지금의 동아일보 바로 맞은편이다. 1960년, 70

년대 때만 해도 한 층을 더 올려 5층 건물이어서 그런대로 볼만했지만 2천 년대로 들어선 이즈음은 원체 고층 빌딩들이 그 둘레에도 많이 들어서서 그 건물은 형편없이 짜불어져 있고 빈민 아파트 냄새가 물씬 난다. '도요다'란 본시 한문자로 풍전豊田의 일어 발음으로, 바로 그 빌딩을 지었을 때의 일본인 소유주의 이름이었던 것이다. 그러니까 그 옛날 이 건물이 처음 섰을 때는 서대문 근방의 명물로 한때 각광을 받았을 것이었다.

한마디 연락도 없이 불현듯 자신을 찾아올라 왔다는 그의 말을 듣자 독실한 장로교 신자였던 계 씨는 일응 반가워는 하면서도 조금 난처해하는 기색이었다. 비록 자신이 그곳 경비대 대장으로 있긴 하지만 당장 새 사람을 쓸 빈자리는 없다는 거였다. 하지만 어쩔 것인가. 이 남한 세상에서 전혀 의지가지없는 그를, 더구나 불원천리 하고 저를 찾아 서울로 올라온 그를 야멸차게 모른다 할 수는 없을 것이었다. 바로 그 점을 처음부터 노렸던 것이었는데, 그 기대는 과연 어긋나지 않았다.

그날부터 그는 그 계 씨의 내락을 받아 그 기관 경비대 막사에서 기거를 하게 되었다. 그러니까 그 기관에 근무하는 미국 사람들인들 그런 쪽으로는 애당초에 관심이 없었을 것이어서 그곳 경비대원 중의 어느 누가 일부러 고자질을 하지 않는 한 전혀 염려가 없었다. 그때 그 '도요다 아파트'를 전시징발해서 들어 있던 그 기관의 경비대원 막사도, 큰 길 건너편 지금의 동아일보사 뒤편의 당시에는 야산 언덕의 원래는 채소밭이었던 자리에 친 두 개의 커다란 대형 텐트였던 것도 아주아주 안성맞춤이었다. 미군 문관들 눈에는 뜨일 염려가 전혀 없었던 것이다. 그 대형 텐트 속은 밤낮으로 커다란 석유난로를 벌겋게 피워두고 있어 아무리 추운 겨울 날씨에도 전혀 추운 줄을 몰랐지만, 경비대원 각자마다 미군 목침대와 닭털 침낭, 그리고 고급 담요 세 장씩을 차지하고 있어 밤마다 근무자가 경비 근무 나가 있는 그 빈자리를 찾아 이 침대, 저 침대를 눈치껏 옮겨 다니며 이용을 하여야 하는 것이 문제라면 문제였다. 게다가 담요는 실례를 하더라도 닭털 침낭까지 같이 쓸 수는 없을 것이었다. 물론 대원들은 경비대장이던 그 계 씨와의 친숙 관계까지 각자대로 미리 감안들을 하며, 괜찮다고 침낭까지 같이 쓰자고 선선히 권하는 대원들도 개중에는 없지 않았지만, 그의 입장에서는 그러란다고 무턱대고 그럴 수도 없는 형편이었던 것이다. 이쪽에서도 세상사는 그 정도의 눈치는 이미 갖고 있었던 것이었다. 아침 점심 저녁 세 끼니는 본관 아파트 건물의 서쪽 끄트머리 구석의 한인 종업원 식당을 이용할 수 있어 그닥 불편하지는 않았지만, 그것도 하루 이틀이지, 부지하세월로 이런 상태로 지낼 수도 없는 처지였다. 그는 노상 마음속으로 조마조마 하였으나, 그러나 어쩔 것인가. 참고 기다려 갈 밖에 없었다. 이렇게 되자 계 씨도 그 전, 동래 온천장에서 한 동료 경비원으로 근무하던 때와는 달리 슬금슬금 그를 피하는 듯이도 보였다.

동래 온천장 '재크' 시절에 같은 조에 들어 경비를 서면서 노상 벌였던 그 잘난 '인생토론'이라는 것도, 전혀 하려고 들지를 않았다. 철없는 때의 객쩍은 짓쯤으로 생각하는 것 같았다.

하긴, 그이 입장으로서는 부하 경비대원들의 이목도 그이대로 신경을 쓰지 않을 수가 없었을 것이다. 막말로 개중에 경비대장 자리를 노리는 흉심을 품었던 자라도 있었다면, 이 일을 호기 삼아 미군 당국에 고자질을 하여 제 목적을 달성할 수도 있었을 것이었으니까. 이 점으로 말하더라도 예나 지금이나 사람 살아간다는 것은 매사에 늘 간단치만은 않는 것이었다.

하지만 그이대로도 노심초사하며 애를 쓰고 있는 것은 대강 알 수가 있었다. 그 '도요다 아파트' 미군 기관의 서플라이^{창고} 관리 책임자이면서 그 기관의 한인 종업원 총책임자 격이기도 했던 전 숯 씨라는 분에게, 더러는 보기 민망할 정도로 채근을 하곤 하여, 당사자로서는 여간 송구스럽고 곤혹스럽지가 않았다. 영어를 잘하고 늘 사과 씹는 맛으로 사근사근한 그 전 씨도 늘 생글생글 웃으며 미안해하여, 도리어 이쪽에서 몸 둘 바를 모르게 하던 것이었다. 그 전 씨 쪽에서 그를 응대하는 분위기로 보아서도 계 씨는 그를 두고 앞날이 촉망되는 대단한 인물이라도 되는 듯이 이것저것 부풀려서 이야기하고 있었음이 들림없었다.

그렇게 충정로 '도요다 아파트' 주위에서 건들거리며 달 가웃이나 지났을까. 늘 사과 맛처럼 싱그럽던 그이가 그날도 생글생글

274

웃으며, 드디어 자리가 났다며 그를 효창동으로 데려갔다. 동래 온천장 '재크'의 휘하에 있던 약칭 **KRD**한국연구소라든가, 하는 역시 미군 기관이었다. 이곳 기관장은 미군 대위였지만, 동래 온천장에 취직될 때와 마찬가지로 전 씨 권한으로 일사천리였다. 역시 경비원 자리였는데, 적산가옥, 일본식 양옥 2층 집이 미군들이 쓰는 사무실과 거처였고, 경비대원 막사는 그 앞 언덕 아래의 단층 양옥 두 채를 징발해서 쓰고 있었다. 그는 그날로 그 기관의 경비원으로 또 채용이 되었다.

북쪽, 백 리 정도 밖의 문산, 파주 근처 하늘은 여전히 밤마다 붉어우리하게 석양 낙조마냥 물들어 있었고, 머언 포 소리가 지축을 울리며 들려오곤 하여 그렇게 최일선의 치열한 전투는 어느 하루도 거르지 않고 손에 잡히듯이 느껴지며 친숙해 졌었다. 그 무렵 어느 날 오후 나절에는 북쪽 비행기가 날아와 서울 시내 용산 근처 어디엔가 몇 군데에 폭격을 가하기도 하였으나 누구 하나 전혀 놀라지도 않았다.

어느새 1953년 새해로 접어들어 있었다.

바야흐로 서울거리에서도 매일처럼 대대적으로 휴전 반대 데모가 벌어지고, 로버트슨 미 국무성 차관이라는 사람이 미국 아이젠하워 대통령 특사로 이승만 대통령의 고집을 달래 보려고 서울로 날아오기도 하였다.

뒤에야 알았지만, 그이가 서울에서 이틀간인가 묵었던 숙소도 바로 효창동의 이 KRD 건물이었다고 하니, 서울 체류 기간의 그 미 국무성 차관의 경호를 담당했던 것도 그때 이 건물의 경비임 무를 맡았던 그들이었고, 훨씬 뒤에야 그 사실을 듣고 알았을 때도 그는 뭔지 희한꼴랑 하기만 했었다.

불과 2년 전에 이북에서 피난민으로 나왔는데, 어쩌다가 이런 막중한 일까지 맡았더라는 말인가 싶었지만, 한편으로는 이게 바로 각자 제각기 타고난 제 팔자대로 살아가게 마련되어 있는 이 자유세계 사람살이의 진면목임을 새삼 일깨워주던 것이었다.

3.

효창동에 있는 이 미군 기관의 경비원은 통틀어 스무 명이 되었을까.

동래 온천장에 있던 그 '재크' 본부 기관의 80여 명이나 되던 인원에 비하면 무척 단출하였다. 더구나 처음부터 조금 황당하게 느껴졌던 것은, 북의 함경도 흥남 비료공장의 기술공으로 재직 중이다가 지난 1·4후퇴 때 월남해 온 사람이 경비대장으로 있었는데, 그이만은 그이 휘하의 초록색 미군 작업복 차림의 일반 경비원들과는 달리 노릇노릇한 고급 카키복 군복 치림에다 권총 한 자루까지 노상 뒤꽁무니에 차고 거드럭거리며 순찰만 돌뿐이지, 경비 근무는 서지 않았다. 정문 한군데만 카빈총을 메고 입초立

哨를 서고, 나머지 두 군데는 동초動哨 근무였다. 그렇게 한가운
데 건물인 2층 양옥과 저들 미국인 근무자들의 숙소는, 이 점도
동래 온천장 쪽 이 기관의 본부 격인 '재크'와는 분위기부터 전혀
달랐다. 그 동래 쪽은 원체 건물이 많아 정문마다 M1 소총을 갖
고 정식으로 입초를 서지만, 그 밖에 모터풀이라거나 미국인들
숙소 주위에 주욱 둘러친 가시철망 안 쪽 곳곳을 지키는 일은 카
빈총 하나를 둘러메고 왔다리갔다리하는 이를테면 동초 근무였던
것이다.

한데 그는 처음부터 그 흥남 사람 경비대장 한 씨라는 분이 도
무지 가당치가 않아 보였고 여간 웃기지가 않았다. 어엿한 상이군
인 여럿까지 섞인 여느 경비원들은 죄다 초록색 미군 작업복 차림
인데 저 혼자서만 카키복에다 권총 한 자루까지 떠억하니 차고 건
들건들 돌아가는 것도 어느 점이 어떻다고 분명하게 집어낼 수는
없었지만 도통 어울리지가 않았고 웃기는 구석이 없지 않았다.

그때 이미 서른 살 넘어 보이는 뚱뚱한 체형에다 사람은 제법
서글서글하여 어디다 내놓아도 비위 하나는 좋아 보여 대강 호인
풍이었다. 하지만 어느 구석인가, 이북 로동당원 같은 냄새가 없
지는 않았는데 아니나 다를까, 1·4후퇴 때 월남하기 전에는 흥
남 비료공장의 기술자로 있었다는 것이다. 그렇다면 틀림없이 로
동당원이었을 것이다.

그러니까 이북에서 로동당원이었던 사람이 바로 1년 남짓 전에

미군 LST를 타고 이 남쪽으로 나와서 어찌어찌하다 보니 미군 카키복에다 권총 한 자루까지 차고 미군 정보기관의 경비대장으로 안착되어 있다?! 이렇게 된 자기 자신을 혼자서 틈날 때마다 실실 웃으며 스스로 비아냥거리고 있을 그런 태態가 그이에게서는 노상 감돌고 있었다. 그 특유의 너털웃음이나 그 밖의 그의 모든 거동에 그런 분위기가 묻어 나왔다.

그런 사람이 어떻게 느닷없이 어쩌다가 저런 자리에는 얻어 걸렸다는 말인가. 도무지 이해가 되지 않아, 그때 그 당시에는 미 정보기관이라는 데가 사그리 병신들만 모여 있는 것처럼 여겨지기도 했으나, 그로부터 근 60년이 지난 지금에 와서 다시 돌아보면, 그런 저런 전력 같은 것을 전혀 따져들지 않는 바로 그 점에 미국적 민주주의의 넓은 품의 일차적 특성이 있지 않았을까 여겨지기도 하는 것이다.

북한에서 '출신 성분'이라는 것에 늘 들볶이고 시달리며, 계급적 순결성을 오로지 첫째의 덕목으로 추앙받던 사회에 잠깐 몇 년이라도 몸담고 있던 사람으로서는, 도대체 이게 무슨 놈의 '아수라장'인지 싶어지기도 하던 것이었다. 하지만 그 뒤, 남한 사회에 60년 동안 길들여지면서 미국적 가치의 내실, 알맹이에도 나름대로 솔솔 익숙해져 왔었다. 그것은 곧 사람살이 자체를 어느 특정한 이념이나 원칙의 '틀'에 맞추려 드는 것이 아니라, 그냥 저냥 자연 상태로 내버려 두자는 것이었을 터이었다. 달리 말하면

각자의 형편과 능력에, 즉 각자의 타고난 운명에 맡기자는 것이었다. 어디에서건 제각기 형편과 능력껏 "저들 마음껏 살아라."는 것일 터였다.

그러니까 함경도 흥남에서 갓 월남해 온 그 한 씨 경우도 대강 이렇게 되지 않았을까. 충정로 쪽과 이 효창동 쪽, 이 기관 한인 종업원경비, 모터풀, 창고, 웨이트리스, 키친, 목공, 전공, 그 밖에도 청소부 같은 잡부에 이르기까지들을 통틀어서 총관리자 격이던 그 영어를 잘하던 전 씨도 이미 일찍부터 1947년쯤에 월남해 온 흥남 사람이고, 그래서 이 한 씨와는 고향 쪽에서 사돈의 팔촌 정도로 걸려 있었을 것이었다. 그래서 처음에는 한 씨를 전공電工으로 채용했다가, 형편이 여차여차해서 언제부턴가 슬그머니 경비대장으로까지 끌어 올리게 됐을 것이었다. 그리고 이 기관 주인인 미군들은 그 모든 것을 총관리자이던 전 씨에게 전폭적으로 몽땅 위임하고 있었을 것이다.

아닌 게 아니라 그 점은 이 자리에서의 주인공인 그가 이 기관에 채용되던 경우만 보더라도 새삼 확인이 되었다. 충정로 쪽의 그 경비대장이던 계 씨의 채근으로 그를 채용하면서도 전 씨는 대놓고 이렇게 말했던 것이다.

"별건 아니에요. 그저 이런 경우의 관례니까 간단히 이력서 한 장 쓰세요. 전혀 신경일랑 쓰지 마시고, 단지 인적 사항을 사무적으로 비치해 두자는 것일 뿐이니까요."

이때도 그는 와락 불안했었다. 혹여, 이 전 씨도 이미 계 씨를 통해 그가 불과 1년 반 전에는 북에서 고3으로 인민군으로 동원되었었다는 것을 사그리 알고 있는 것은 아닌가 싶었던 것이다. 그러나 뒤에 알고 본즉, 경비대장인 그 한 씨도 6·25 직후에는 인민군으로 동원되었었다고 하질 않는가. 아니, 그이뿐이 아니었다. 이곳 경비대원으로 상이군인 출신도 여럿이 섞여 있었는데, 그이들 중의 몇몇 사람도 6·25 초에는 인민군으로 동원되어 나갔다가 이북 군대가 통틀어 일패도지로 후퇴 길에 들어섰을 때 하나같이 그 저들 부대에서 내빼나와, 이북 피난민들 대열에 껴서 월남해 오던 길에, 제각기 형편대로 국방군에 현지 입대했던 함흥, 황주, 평양, 개천, 흥남 사람들이 태반이었던 것이다.

차츰 그곳에 근무하면서 가만 가만 보아하니, 이 기관의 한인 종업원들의 주종은 주고 흥남 사람들로 이루어져 있었다.

1950년 12월의 흥남 철수 때 월남해 온 사람들이 대다수여서 난데없이 함경도 사투리가 꽃을 피우고 있었던 것이었다. 모터풀 책임자를 비롯, 목공, 전공, 한인 종업원 식당의 아줌마 두엇과 처녀아이 하나, 심지어 미국인들 식당의 날씬하게 생긴 웨이트리스들까지도 죄다 사그리 억센 함경도 사투리를 쓰는 흥남 계집아이들이었다. 하지만 아무리 억세 본들 미국인 임직원들이 그 함경도 사투리를 안아들을 리는 없었다.

그럭저럭 하다 보니 그는 엉뚱하게도 흥남 사람들만 우글우글 모여 있는 속에 껴들어 있었던 것이었다. 서로 사돈에 팔촌에 외

사촌에 육촌에 고모에 이모에 처조카에 처삼촌이라는 식이어서 우습기 짝이 없었지만, 당장은 그들 모두가 하나같이 이 기관에 목줄이 달려 있는 판이라, 호락호락 웃어치울 일도 아니었다. 어찌 이념적으로 유식하고 무거운 공동체만 공동체일 것인가. 6·25 전쟁 중의 이런 공동체야말로 더 생동감 있는 공동체일 터이었다. 아니, 어찌 6·25 전쟁뿐일 것인가. 우리 한국 사람, 조선 사람들은 조상 대대로 연면하게 이런 식으로 살아 왔으며, 지금까지도 이런 세계에서 멀리는 못 벗어나 있는 것이 아닐까, 이 점으로 말한다면, 오늘까지도 우리 남한 정치권을 줄곧 이어져 온 소위 지역감정을 위주로 한 선거 풍토라거나, 자나 깨나 노상 '우리식 사회주의'라는 것을 금과옥조로 내세우는 현 북한 사회를 관통하고 있는 주 특색도 바로 이렇게 연결되는 것이 아닐까.

지난 1991년인가, 일본 '조총련'에 몸담고 있으면서 오사카의 관서대학 강사로 재직하고 있던 한 분이 재일교포 북한 유학생 제1호로 평양에 8개월간 머물러 있다가 일본으로 돌아와서 『북조선 비밀집회의 밤』이라는 책 한 권을 펴냈는데, 그 속에도 다음과 같은 대목이 나온다.

우리나라는 옛날부터 대가족주의 나라이다. 핵가족화가 진척된 일본과는 틀려서 동족 의식이 아직 강하고, 친척의 범위도 4촌에서 8촌까지로 넓다. 때문에 같은 일족—族에서 찾자고 들면 대개 누군가 한사람 정도는 무슨무슨 고위 자리에 있다. 노동당 간부인 경우도 있고, 공장장이나 직장장, 요리사나 자동차 기사인 경우도 있다. 이렇게 한자리 차지한 자들이 제각기 제 지위를 이용해서 능력껏 물건을 챙긴다. 그걸 친족 간에 분배하고 융통한다. 이를테면 공장의 당 서기는 차로 물건을 챙긴다. 그 밑의 공장장은 리어카로 챙긴다. 이건 북한에서 흔히 듣던 부정행위를 야유하는 소리였는데, 직장에서의 이런 도둑질과 횡류橫流는 단지 자신을 위해서만이 아니라, 거기에는 친족 전체의 삶이 걸려 있다. 따라서 부정행위는 없어지지 않고 없어질 수가 없는 것이다. 실제로 북한에서는 이 횡령, 횡류 정도에 따라서 실질적인 생활수준이 정해진다고 할 수 있다. 물론 '붉은 귀족'이라고 일컬어지는 노동당 상급 간부는 그런 쩨쩨한 짓은 않는다. 국고國庫를 통째로 주무르며 마음껏 호사를 누릴 수 있기 때문이다.

한데 대다수 일반 백성은 아무리 열심히 일하더라도, 혹은 열심히 알생이를 한다 해도 살림살이가 늘어나지 않는다. 그런 백성들에게는 이런 불평등한 사회가 애당초에 마음에 들 리가 없다. 그리하여 이런 소리들이 횡행하고 있다.

"보안부국가정치보위부는 보이지 않게 횡류할 수 있다. 안전부사회안전부는 안전하게 횡류할 수 있다. 간부노동당 간부는 간단하게 횡류할 수 있다."

인민군에 대해서도 다음과 같이 귓속말로 수군거린다.

"군대는 군대적으로 해 먹는다. 대대는 대대大大적으로 해 먹고, 중대는 중대重大적으로 해 먹는다."

이렇듯 북한은 사회주의 경제체제를 표방하고 있지만, 그 실태는 거대한 암시장 경제인 것이다.

오늘의 북한 사회를 적나라하게 드러낸 이 대목을 1953년 봄 그때의 그 효창동 미군 기관 안의 흥남 사람들 공동체와 연결시켜보면 어쩌면 그렇게도 흡사할까 싶을 정도로 비슷해 보인다.

하지만 중요한 차이점도 간과할 수는 없다. 그 차이점인즉, 북한의 그것은 위에서 억누르는 '권력'이라는 것의 실체가 항상 사람들마다의 밑자락에 '공포'로 깔려 있지만, 이쪽, 당시의 효창동 쪽은 애당초에 '권력'이라는 것이 있는 둥 없는 둥 하고 개개인마다 만판 자유로웠다는 점. 요컨대 개개인마다의 이 자유야말로 2천 년대로 들어선 오늘의 이 남쪽 세상을 이만한 위상으로 끌어올린 주종主宗이 아니었을까. 또한 개개인마다의 그 자유야말로 주기적으로 이 나라 이 사회를 뒤흔들어온 악의 원천이 아니었을까. 그리하여 그걸 통틀어서 보면 유구하게 내려오는 사람살이의 본모습이 거기에는 있는 것이다.

4.

1947년에 역시 스물한 살 어린 나이로 북한 함경도의 함흥에서

혼자 월남, 딱히 먹고살 길이 없어 그 무렵 마악 창설되던 국방경
비대에 입대했었다고 한다. 그러니 6·25전쟁이 일어나자 당연히
최일선에 투입되었을 밖에. 하지만 개전 초에 하필이면 오른손
손바닥에 관통상을 입어 임시 수도였던 부산 제5육군병원에 후송
되었다가, 치유가 되어 다시 최일선으로 돌아갔지만, 용케도 불사
신으로 살아내 두 번째로 또 가볍게 부상을 당하여 1952년경에야
상이군인으로 제대한 김병일이라는 사람도 마침 그 효창동의 그
KRD 기관의 경비대원으로 채용이 되어 있었다. 더구나 그 함흥
사람 보다 두어 달 늦게 채용되었던 그도 마침 그 김병일과 같은
조組로 속하게 되어서 각 조 네 사람 앞으로 배당된 한 방을 같
이 쓰게 되었고, 하루 24시간을 같은 방에서 침식을 같이 하며 노
상 같이 한 식구로 지내다보니, 자연히 그 사이 몇 년 지간에 그
난세 속을 자신들이 겪어온 각자대로의 이야기도 스스럼없이 죄
다 털어놓았을 것이 아닌가. 그렇게 나이 차이는 다섯 살 정도였
지만, 그이와는 더구나 같은 이북의 함경도 태생이어서 그간의
지나온 이야기를 이것저것 허심탄회하게 나누다가, 어느 날은 그
만 묘한 장면에 부딪치게 되었다.

그러니까 2년 전, 1950년 9월 26일, 그해 추석날 저녁에 그는
경북 울진에서 인민군 박격표迫 중대원으로, 그날 저녁 마악 북상
해 올라오던 국방군과 마주쳤었는데, 바로 그 선발대원 속에 이
김병일이라는 사람도 끼어있었다고 하질 않는가. 이 사실이 확인

되자 두 사람은 동시에 화닥닥 놀라 버렸다. 어찌 살다가 살다가 이럴 수도 있다는 말인가. 이게 대체 무슨 조화 속일까. 하느님의 역사役事가 아니고는 어찌 이렇게도 교묘한 해후가 있을 수가 있다는 말인가. 하지만 역시 김병일 쪽에서는 그 새 원체 최일선만을 2년 남짓이나 누비며 여러 아슬아슬한 국면을 기기묘묘하게 넘기며 살아냈던 터여서 이 경우에도 그다지 놀라지도 않고 첫마디를 무심하게 이렇게 받았다.

"그날 밤, 달이 기똥차게 좋았지."

"고럼 고럼, 좋았구 말구, 추석날 밤이었응이까. 야아 정말! 그날 밤, 그 달 생각나네, 암튼 난 그날 밤."

"근데 넌 그때 그날 밤 어느 근처에 있었니?"

"울진 읍내 한가운데, 강변 언덕에 박격포 중대장 연락병으루다 따발총 한 자루 메고설란에."

"그래에, 난 그때 울진읍 못 미쳐 아래 쪽 강둑에서 도강渡江을 하려는 맨 선발대에 있었는데. 강 건너에서 너희들이 경기관 총으루다 냅다 죽을 둥 살 둥 쏘아대니, 건널 수가 있어야지. 야하, 정말 미치갔드라구."

"응, 거긴 그때 우리 보병중대들 세 개 중대가 몽땅 포진하고 있었는데, 밤새 양측이 투닥거리며 싸우는 건 나도 보았어. 원체 달빛이 좋아서 화안히 보이드라고, 아니, 말은 바른대로, 화안히 보이는 건 아니고, 양측 전투 사정은 대강 알겠드라고 그나저나 꼭 닭싸움하듯 하더군, 양측이 한창 맞붙어 사격들을 하다가, 또 잠깐잠깐씩 쉬다가는, 다시 양쪽에서 신호탄 몇 발씩을 쏘아 올리고는 다시 또 투닥투닥투닥투닥 맞붙곤 하데머. 보기에 따라서는 싱겁기 짝이 없었어. 그보다도 그날 밤 나는 바다 쪽 미군전함 미조리 호인가에서 쏘아대던 그 함포 말이야. 야하, 머리 위를 지나가던 그 우람한 함포탄 소리, 엄청나더군. 그렇이까 그날 밤 일은 그 엄청나던 함포탄이 머리 위로 지나가던 소리하고 그 기똥차던 추석 보름달 밖에는 생각 안 나. 그러구, 이튿날 9월 27일 아침에 그쪽 제트기 편대가 날아오니까, 싸움은, 전쟁은, 간단히 '이상 끝'이드면, 그때쯤엔 우리 쪽은 탄약도 거지 반 바닥이 나고 있었어."

"근데, 넌 그때, 어느 쪽으로 후퇴했니?"

"울진읍 동켠의 왕소나무밭 알겠어? 그 북쪽 언덕에 '유 부자 집'이라고 있었어. 그때 울진 사람들은 '유 부자 집'이라면 다들 알든데. 그 집이 바로 인민군 박격포 중대의 중대본부였거든. 그때 내가 후퇴 길에 들어설 때는 벌써 그 왕소나무밭 쪽에서 쏜 당신네들 탄알이 바로 귀 옆으로도 예룽예룽거리며 지나가드면, 뒤돌아보면 아마 당신네들 국군 병사들 모습도 보였을 거이야. 난 그때 중대장 명령으로 중대 비밀배낭이라는 걸 메고 있었고, 철모를 쓰고 있었지. 배낭 뒤에는 딸랑거리며 넓적하게 생긴 소련제 군대 반합이 달려 있었는데 그때는 그거나마 믿음직하더라구. 당신네들 탄알도 그걸 뚫지는 못할 것잉이까 말야."

"으응, 기랬구나. 그 국군 최선발대에 바로 내가 있었지 않았겐. 야하 그때 기렇게 됐었구나! 그때, 너라는 것을 알았으문, 제대로 조준을 해설라무니 한 방에 기냥……."

"황천행을 시켰을 것이다, 그거지. 야하 그때 그렇게 됐었군. 그렁이까 불과 2년 전에는 우리 사이가, 당신과 내가 그랬었는데, 지금은 한 방에서 침식을 같이 하면서리 오순도순 그때의 이야기를 이렇게 나누고 있다?! 이게 대체 무슨 조화 속이지? 이러니 막말로 하느님을 안 믿을 수가 있나."

그 김병일은 너 댓살이나 나이가 위여서, 이쪽에서는 시종 똑같이 '너'라고 않고 깍듯하게 '당신'이라고 이를테면 대접을 했었지만. 실제로 나이로 볼 때는 엄연히 징집, 소집 해당자로서 이 기관 안에 은근슬쩍 숨어 있는 격이던 그 흥남 사람 경비대장 한 씨나 마찬가지로 그도, 그리고 그 밖에도 비슷한 처지에 있는 축들은 하루 빨리 휴전이 이루어지기를 학수고대 하고 있었는데, 하지만 상이군인 출신들은 그게 아니었다. 저들만 상이군인이 된 채 통일이 못 되고 이대로 휴전이 된다면, 이 이상 억울할 수가 없다고 고래고래 악들을 써댔다. 그이들은 비번 때면 어김없이 시내로 나가 휴전 반대 데모에 열렬히 참가하고, 로버트슨 미 대통령 특사에게도 폭탄 세례를 퍼부어야 한다고 소리소리 질러댔다. 그러면 같은 경비대원들 중의 징집, 소집 해당자들은 하나같이 꿀 먹은 벙어리로 입을 다물고 있어야 하였다. 자칫 그이들에게 엇가는 소리를 한마디라도 했다가는 무슨 봉변을 당할는지 모르는 거였다.

특히 김병일과 마찬가지로 그와 한 조에 껴 있던 또 한 사람, 황해도 황주 사람 오 씨는, 그 점에서 특히 유난하였다. 일선에서 다리에 관통상을 입어 육군병원에서 치료를 받고 곧장 제대하여 김병일과 같은 무렵에 이 기관의 경비대원으로 채용되어 이 함경도 흥남 사람들만 우글거리는 속으로 들어와 있었는데, 그이는 여느 상이군인들보다도 그 점에서는 특히 유난하였다. 휴전을 반대하는 데는 거의 죽을 둥 살 둥 날뛰었다. 부상당했던 다리가 관절염으로 악화되어 노상 아프다고 끙끙대면서도 휴전 반대 데모에는 악착같이 빠지지 않고 나가고는 하던 것이었다.

이건 그가 1955년 9월엔가 그 기관에서 맨 먼저 사직하고 나서도 다시 30년 정도 세월이 지난 뒤 어느 날엔가, 또 우연히 문득 만났던 김병일에게서, 그이가 그 뒤 그 기관에서 겪었던 후일담 비슷이 들은 바에 의하면, 그 황해도에서 피난 나왔다던 오 씨도 본시는 6·25 직후에는 인민군에 동원되었다가 그해 9월 한국군과 유엔군이 북상을 할 때는 그 오 씨가 속했던 인민군 부대도 통째로 흐트러져 황해도 황주의 집으로 혼자 돌아가던 길에 다시 중국 의용군의 참전으로 유엔군이며 국방군뿐만 아니라 북한의 일반 백성들까지 너도 나도 살 길을 찾아 남하 길에 들어섰을 때는 그 오 씨도 자연스럽게 그 피난 대열 속에 껴들어 내려오다가, 청년들 여럿이 또 전곡숲속 근처에서 그 국방군에 편입이 되는 속에 그이도 자연스럽게 같이 휘말려들어 국방군 졸자로 M1소총을 메게 되었던 모양이었다. 그렇게 중부전선 횡성 전투에서 다리 부상을 당했다는 것이었다.

게다가 옛날 그때도 한 방을 같이 쓰던 같은 조 네 명 가운데서 또 이건 김병일 혼자서만 은밀하게 알고 있었던 사실인데, 그 오 씨는 5대 독자였던 것이어서 6·25 전에 벌써 결혼, 전쟁이 터졌을 때는 마악 갓난 딸아이 하나까지 있었다던 것이 아닌가. 그러니 그때 벌써 마누라와 딸자식까지 둔 한 집안의 가장으로서, 그 당시 황해도 황주, 고향 땅을 바로 지척 앞에 두었던 그이 오 씨로서는, 그야말로 그 무렵 하루하루가 애간장이 타서 미치고 환장할 일이었을 터이었다. 따라서 당연히 휴전 반대 데모에도 매일매일 그렇게도 열을 올리지 않을 수가 없었을 것이었다.

그리고 더구나 그도, 그로부터 다시 30년 가까이 지나서야 비로소 김병일에게서 그이가 세상 떠나던 때의 이야기까지 처음으로 자세히 듣고 새삼 가슴이 아파했었지만, 그러니까 그가 그 기관에서 사직했던 1955년 가을에 오 씨는 끝내 운명하였는데, 그때도 그이의 장례를 치르는 자리에는 전혀 조객이라곤 없어, 그나마 그 함흥 사람 김병일 씨가 모든 뒤치다꺼리를 맡아 망우리 묘지 한구석에 유택이나마 비슷하게 마련해 주었을 뿐만 아니라, 길가에 아

무렇게나 뒹굴던 나무데기 하나를 다듬어서 한문자로 '황해도 황
주 사람 오승환 지묘'라고 적어 푯말이라고 하나 세웠었는데, 그
망우리 묘지도 지금은 송두리째 없어져 있는 것이었다.

그러고 보면 그렇다. 2000년대도 9년으로 접어든 오늘에 와서
다시 그 옛날을 차근차근 돌아보더라도, 지난 60년 동안에 이 나
라 남쪽, 대한민국이 온 세계 통틀어 10위권에 드는 경제 대국으
로 우뚝 올라서며 이 정도로 나라의 위상이 높아진 것도, 그 밑자
락에는 바로 그때 북한에서 죽을 둥 살 둥, 피난 내려왔던 피난민
들의 능력과 역량, 활력이 자리해 있었던 것이 아닐까.

그 한창 전쟁 중이던 50년대 초의 부산 국제시장을 비롯하여
53년 환도 뒤에는 을지로 2가, 3가, 4가 근처의 철물점을 비롯한
가게들이며 청계천 4가 근처의 옷가게, 이불가게들이며, 남대문
시장, 동대문 시장 속의 그 노상 낭자했던 이북 사투리들이며, 바
로 그런 분들, 이북 피난민들의 영악스러웠던 하루하루가 밑거름
이 되었었을 것이다.

그야, 개중에는 바로 그 황주 사람 오 씨처럼 비명에 간 사람
들의 뼈아픈 사연들도 없지는 않았지만, 지난 60년 어간에 이 나
라 사람살이를 이만한 수준으로 올려놓은 그 동인을 이룬 주역들
속에는 50년대 초의 그 효창동 미군 기관 속의 흥남 사람들 집단
에서 보이던 조금은 코믹한 그 이북 피난민들의 행태들도 자리해

있었던 것이었다. 그리고 그 맨 저변에는 바로 '자유', 자유민주주
의의 그 '자유'가 자리해 있었다.

'현실로서의 소설'이라는 형식

—이호철의 『가는 세월과 흐르는 사람들』

박준석

(문학평론가, 2010년 경향신문 신춘문예 평론부문 당선자)

소설을 읽는다는 것은 그 소설을 다시 읽는 것이다. 여기까지 온 독자라면 이미 읽었을 「아버지를 찾아내라」에서 아래 부분을 거듭 읽어 보도록 하자.

*

"오늘 모임도 일단은 기대했던 것 이상이야. 차라리 너무 수준이 높아서 되레 조금 계면쩍구먼. 내가 지금 수준이 높다고 하는 것은, 하는 소리들이 어려웠다는 뜻은 결코 아니야. 어려우면, 그런 건, 애당초에 못써. 안되지. 좋은 문학평론이라는 것도 그렇질 않던가. 첫째, 어려우면 곤란해. 그런 건 통틀어서 죄다 수상한 것들이야. 사특한 욕심 같은 것이 있을 때 흔히 어려운 소리들을 하지. 문학평론이라는 게, 모름지기 우선은 일단은 누구나가 알아먹을 수 있게 첫째도 둘째도 쉬워야 해. 그 점에서도, 오늘 이 자리에서 몇몇이 털어놓은 말들은 수준 높은 문학평론이었어. 거듭 얘기지만, 문학평론이라는 게 별것인가. 좋은 작품을, 그 맛을, 보통 독자들이 미처 못 보아냈던 국면을, 선렬하게 쉽게 보여 주는 것이지. 그렇게 바로 오늘 이 자리에서의 이야기들은, 이를테면 그런 문학평론 같은 거였어. 별것도 아닌 이런 수기 정도를 갖고, 그런 수준으로까지 언급이 됐다는 것은, 조금 놀랍구먼. 실제로 세계 고전의 반열에 드는 좋은 문학작품들이 공통적으로 지니고 있는 가장 큰 미덕은 뭐겠어. 바로 그 작품 속 인물, 주인공들의 형상에서, 끝내는 그들의 '운명'까지를 생생하게 보여 주고 있는 점이야. 사람의 성격을 속속들이 훑어보이다가 끝내는, 그 운명까지를 그 어떤 상징으로써 느끼게 해주는…… 그거야말로 고도의 작가적 역량이지. 그러구 그런 경지는, 흔한 사회과학 같은 거나, 철학 같은, 머리끝으로만, 개념 같은 것만 붙들고 압삽하게 깔짝거리는 그런 종류의 차원을 훨씬 넘어서는 것이지. 사실은 이래서 진짜배기 문학은 사람살이에서 가장 귀한 것이거든. 사람살이의 저어 깊은 오저奧底의 국면까지를 그것 자체로 생생하게 보여 주고 느끼게 해주는 것이야. 그러구, 그런 역량은 단순한 기량 어쩌고 하는 것 같은 차원으로만 되는 것은 결단코 아니지. 그거야 말로, 바로 그 작가의, 오로지 그 작가반이 지닌 천재성의 징표이지. 그러니까 좋은 문학평론이라는 것은, 그런 작품의 맛을 그 자체로서 맛보게 하는 것이어야 하거든, 그러니 일단은 어느 누가 읽어도 알아먹을 수 있게 쉬워야지. 안 그렇겠어.

한데, 별것도 아닌(이런 소리를 두 번씩이나 해서 이 글을 쓴 그 이들에게는 미안한 생각도 없지는 않은데, 암튼 고도의 문학작품은 아니니까 그이들도 이해는 해주리라 믿거니와) 이런 수기 글 정도를 두고도, 그 인간상들, 가령 서정길이나, 그 어머니, 두 친누나들, 그리고 의붓아버지, 그쪽 소생의 누이동생들 등을, 가차 없이 깊은 비평 안목으로 보아낸 점 같은 것은, 고도의 문학평론에 결코 못지 않은 수준이야. 뿐만 아니라, 그 감자 농사짓던 아저씨와 서정길 엄마 관계의 그 별스럽지 않은 삽화 한 토막으로도 나름대로의 '사회주의론'까지 한 자락 펴질 않던가. 그 이야기도 만만치 않게 깊은 문학적 안목을 내보이고 있고, 그 너머로까지 이르러서는 끝내 더 이상은 '그만두자'고 자제까지 하질 않던가. 이 수준도 일단은 꽤 높은 수준임에는 틀림없지만, 그렇지만, 그렇지만 말일세.

오늘 이 자리에서는 우리가 이런 조촐한 모임을 시작했던 그 원점, 그 자리로 다시 돌아와야 할 것으로 보여. 그러니까 이 글을 써 낸 그 주인공의 입장과 그이가 이 글을 이렇게 세상에다 낸 그 주지 主旨로 돌아오는 것이, 허남훈 씨까지 포함한 그이들에 대한 우리로 서의 최소한의 예의이기도 하겠다는 것이지. 안 그런가.

그러니 오늘의 결론은, 그이들의 그 마당, 지난 70년 동안 살아왔던 그 험난했던 삶과 저들의 오늘의 처지로, 일단은 우리도 어서 돌아와서, 지금도 사할린이라는 러시아 땅에 본의 아니게 남아서 러시아 국민으로 살아가는 저이들의 그 아픔에 우리도 함께 동참, 비록 지금은 서로 국적은 다를망정 같은 조상을 타고난 같은 겨레, 같은 동포, 같은 민족으로서, 저들을 당장 도와줄 길은 없겠는지, 현재 저들의 어려움은 어떤 것인지. 늘 관심이라도 갖고 하루하루 따뜻하게 챙겨드려야 할 것이 아니겠느냐 하는 것이지.

그러니까 오늘은 그 얘기까지는 안 나왔었지만, 요즘 우리 젊은 아이들처럼 노상 '웃으면 복이 와요'만 즐기면서 그런 쪽으로만 나가서야 쓰겠는가, 하는 것이지. 물론 웃는 것은 중요해. 건강에도 으뜸으로 치는 것이 매일 웃으라는 것이드먼. 요즘 어디선가 들었는데, 실제로 어린 애들이 가장 많이 웃는다누만. 어른들의 일곱 배인가, 그렇게 많이 웃는다나. 그래서 아이들이 오래 산다는 거야. 늙어질수록에 웃음은 덜어지고, 늘 찡찡해 있구, 그러니 얼마 못 살 밖에 없지. 그냥 웃자고 하는 소리가 아니라, 일리는 있어. 하지만 가나오나, 노상 웃자, 웃자, '웃으면 복이 온다.', '웃으면 복이 온다.' 하고 만사 젖혀놓고 애오라지 웃음 일변도로만은 사람이 살 수가 없는 것이 아닌가. 그건 정신 빠진 짓이지. 바로 그래서 우리는 조촐한 대로 이런 글 읽는 모임도 갖는 것이겠고, 앞으로 우리 겨레가, 우리 민족이, 동북중국이며 러시아 땅 사할린이며 우즈베키스탄이며, 뿐만 아니라 미국이며 일본이며 그 밖에도 세계 곳곳에 흩어져 사는 우리 동포들까지, 되도록 모두가 서로 어울려 들어서 서로 연계되어서, 이 21세기 새 지구촌을 슬기롭게 잘 살아가야 하지 않겠는가, 이것이지. 자, 오늘은 이만 합시다."

*

여기까지 읽은 비평가는 거의 마무리되어 가던 해설 원고를 모두 지운 채 다시 하아얀 화면 앞에 앉는다.

최근 출간된 『아름다운 애너벨 리 싸늘하게 죽다』*에서 오에 겐자부로는 "주제보다는 새로운 형식을 발견하면 쓸 생각"이라고 말한다. 그에게 떠오른 새로운 형식은 '소설이 된 영화'로 제시된다. 소설이 된 영화란 영화 같은 소설이나 영화에 대한 소설이 아니라, 그 자체가 이미 영화인, 말하자면 영화로서의 소설(a novel as a cinema)을 말한다. 물론, 그가 발견한 소설의 새로운 형식이 성공적인가는 별개의 문제라서, 이미 영화 같은 영화로 넘쳐나는 세상에서 고작 소설이 된 영화라니, 그것도 영화인가라고 비웃을 수도 있겠다. 그 비웃음에 그는 그래도 영화는 영화다(It's only movies, but movies it is.)라고 답할 것 같지만. 여기서 관심을 기울여야 할 것은 그가 새로운 형식을 발견했다는 것이 아니다. 그 새로운 형식을 독자인 우리가 '다시-발견'해 낼 수 있는가가 중요하다.

새로운 형식의 발견이라는 오에 겐자부로의 과제는 '노인의 곤경'에서 비롯된다. 노인의 곤경이란 생물학적인 곤경뿐만 아니라 작가로서의 곤경, 고쳐 말하자면 '말년의 곤경'이기도 하다. 그 곤경이 한계이자 가능성이기도 하다는 것을 새삼 지적할 필요는 없다. 이호

---

* 오에 겐자부로, 박유하 옮김, 『아름다운 애너벨 리 싸늘하게 죽다』(문학동네, 2009).

철의 소설집 『가는 세월과 흐르는 사람들』을 이야기하는 자리에서, 오에 겐자부로의 새로운 형식의 발견을 먼저 꺼내든 것은, 에드워드 사이드가 말한 말년의 양식(late style)*이란 관점에서 이호철의 이 책을 살펴보기를 권하고 싶어서다. 55년에 걸쳐 소설을, 아니 글쓰기를 해 온 작가가 자신의 글쓰기 인생의 말년에 해당될 시기에 내놓은 작품을 기본 서사에만 충실하게 해석하는 것이 과연 온당한 대접일까.

물론, '말년의 양식'을 말하기 위해서는 이 책에 연대기적 의미 이상의 독특한 특징이 존재해야 할 것이다. 사이드의 말처럼 어떤 예술가의 말년의 양식은 "현재 **속**에 거주하지만 묘하게 현재에서 **벗어나 있**"을 터이므로 아도르노가 1937년에 베토벤을 다룬 에세이에서 사용한 '말년의 양식'이라는 표현을 이어받아, 사이드는 "양식의 독특함을 통해 말년성(lateness)을 표현하는…… 예술가들"에 주목한다. 말년의 작품이 예술가의 평생에 걸친 미적 노력을 어떻게 완성하는지, 그 예를 얼마든지 나열할 수 있을 텐데, 사이드는 "조화롭지 못하고 평온하지 않은 긴장, 무엇보다 의도적으로 비생산적인 생산력을 수반하는 말년의 양식"에 특히 관심을 쏟는다.

평생에 걸쳐 자신의 매체를 능숙하게 다뤄 온 예술가가 이제까지 해 온 작업 형식들을 과감히 포기하고, 모순적이고 소외된 관계를 새롭게 맺어가는 말년의 양식은 소설의 기본 서사 못지않게 주목할 가치가 있다. 부분들이 모여 단순한 집합 이상의 통일이나 변이를

---

* 에드워드 사이드, 장호연 옮김, 『말년의 양식에 관하여』(마티, 2008).

드러내는 내적인 체계로서의 말년의 양식에는 "깨달음과 즐거움 간의 모순을 해결하지 않고 둘 모두를 그대로 드러내는 힘"이 담겨 있을 것이다. 이렇게 "반대 방향으로 팽팽하게 맞서는 두 힘을 긴장 속에 묶어둘 수 있는 것은, 오만한 태도를 버리고 오류 가능성을 부끄러워하지 않으며 노년과 망명으로 인해 신중한 확신을 얻은 예술가가 가진 성숙한 주체성"에서 비롯된다.

미리 자백하지만 나는 이호철의 작품 세계 전체를 돌아보고 그의 말년의 양식을 잡아내어 다룰 능력이 없다. 운이 좋다면, 어떤 기미 정도는 눈치 챌 수 있을지 모르지만. 다만 "말년의 양식은…… 예술이 자신의 권리를 포기하지 않고 현실에 저항할 때 생겨난다."는 말을 탐침으로 삼아, 이 책을 포함하여 앞으로 이호철의 작품들을 접할 때마다 그 관점에서 한층 주의를 기울여 보려고 한다. 물론, 이호철의 말년의 양식을 고찰하는데 사이드의 관점을 그대로 따라갈 필요는 없겠다. 이호철의 말년성(lateness)은 말년의 양식에 한정되지는 않으니까.

*

비평가는 여기서 일단 멈춘다. 가볍게 숨을 고른 후 고개를 돌려, 옆에서 커피를 마시며 이 책을 읽고 있는 친구와 이 소설집의 작품들이 어떤지 대화를 시작한다.

"글쎄요, 자신이 소설화하는 현실이 무엇인가에 상관없이 소위 '문학성'을 포기하지 못하는 어리석은 소설들을 흔히 보게 되는데요 소설은 분명 비참한 현실을 보고 있는데, 아름다운 표현으로 점철되어 있다면 어떤가요 그런 미문과 멋들어진 수사는 작가의 자의식에만 봉사하지 않나요 참담한 현실 앞에서 작가는 자신의 자의식에 봉사하는 미문으로 현실을 다시 한 번 배신하게 됩니다. 익숙하게 아름답기만 한 형식을 고집하는 것을 보는 것은 끔찍한 일이예요 전 이 책을 읽으면서 내내 작가의 차분한 단호함이랄까, 그런 나지막한 목소리를 듣고 있다는 느낌을 받았는데요 작가도 말하고 있듯이 형식면에서 조금 어색하게 느껴질 수도 있겠어요 하지만 55년 간 현역으로 소설을 써 온 작가가 어째서 이러한 형식을 택했겠는가 하는 질문이 계속해서 남아 있어요 소설이라고 하면 흔히 생각할 수 있는 형식을 만들 능력이 없는 것도 아니죠 그러니까 형식적 완결성을 조금도 어렵지 않게 달성할 수 있다는 것을 이미 충분하고도 남게 보여준 작가가, 이런 웰-메이드가 아닌 소설을 썼다면, 그건 왜일까. 왜 이런 투박한 형식에다 소설을 담았는지를 묻고 싶네요"

"소설의 형식은 그저 소설의 한 요소에 그치지 않습니다. 형식 그 자체가 소설이 현실과 마주하는 방식을 보여주기도 합니다. 특히, 작가가 대면하려고 하는 현실에 어떤 긴급함이 있을 경우에는, 형식으로서만이 그 현실에 긴절하게 응대할 수 있는 경우도 있습니다. 그래요, 이번 소설들은 얼핏 보아도 서사적 장치를 최소화하고 현실성을 직접적으로 소설화하고 있더군요. '문학적'이라고 여겨질 여러 치장들을 작가가 포기(?)한 이유는 뭘까요. 그것을 기꺼이 비용으로 치르고서라도 이런 형식으로 드러내려고 하는 것 말입니다."

"우선 눈에 띄는 것은 소설 속 공간에 허구(혹은 어떤 서사)—작가—독자—현실이 모두 들어와 있다는 것이었어요. 전적으로 허구 세계도 아니고 전적으로 현실 세계도 아닌, 마치 중간 세계 같은 그런 문학적 공간이 열려 있는 셈이랄까요. 그렇게 열린 공간에서 두 세계의 거주자들이 만나고 뒤섞일 수 있다고나 할까. 예를 들어, 실화 소설이라는 형식과 비교해 볼게요. 일반적으로 생각하는 픽션으로서의 소설보다 실화 소설이 실감이나 공감이 더 커질 수 있겠지요. 실제 있던 누군가를, 내가 직접 만난다는 효과적인 착각이 일어나잖아요. 그럼에도 실화 소설에서는 과거의 누군가를 현재의 시점으로 불러들이면서 자연히 허구화가 일어납니다. 그 때 동원된 바탕 현실은 작가가 무엇을 보고 소환했는가에 따라 굳어 있게 되잖아요. 독자가 공감적 상상력을 발휘한다 해도 어쨌든 거기—현실과 여기—현실 사이의 연결성은 약할 수밖에 없어요. 하지만 허구—작가—독자—현실이 모두 불려나온 이런 형식이라면, 독자와 인물 사이에 맺어질 수 있는 새로운 관계성을 예감할 수도 있지 않을까요."

"독자가 소설 속 인물과 자신을 동일시하는 방향은 우리에게 익숙합니다. 너무도 생생한 허구라서 작품 속 인물이 직접 말을 거는 듯하고, 소설의 허구적 공간에 직접 들어가 살고 있는 듯한 경험을 해본 적 있다면, 이렇게 소설과 삶의 경계가 희미해지는 방향의 동일시는 쉽게 이해가 갈 거예요. 그런데 반대 방향으로 동일시하는 것은 불가능할까요? 소설 속 인물이 현실로 걸어 나오는, 인물이 독자에게 스스로를 동일시하는 그런 방향 말입니다. 어떤 독자가 허구 세계에 거주하기도 하는 것처럼, 어떤 인물이 현실 세계에 거주할 가능성을 생각해 보는 것은, 공감을 넘어서 그저 망상에 그치는 것일까요?"

"그런 양방향의 동일시가 분명 이런 형식에서의 효과로 볼 수도 있겠네요. 이 책에 실린 소설들의 형식이 모두 그렇지는 않지만, 거칠게 살펴봐도 그렇습니다. 소설이 시작되고 허구의 세계가 열립니다. 하지만 곧 그것은 어떤 현실이라는 것이 드러나요. 이 작가가 현실의 어떤 이야기를 도입해서 아무런 흔적 없이 소설화할 수 있음에도, 그 현실성의 계기를 지우지 않고 오히려 선명할 정도로 남겨 둡니다. 그리고 작가가 화자로서 등장합니다. 여기에 독자들의 현실까지 불러오고 있고요. 허구화에 동원되는 작품 내 현실은 이 새로운 문학적 공간에서 어떤 가능성을 갖는 것일까요?"

"제 생각에는, 작가가 소설보다 몸을 낮추는 순간, 그렇게 소설이 소설이기를 의도적으로 그치는 순간, 허구화되어 거기 갇힌 채 존재하던 어떤 현실이 지금의 현실과 연결될 가능성의 공간이 열린다고 봅니다. 그 통로를 따라 소설의 인물이 허구의 갇힌 세계에서 벗어나 우리가 살고 있는 세계로 올 수 있다고 생각해요. 그러니까, 거기—삶이 여기—삶으로 흘러오는 것이죠. 이 갈아타기와 옮겨가기는 환승(換乘)이자 환승(幻乘)이라고 부를 수 있겠죠. 그래서 누군가의 삶과 현실이 소설에 봉사하는 것으로 그치지 않고, 소설이 바로 그 누군가의 삶과 현실에 봉사하여, 삶과 삶이 이어지고 연결되도록 하는 문학적 공간의 열림, 그런 형식을 만들어낸 것이 아닐까요?"

"작가가 말한, 소설 속 인물의 '운명'까지를 생생하게 보여주는, 인물의 '운명'을 깊게 상상하고 돌보는, 그런 형식 같다는 생각입니다. 저는 여기에서 소설적 윤리의 새로운 차원이 예감되는데요 이렇게 말하고 싶어요 이 소설들은 허구를 통해 현실을 소설로 만드는 것이 아니라, 소설 스스로가 현실이 되도록 한다고요 현실로서의 소설(a novel as the reality)이라고 불러보면 어떨까요 그러기 위해서 작가는 의도적으로 문학성에 눈 감는 대신 새로운 가능성의 문학적 공간을 만든 것이라고요"

"그렇다면, 소설이 스스로 낮은 형식이 되어 전하려는 것을 비평은 어떻게 응대할 수 있을까란 질문이 남는군요 자신의 고루한 관습적 잣대를 고집하는 낡은 비평의 언어로 이런 형식의 소설을 다루는 것은, 결국 작가가 공들인 이 모든 노력을 무화시켜 버리는 것은 아닌가 경계하게 됩니다. 어떻게 해야 할까요? 결국 섣부르게 모방하거나 어설프게 따라하는 것으로 오해되겠지만, 지금으로선 비평 역시 소설—비평가—독자가 모두 초대된 비평적 공간을 만들어보는 방법 밖에 떠오르지 않는군요"

귀를 기울여 애기를 듣던 친구는 다시 소파에 몸을 기대어, 읽던 소설을 들여다본다. 비평가도 다시 생각에 잠긴 채 자판 앞으로 몸을 끌어당긴다.

*

　노벨문학상 수상자인 존 쿳시의 작품 중에 『동물로 산다는 것』*
이 있다. 프린스턴 대학의 인간가치연구소가 후원하는 '태너 강연'에
초청된 쿳시는 두 번으로 예정된 강연에 강연 원고 대신 두 편의 소
설을 발표한다. 말하자면, '소설─강연'이라는 형식을 택한 셈이다.
이 강연의 지정 논평자 중 하나였던 실천윤리학자 피터 싱어는 '소설
─강연'에 걸맞은 논평 형식을 놓고 고민하다, 딸의 조언을 받고는
소설로 논평을 한다. 말하자면, '소설-논평'으로 대응한 셈이다.
　이호철의 『가는 세월과 흐르는 사람들』을 소설의 형식에 주목해
서 살펴보고, 그의 '말년의 양식'에 주목하자는 제안을 건넸다. 소설
들 하나하나를 풍성하게 읽어내는 일은 다음을 기약하기로 하자. 굳
이 가라타니 고진이 아니더라도 '근대문학의 종언'을 말하는 소리는
여기저기 가득하다. 사이드의 말처럼 쇠퇴하고 종말을 향해 가는 근
대문학은 어쩌면 그 자체로 이미 말년의 양식이 되어 버린 것인지
도 모른다. 근대문학의 종언이 말해지는 시대에 근대문학을 말하는
것, 그리고 그런 소설을 쓰는 것에는 무슨 뜻이 있을까. 그것은 시
대착오적인 저항이 된다. 소설적인 것과 다른 것들 사이의 치열한
경합은 실패의 기록에 가깝다. 하지만 소설은 그 실패를 딛고 자신

---

* 존 쿳시, 전세재 옮김, 『동물로 산다는 것』(평사리, 2006)

의 가능성의 영역을 넓혀나간다. 소설은 실패가 패배가 되지 않는 형식이며, 소설적 지혜는 그 실패를 헤치고 비로소 움튼다. 그렇게 이 책은 근대문학의 종언에 맞선 역설적인 저항이 된다.

그래서 우리는 이제 이호철의 이 책으로 다시 돌아가야 한다. 아니, 돌아갈 수밖에 없다. 그리고 그 돌아감은 이호철의 이전 작품으로 돌아감을 포함한다. 그렇게 이호철을 넓고도 깊게 읽는 과정에서 우리는 그의 '말년의 양식'과 마주할 것이다. 그는 벌써 저만치, 소설보다 머얼리, 걷고 있으니.

작가의 몇 마디 말

이 책, 『가는 세월과 흐르는 사람들』은 지난 2, 3년 동안에 몇 개 문학 월간지들에 발표한 소설들 모음이다. 읽어 보면 아시겠지만 형식면에서 조금 어색하게 느껴질 수도 있겠으나, 다 읽고 나면 '아, 역시…….' 하고 납득이 될 것으로 믿는다.

실제로 이 작품들 중의 첫 작품이 발표가 되었을 때도, 이 자리에서 이름까지 밝히지는 않겠지만, 매우 그 역량이 보증되어 있던 두 작가께서 "역시 선생님이시군요. 별것도 아닌 이야기로 이렇게도 멋지게 참으로 읽을 맛나게 쓰셨군요. 역시… 역시…" 하고 치하를 해 주어서 나도 나대로 용기백배로 열을 냈던 것이었다.

이렇게 나는 금년에 80나이로 이 책을 내면서 나 나름대로 일말의 보람까지 느끼는데, 그렇다! 이 책 『가는 세월과 흐르는 사람들』은 이제 80나이로 접어든 바로 나 자신이 오늘 이 자리에서 느끼는 내가 살아온 인생 그 자체의 단적인 소회이기도 하다.

　　그러고 보면 지나온 우리 작단을 사그리 훑어보더라도, 1955년 약관 24세로 출발하여, 오늘 2010년 80나이에 들어서기까지, 55년 간을 줄곧 현역으로 활동하며, 이 나이에 들어서자마자 또 이만한 소설집 한 권이라도 낸 작가가, 과연 나 말고, 우리 작단 백 년 동안에 또 누가 있을까. 지금 이렇게까지 자기자랑을 하는 것은 조금 주책맞은 지나친 짓일까?!

　　아무튼 나는 이제 80나이로, 참으로 파란만장의 험한 삶을 겪으며 바로 이 시각, 여기까지 이르러 왔다. 어찌 만감이 없을 것인가. 나름대로 혼자서 은밀하게나마 대견하게도 느낀다.

　　그리고 앞으로도 하고 싶은 이야기는 여전히 많다. 바로 이 점은 또한 너무너무 요행스럽다. 그리고 그렇다! 이렇게 늙어서도 할 일이 여전히 많다는 것 이상으로 축복받은 인생이 달리 있을까. 그야말로 늙을 틈이 없을 정도로 나는 앞으로도 할 일이 많다. 더더 많다.

　　하여, 앞으로도 계속 성심껏, 젊은이들 못지않게 화끈하게 내 문학을 해 나갈 것이다. 그 점을 거듭 새삼 다짐을 하며……

2011년 1월 17일 새벽 다섯 시
불광동 寓居에서 이 호 철